MINIONY ŚWIAT

DENNIS LEHANE

MINIONY ŚWIAT

Przełożyła
Maciejka Mazan

Tytuł oryginału
WORLD GONE BY

Projekt okładki
Dark Crayon/Piotr Cieśliński

Ilustracja na okładce
© Chicago History Museum/Getty Images

Redaktor prowadzący
Anna Czech

Redakcja
Renata Bubrowiecka

Korekta
Maciej Korbasiński

Łamanie
Ewa Wójcik

ISBN 978-83-8069-081-3

Warszawa 2015

Wydawca
Prószyński Media Sp. z o.o.
02-697 Warszawa, ul. Rzymowskiego 28
www.proszynski.pl

Druk i oprawa
DRUKARNIA TINTA
13-200 Działdowo, ul. Żwirki i Wigury 22
www.drukarniatinta.pl

*Dla Keeks o błękitnych oczach
i uśmiechu jak miliard dolarów*

Jadę kradzionym samochodem
w czarną noc
i powtarzam sobie: „Nic ci nie będzie"

BRUCE SPRINGSTEEN, *STOLEN CAR*

PROLOG
GRUDZIEŃ 1942

Zanim rozdzieliła ich mała wojna, zebrali się, żeby wspierać tę wielką. Od Pearl Harbor minął rok, a oni spotkali się w Wersalskiej Sali Balowej hotelu Palace na Bayshore Drive w Tampie na Florydzie, by zebrać pieniądze dla żołnierzy w Europie. Był to elegancki koktajl w ciepły, suchy wieczór.

W duszny, parny majowy wieczór pół roku później reporter kryminalny z „Tampa Tribune" natknął się na zdjęcia z tego przyjęcia. Z zaskoczeniem ujrzał na nich wiele osób, które ostatnio pojawiły się w miejscowych gazetach jako ofiary lub sprawcy morderstw. Uznał, że to może być temat. Jego naczelny się z tym nie zgodził. „No, ale spójrz – upierał się dziennikarz. – Spójrz! Przy barze stoi Dion Bartolo z Rikiem DiGiacomo. A tam? Uważam, że ten konus w kapeluszu to sam Meyer Lansky. A tu – widzisz tego gościa, rozmawiającego z kobietą w ciąży? W marcu wylądował w kostnicy. A ten to burmistrz z żoną rozmawiający z Joem Coughlinem. Tu znowu mamy Joego Coughlina ściskającego rękę czarnemu gangsterowi Montoothowi Dixowi. Bostoński Joe przez całe życie unikał zdjęć, a tu został sfotografowany dwa razy. Ten gość palący papierosa obok damy w bieli? Już nie żyje. Podobnie jak ten tutaj. A ten na parkiecie, w białym smokingu? Został okaleczony. Szefie – ciągnął dziennikarz – tamtej nocy oni wszyscy znaleźli się w tym samym miejscu".

Naczelny zauważył, że Tampa to wieś udająca średnie miasto. Ludzie nieustannie tu na siebie wpadają. To było przyjęcie dobroczynne na rzecz żołnierzy, a takie imprezy to towarzyski obowiązek dla bogatych nierobów. Na takich imprezach pojawiają się wszyscy, którzy coś znaczą. Naczelny wyjaśnił swojemu młodemu, łatwo emocjonującemu się pracownikowi, że mnóstwo osób, które przybyły na to przyjęcie – dwie sławne wokalistki, jeden baseballista, trzej aktorzy występujący w najpopularniejszym słuchowisku radiowym miejscowej rozgłośni, prezes First Florida Bank, dyrektor generalny Gramercy Pewter oraz P. Edson Haffe, właściciel ich gazety – nie miało żadnego związku z tą rzeźnią, jaka wydarzyła się w marcu i splamiła dobre imię miasta.

Dziennikarz jeszcze trochę protestował, ale kiedy przekonał się, że nie zainteresuje naczelnego, wrócił do sprawdzania plotek o niemieckich szpiegach, infiltrujących port w Tampie. Miesiąc później dostał powołanie do wojska. Zdjęcie leżało w archiwach „Tampa Tribune" jeszcze długo po tym, jak wszystkie przedstawione na nim osoby zeszły z tego świata.

Dziennikarz, który zginął dwa lata później na plaży w Anzio, nie mógł wiedzieć, że naczelny, który przeżył go o trzydzieści lat i umarł na serce, miał rozkaz tłumić zainteresowanie gazety wszystkim, co miało związek z kryminalną rodziną Bartolo, Josephem Coughlinem lub burmistrzem Tampy, zacnym młodzieńcem z zacnej miejscowej rodziny.

Honor miasta, jak powiedziano naczelnemu, już i tak ucierpiał.

Osoby, które zebrały się tamtego grudniowego wieczora, sądziły, że biorą udział w całkiem niewinnym spotkaniu ludzi pragnących wspomóc żołnierzy. Biznesmen Joseph Coughlin wydał to przyjęcie, ponieważ wielu jego byłych pracowników zgłosiło się do wojska lub też dostało do niego powołanie. Loterię prowadził Vincent Imbruglia, którego dwaj bracia poszli na wojnę – jeden walczył na Pacyfiku, drugi gdzieś w Europie. Pierwszą nagrodą były dwa bilety w pierwszym rzędzie na koncert Sinatry pod koniec miesiąca w Paramount w Nowym Jorku, a także bilety na pierwszą klasę w pociągu Tamiami Champion. Wszyscy brali udział w loterii, choć panowało przekonanie, że jest ustawiona tak, żeby wygrała żona burmistrza, wielka fanka Sinatry. Szef wszystkich szefów, Dion Bartolo, popisywał się tańcem, którym od dzieciństwa zdobywał nagrody. Przy okazji matki i córki z najbardziej szacownych lokalnych rodzin zyskały anegdotkę do opowiadania wnukom („Człowiek, który tak tańczy, nie może być aż tak zły, jak o nim mówią").

Rico DiGiacomo, największa gwiazda miejscowego półświatka, przyszedł z bratem Freddym i ich ukochaną matką. Jego niepokojący urok przyćmiło jedynie przybycie Montootha Dixa, wyjątkowo wysokiego Murzyna, który w cylindrze wydawał się jeszcze wyższy. Elita Tampy jeszcze nigdy nie widziała na przyjęciu czarnucha bez tacy w dłoni, ale Montooth Dix krążył wśród białych, jakby spodziewał się, że to oni będą usługiwać jemu. Przyjęcie było na tyle szacowne, żeby można się było pojawić na nim bez wstydu, i na tyle szemrane, żeby później opowiadać o nim przez cały sezon. Joe

Coughlin miał talent do aranżowania spotkań chlub miasta z jego demonami, i to w taki sposób, że wyglądało to na pyszny żart. Sytuacji sprzyjał fakt, że sam Coughlin, choć niegdyś podobno był gangsterem, i to znaczącym, obecnie obracał się w wyższych sferach. Najhojniej w całej Florydzie zachodniej wspierał akcje dobroczynne, szpitale, jadłodajnie, biblioteki i noclegownie. A jeśli plotki mówiły prawdę i rzeczywiście nie całkiem pożegnał się z kryminalną przeszłością – no cóż, przecież nie można mieć do niego pretensji za dochowanie wierności tym, których poznał, pnąc się na szczyt. Gdy niektórzy z tych gigantów, fabrykantów i przedsiębiorców budowlanych chcieli doprowadzić do strajku robotników lub odblokować trasy dostawcze, wiedzieli, do kogo się zwrócić. Joe Coughlin był w tym mieście pomostem między publicznymi deklaracjami i prywatnymi metodami działania. A kiedy wydawał przyjęcie, należało się na nim zjawić, żeby sprawdzić, kto przyszedł.

Sam Joe nie oczekiwał po tych przyjęciach wielkich rewelacji. Kiedy organizuje się bal, na którym sfery wyższe zadają się z ulicznymi bandziorami, a sędziowie gawędzą z przywódcami mafii, jakby nigdy wcześniej nie spotkali ich ani na sali sądowej, ani w jej kuluarach, kiedy zjawia się pastor i błogosławi zebranych, po czym uderza w gaz jak wszyscy, gdy Vanessa Belgrave, ładna, lecz oziębła żona burmistrza, unosi kieliszek w geście wdzięczności w stronę Joego, a czarnuch tak straszny jak Montooth Dix zabawia grupkę białych ważniaków opowieściami o swoich wyczynach podczas Wielkiej Wojny i w tym wszystkim nikomu nie wymknie się ani jedno niezręczne słowo, no, to taki bal można uznać nie tylko za udany, ale wręcz prawdopodobnie za przebój sezonu.

Jedyny problem pojawił się później, gdy Joe wyszedł na trawnik na tyłach domu, żeby zaczerpnąć powietrza, i zobaczył chłopca. Mały wyłaniał się z ciemności na skraju trawnika i znowu się w niej chował. Kluczył, jakby bawił się z innymi dziećmi w berka. Ale innych dzieci nie było. Sądząc po wzroście i budowie ciała, miał jakieś sześć lub siedem lat. Rozłożył ręce i zawarczał jak śmigło, a potem jak silnik samolotu. Zaczął biegać wzdłuż linii drzew, krzycząc: „Wrrrum! Wrrrum!". Joe przez jakiś czas nie potrafił określić, dlaczego mały gość wydaje mu się dziwny – pominąwszy fakt, że był jedynym dzieckiem na przyjęciu dla dorosłych. W końcu jednak dotarło do niego, że ubrania chłopca wyszły z mody jakieś dziesięć lat temu. A raczej dwadzieścia. Ten urwis nosił pumpy, z całą pewnością pumpy, i taką samą za dużą czapkę golfisty jak ta, którą Joe miał w dzieciństwie. Z powodu odległości trudno było rozróżnić jego rysy, ale Joe miał dziwne wrażenie, że gdyby się zbliżył, nic by się nie zmieniło. Nawet z tego miejsca widział, że twarz chłopca pozostanie zamazana.

Joe zszedł z tarasu i ruszył przez trawnik. Mały, nadal udając samolot, uciekł w ciemność i zniknął za grupą drzew, choć z gęstego mroku nadal dochodziło jego warczenie. Joe był już w połowie trawnika, kiedy z prawej dobiegł go szept:

– Psst! Panie Coughlin… Joe!

Joe przesunął rękę tak, by znajdowała się o kilka centymetrów od derringera schowanego na jego plecach. Normalnie nie wybrałby takiej broni, ale uważał, że jest stosowna na wielkie gale.

– To ja – powiedział Bobo Frechetti, wyłaniając się zza wielkiego figowca z boku.

Joe opuścił rękę.

– Bobo… Jak tam dzieciak?

– U mnie wszystko dobrze. A u ciebie?

– Tip-top.

Joe spojrzał na drzewa. Zobaczył tylko mrok. Chłopaka już nie słyszał.

– Kto przyprowadził to dziecko? – zwrócił się do Boba.

– Co?

– No, to dziecko. – Joe wskazał drzewa. – To, co udaje samolot.

Bobo wytrzeszczył na niego oczy.

– Nie widziałeś tam chłopaka? – Joe znowu wskazał palcem.

Bobo – facecik tak niski, że niewątpliwie kiedyś pracował jako dżokej – pokręcił głową. Zdjął kapelusz.

– Słyszałeś, że tym kamieniarzom w Lutz obrobiono sejf?

Joe pokręcił głową, choć wiedział, że chodzi o kradzież sześciu tysięcy dolarów w Bay Palms Aggregate, filii jednej z rodzinnych firm transportowych.

– Ja i mój kumpel nie mieliśmy pojęcia, że jego właścicielem jest Vincent Imbruglia. – Bobo zamachał rękami jak sędzia baseballowy ogłaszający zdobycie bazy. – Zielonego.

Joe znał to uczucie. Cała jego droga życiowa skrystalizowała się w chwili, gdy wraz z Dionem Bartolo, ledwie odrosłym od ziemi, nieświadomie okradł gangsterskie kasyno.

– Wielkie rzeczy! – Zapalił papierosa i podsunął paczkę małemu kasiarzowi. – Oddajcie więc pieniądze.

– Chcieliśmy. – Bobo poczęstował się i skinął głową, gdy Joe zapalił mu papierosa. – Mój kumpel… Znasz Phila?

Phil Cantor. Phil Dziobak – ze względu na rozmiary nosa. Joe skinął głową.

– Phil poszedł do Vincenta. Powiedział mu o naszym błędzie. I że mamy pieniądze, i zaraz mu je oddamy. Wiesz, co zrobił Vincent?

Joe pokręcił głową, choć coś mu już świtało.

– Wypchnął Phila na ulicę. Na Lafayette w środku dnia, kurwa. Phil odbił się od chevroleta jak piłka. Złamane biodro, zjebane kolana, zadrutowana szczęka. Leży na środku Lafayette, a Vincent zaznacza do niego: „Masz nam oddać dwa razy tyle, ile wziąłeś. Daję ci tydzień". I pluje na niego. Co za bydlak pluje na człowieka? Jakiegokolwiek, Joe? Pytam cię. W dodatku takiego, co leży na ulicy cały połamany?

Joe pokręcił głową i rozłożył ręce.

– Ale co ja mogę?

Bobo podał mu papierową torbę.

– Tu masz wszystko.

– To z sejfu czy tyle, ile chciał Vincent?

Bobo przestąpił z nogi na nogę, obejrzał się na drzewa i znowu spojrzał na Joego.

– Możesz porozmawiać z tymi ludźmi. Nie jesteś bydlakiem. Powiesz im, że popełniliśmy błąd, a mój partner wylądował w szpitalu najmarniej na miesiąc. Czy to nie wysoka cena? Mógłbyś to przepchnąć?

Joe przez chwilę palił w zamyśleniu.

– Jeśli wyciągnę cię z tego bagna…

Bobo chwycił go za rękę i ucałował ją, trafiając głównie w zegarek.

– Jeśli. – Joe odebrał mu dłoń. – Co będę z tego miał?

– Wszystko.

15

Joe zajrzał do torby.

– Te dolary?

– Co do jednego.

Joe zaciągnął się i powoli wydmuchnął dym. Czekał, aż chłopiec znowu się pojawi albo chociaż odezwie, ale stało się jasne, że wśród drzew nikogo już nie ma.

– Dobrze – powiedział, spoglądając na Boba.

– Dobrze? O, Jezu. Dobrze?

Joe przytaknął.

– Ale nic za darmo.

– Wiem, wiem. Dziękuję, dziękuję.

– Jeśli kiedyś cię o coś poproszę... – Joe podszedł bliżej – ...o cokolwiek, to zapierdalasz w podskokach. Jasne?

– Jak słońce, Joe. Jak słońce.

– A jak mnie spróbujesz wystawić...

– Nigdy, przenigdy!

– ...to każę rzucić na ciebie klątwę. I to nie byle jaką klątwę. Znam takiego czarownika z Hawany... Skurwiel ma sto procent trafień.

Bobo, jak wielu gości, którzy wychowali się na wyścigach, był przesądny jak cholera. Uniósł obie ręce w obronnym geście.

– Nie musisz się o to martwić.

– Nie mówię tu o jakimś tandetnym zaklęciu, które mogłaby rzucić wąsata włoska babcia z New Jersey.

– Nie musisz się o mnie martwić. Spłacę dług.

– Mówię o kubańsko-haitańskiej klątwie. Która będzie wisieć jeszcze nad twoimi potomkami.

– Przysięgam. – Bobo, z czołem i powiekami lśniącymi od nowej warstwy potu, wpatrywał się w Joego. – Żebym tak jutra nie dożył.

16

– No, tego to byśmy nie chcieli. – Joe poklepał go po twarzy. – Wtedy byś mi się nie odwdzięczył.

Vincent Imbruglia miał dostać awans na kapitana, choć Joe nie był przekonany do tego pomysłu. Ale nadeszły ciężkie czasy, mało kto potrafił zarabiać, a najlepsi poszli na wojnę, więc Vincent w przyszłym miesiącu awansuje. Do tego czasu jednak nadal był podwładnym Enrica „Rica" DiGiacomo, co oznaczało, że te pieniądze ukradzione kamieniarzom tak naprawdę należały do Rica. Joe znalazł go w barze. Wręczył mu pieniądze i wyjaśnił sytuację. Rico słuchał, popijając drinka i marszcząc brwi, gdy Joe opisywał, co spotkało biednego Phila Dziobaka.

– Pchnął go pod samochód?

– W rzeczy samej. – Joe także się napił.

– Co za brak stylu.

– Zgadzam się.

– No, kurwa, trzeba mieć trochę klasy.

– Bezsprzecznie.

Rico zastanowił się nad następną kolejką.

– Moim zdaniem kara jest odpowiednia do zbrodni, a nawet trochę za surowa. Powiedz Bobowi, że nic do niego nie mam, ale żeby przez jakiś czas nie pokazywał ryja w naszych barach. Niech wszyscy odparują. Złamał szczękę temu biednemu skurwielowi?

Joe przytaknął.

– Tak powiedział Bobo.

– Szkoda, że nie nos. Może dałoby się go przy okazji jakoś przemodelować, no nie wiem, bo na razie wygląda tak, jakby

Bóg po pijaku dał Philowi łokieć zamiast kinola. – Rico zamilkł i rozejrzał się po sali. – Niezła imprezka, szefie.

– Już nie jestem twoim szefem. Niczyim szefem.

Rico skwitował to uniesieniem brwi i znowu się rozejrzał.

– Tak czy tak, ubaw po pachy. *Salud.*

Joe spojrzał na parkiet, gdzie grube ryby tańczyły z byłymi debiutantkami, a wszyscy eleganccy, że aż bił od nich blask. Znowu zobaczył tego chłopca – a może tak mu się wydawało – między furkoczącymi sukniami i falbaniastymi krynolinami. Mały stał odwrócony, z niesfornym kosmykiem z tyłu głowy. Czapkę zdjął, ale nadal był w tych pumpach. I raptem zniknął.

Joe odstawił drinka i przysiągł sobie, że do końca przyjęcia już nie tknie ani kropli. Później nazywał to przyjęcie ostatnią imprezą – finalną darmową zabawą przed nadejściem tego bezlitosnego marca. Ale wtedy była to jeszcze po prostu świetna potańcówka.

ROZDZIAŁ PIERWSZY
SPRAWA PANI DEL FRESCO

Na wiosnę 1941 roku w Tampie niejaki Tony Del Fresco poślubił niejaką Theresę Del Frisco. Niestety, był to jedyny w miarę zabawny fakt związany z ich małżeństwem. Później pewnego razu on uderzył ją butelką, a ona go młotkiem do krokieta. Młotek należał do Tony'ego, który przywiózł go przed laty z Arezzo i ustawił bramki i kijki na podmokłym podwórku w zachodniej części Tampy. Tony był za dnia zegarmistrzem, a w nocy kasiarzem. Uważał, że tylko krokiet uspokaja jego umysł, jak sam przyznawał, przepełniony permanentną wściekłością, tym straszniejszą, że niewytłumaczalną. Przecież miał dwa dobre fachy, ładną żonę, w weekendy czas na zabawę. Ale wszystkie te myśli, nawet najczarniejsze, wyciekły Tony'emu z głowy w początkach zimy 1943 roku, gdy Theresa zrobiła mu wgniecenie z boku czaszki. Dochodzenie ustaliło, że po zadaniu tego pierwszego obezwładniającego ciosu pani Del Fresco przydepnęła policzek męża, unieruchamiając jego głowę, i tak długo grzmociła młotkiem jego potylicę, aż nadała jej wygląd mielonki.

Z zawodu Theresa była kwiaciarką, ale utrzymywała się głównie z kradzieży i okazjonalnych morderstw, popełnianych zwykle na zlecenie Luciusa Brozjuoli, którego wszyscy nazywali Królem Luciusem. Król Lucius płacił stosowny haracz rodzinie Bartolo, ale poza tym prowadził niezależną organizację, która prała nielegalne pieniądze, przepuszczając je przez zakłady produkcji fosforytów nad rzeką Peace i hurtownie kwiatów, które posiadał w porcie Tampa. To właśnie Król Lucius wyuczył Theresę na kwiaciarkę i to on kupił jej lokal w centrum na Lafayette. Król Lucius miał stajnię złodziei, paserów, trucicieli i płatnych zabójców, posłusznych tylko jednej nienaruszalnej zasadzie: zero działalności w rodzimym stanie. I dlatego Theresa w ciągu kilku lat zabiła pięciu mężczyzn i jedną kobietę, kompletnie jej nieznanych – dwóch w Kansas City, jednego w Des Moines, kolejnego w Dearborn, następnego w Filadelfii, a tę babkę w Waszyngtonie, strzeliła jej w tył głowy, minąwszy ją na spacerze w piękny wiosenny wieczór w Georgetown, w cieniu szpaleru drzew, z których liści jeszcze skapywał przelotny deszczyk.

W każdym razie te zabójstwa ciążyły jej na sumieniu. Facet z Des Moines zasłonił się zdjęciem rodziny, które musiała przestrzelić, żeby rozwalić mu mózg. Ten z Filadelfii powtarzał w kółko „Ale za co?". Babka z Georgetown wydała żałosne westchnienie, zanim osunęła się na mokry chodnik. Tylko zabójstwo Tony'ego nie dręczyło Theresy, która żałowała jedynie, że nie zrobiła tego wcześniej, gdy Peter był na tyle mały, żeby nie tęsknić za rodzicami. Tego pamiętnego weekendu przebywał u jej siostry w Lutz, ponieważ Theresa nie chciała, żeby wlazł jej na linię strzału, gdy będzie wykopywać Tony'ego z jego własnego domu.

Pijaństwo, zdrady i depresje męża wymknęły się spod kontroli i Theresa w końcu miała tego dość. Ale Tony nie. I dlatego uderzył ją butelką po winie, a ona rozpieprzyła mu ten durny łeb młotkiem do krokieta.

Z więzienia w Tampie zadzwoniła do Króla Luciusa i już pół godziny później naprzeciw niej siedział Jimmy Arnold, osobisty doradca Luciusa i prawnik jego licznych korporacji. Theresa miała dwa zmartwienia: że pójdzie na krzesło elektryczne i że nie będzie mogła utrzymać Petera. Jej wpływ na to, czy zejdzie z tego świata za sprawą podsmażenia prądem w zakładzie penitencjarnym w Raiford, zakończył się wraz z życiem jej męża, ale co się tyczyło zabezpieczenia przyszłości Petera, należała jej się zapłata od samego Króla Luciusa za zlecenie, które przyniosło takie zyski, że z jej pięcioprocentowego udziału Peter, jego dzieci i dzieci jego dzieci mieli mieć zapewniony nie tylko chleb, ale i deser. Jimmy Arnold zapewnił ją, że w obu przypadkach jej perspektywy prezentują się pogodniej, niż sądziła. Co do pierwszego już powiadomił prokuratora okręgu Hillsborough Archibalda Bolla, że jej zmarły mąż bił ją regularnie, co w dwóch przypadkach zostało udokumentowane, gdy w wyniku wybuchu furii Tony'ego wylądowała w szpitalu. Prokurator, bardzo inteligentny i świadomy politycznie, nie wysłałby na śmierć dręczonej żony w czasach, gdy krzesło elektryczne należało się przede wszystkim niemieckim i japońskim szpiegom. Natomiast co do pieniędzy za robotę w Savannah Jimmy Arnold otrzymał upoważnienie, by ją zapewnić, że Król Lucius nadal szuka kupca na rzeczony towar, lecz gdy tylko go znajdzie i środki zostaną przelane na jego konto, ona otrzyma swoją dolę pierwsza – oczywiście zaraz po samym Królu Luciusie.

Trzy dni po aresztowaniu Archibald Boll – mężczyzna w średnim wieku, garniturze z surowego lnu, takiej samej fedorze i z roziskrzonymi oczami łobuziaka z podstawówki – wpadł z ponowną wizytą i zaproponował Theresie ugodę, a ona dość szybko uznała, że gość na nią leci, ale przystąpił do omawiania jej sprawy z całą powagą. Miała przyznać się przed sądem do morderstwa przy okolicznościach łagodzących, co normalnie komuś z kryminalną kartoteką tak grubą jak jej zapewniłoby dwanaście lat odsiadki. Ale prokurator okręgowy miał dla niej niepowtarzalną ofertę pięciu lat i dwóch miesięcy w kobiecym skrzydle więzienia stanowego w Raiford, gdzie – a i owszem – znajdowało się krzesło elektryczne, ale Archibald Boll obiecał, że Theresa nie zobaczy go na oczy.

– Pięć lat. – Theresa nie mogła uwierzyć własnym uszom.

– I dwa miesiące – dodał Archibald Boll, a jego spojrzenie prześlizgnęło się z jej talii na biust. – Jutro przyznasz się do winy i następnego ranka będziesz już siedziała w autobusie.

A dziś wieczorem, dopowiedziała w myślach Theresa, złożysz mi wizytę. Ale miała to gdzieś – za pięć lat i szansę wyjścia w samą porę, by zdążyć na ósme urodziny Petera, była skłonna przelecieć nie tylko Archibalda Bolla, ale wszystkich jego asystentów, a i wtedy uważałaby się za szczęściarę, bo nie czekało jej włożenie na głowę metalowej czapki i przepuszczenie przez jej ciało dziesięciu tysięcy woltów.

– Zgadzasz się? – spytał Archibald Boll, dla odmiany oglądając jej nogi.

– Tak.

Gdy sędzia spytał ją, czy przyznaje się do winy, odpowiedziała twierdząco i otrzymała wyrok „nie więcej niż tysiąc osiemset dziewięćdziesięciu dni minus czas aresztu". Zabrano ją do celi, w której miała oczekiwać na poranny autobus do Raiford. Tego wieczora, gdy zapowiedziano pierwszego gościa, spodziewała się ujrzeć w mrocznym korytarzu Archibalda Bolla, już ze wzgórkiem rysującym się pod lnianymi spodniami. Tymczasem zobaczyła Jimmy'ego Arnolda. Przyniósł jej smażonego kurczaka i sałatkę ziemniaczaną – delikatesy, jakich miała nie zaznać przez następne sześćdziesiąt dwa miesiące. Pożarła mięso i oblizała palce, nie siląc się na maniery. Jimmy Arnold zresztą miał je gdzieś. Gdy oddała mu talerz, wręczył jej zabrane z jej komody zdjęcie, przedstawiające ją z Peterem. Dał jej też jej portret narysowany przez Petera – nieforemny owal na krzywym trójkącie, z którego sterczała jedna kreska, czyli ręka. Nóg brakowało. Ale Peter narysował to tuż po swoich drugich urodzinach, w związku z czym było to dzieło godne Rembrandta. Theresa spojrzała na te dwa podarunki, walcząc o to, by uczucia nie dotarły do jej oczu i gardła. Jimmy Arnold wyciągnął nogi i skrzyżował je w kostkach. Ziewnął głośno i odkaszlnął w pięść.

– Będziemy za tobą tęsknić – zagaił.

Theresa zjadła ostatni kęs sałatki ziemniaczanej.

– Wrócę, zanim się obejrzycie.

– Tak mało osób dorównuje ci talentem.

– W układaniu kwiatów?

Jimmy roześmiał się, nie odwracając od niej uważnego spojrzenia.

– Nie, w tej drugiej dziedzinie.

– Po prostu trzeba nie mieć serca.

– To nie tylko to. – Pogroził jej palcem – Nie bagatelizuj swoich zdolności.

Wzruszyła ramionami i spojrzała na rysunek synka.

– Skoro na jakiś czas wypadasz z obiegu... – podjął Jimmy – kto według ciebie jest najlepszy?

Podniosła wzrok na sufit, a potem przeniosła go na inne cele.

– W układaniu kwiatów?

Jimmy uśmiechnął się cierpliwie.

– Nazwijmy to w ten sposób. Kto obecnie jest najlepszym florystą w Tampie, skoro nie startujesz już w tych zawodach?

Nie musiała się długo zastanawiać.

– Billy.

– Kovich?

Skinęła głową. Jimmy Arnold zastanowił się nad tym głęboko.

– Uważasz, że jest lepszy od Manka?

Przytaknęła.

– Manka widać.

– A na czyjej zmianie powinno do tego dojść?

Nie zrozumiała.

– Na zmianie?

– Policyjnej.

– Tutaj?

Skinął głową.

– Przecież... – Rozejrzała się, jakby musiała się upewnić, że nadal znajduje się w celi, na tej ziemi. – Chcesz, żeby miejscowy wykonawca zajął się miejscowym kontraktem?

– Niestety.

To stało w sprzeczności ze stosowaną od dwóch dekad polityką Króla Luciusa.

– Dlaczego?

– To musi być ktoś, kogo obiekt zna. Nikt inny nie zdoła się do niego zbliżyć. – Jimmy rozłożył nogi i powachlował się kapeluszem. – Jeśli uważasz, że Kovich nada się najlepiej, zacznę się orientować.

– Czy obiekt ma podstawy podejrzewać, że jego życie jest zagrożone?

Jimmy Arnold przemyślał pytanie i w końcu przytaknął.

– Pracuje w naszym fachu. Przecież wszyscy mamy oczy dookoła głowy, prawda?

– No, to tak, potrzebujesz Kovicha. Wszyscy go lubią, choć nikt nie wie, za co.

– To teraz zastanówmy się nad zasięgiem władzy policji i charakterami detektywów, którzy będą mieć zmianę tego dnia.

– Jakiego dnia?

– W środę.

Theresa przejrzała w pamięci szereg nazwisk, zmian i scenariuszy.

– Idealnie byłoby, gdyby Kovich załatwił to między dwunastą a dwudziestą w Ybor, w porcie Tampa, albo w Hyde Parku. Wtedy istniałoby duże prawdopodobieństwo, że zgłoszenie odbierze detektyw Feeney lub Boatman.

Jimmy Arnold bezgłośnie powtórzył nazwiska, z uwagą wygładzając zagniecenie na nogawce. Lekko marszczył przy tym brwi.

– Czy policjanci obchodzą święta?

– Jeśli są katolikami, to pewnie tak. Jakie święta?

– Środę Popielcową.

– W Środę Popielcową nie ma czego obchodzić.

– Nie? – zdziwił się szczerze Jimmy. – Minęło trochę czasu, odkąd praktykowałem.

– Idziesz do kościoła, ksiądz robi ci na czole krzyż mokrym popiołem, wychodzisz. Koniec pieśni.

– Koniec pieśni – powtórzył Jimmy cicho i rozejrzał się z zaskoczonym uśmiechem, jakby dziwił się, że się tu znalazł. Wstał. – Powodzenia, pani Del Fresco. Będziemy w kontakcie.

Theresa patrzyła na niego, kiedy podnosił aktówkę z podłogi, i wiedziała, że nie powinna pytać, ale nie mogła się powstrzymać.

– Kto jest obiektem?

Jimmy spojrzał na nią przez kraty. Tak jak ona wiedziała, że nie powinna pytać, tak on wiedział, że nie powinien odpowiedzieć. Ale Jimmy Arnold słynął w środowisku z interesującej sprzeczności – na najniewinniejsze pytania o swoich klientów nie odpowiedziałby nawet, gdyby podsmażano mu krocze, ale wystarczyło spytać go o cokolwiek innego, a nadawał jak rozgłośnia.

– Na pewno chcesz wiedzieć?

Theresa skinęła głową.

Jimmy rozejrzał się ukradkiem po ciemnozielonym korytarzu, po czym pochylił się do prętów, wsunął twarz między nie i wyszeptał:

– Joe Coughlin.

Rano Theresa wsiadła do autobusu, który przewiózł ją trzysta kilometrów na północny wschód. W tym miejscu Floryda nie przypominała stanu z błękitnym oceanem, białym piaskiem i parkingami wysypanymi białymi muszelkami. Była to kraina wypalona słońcem i dogorywająca po zbyt wielu powodziach i pożarach. Przez sześć i pół godziny tłukli się po bocznych drogach i wertepach, a wszyscy, których mijali – biali, kolorowi czy Indianie – byli za chudzi.

Kobieta przykuta do lewej ręki Theresy nie odzywała się przez pierwsze osiemdziesiąt kilometrów, a potem przedstawiła się jako Sarah Nez z Zephyrhills. Wzięła Theresę za rękę, przysięgła, że nie popełniła tych wszystkich przestępstw, za które ją skazano, i znieruchomiała na kolejne czterdzieści kilometrów. Theresa oparła czoło o szybę i przez zasłonę pyłu wzbijającą się spod opon autobusu patrzyła na spieczoną ziemię. Za polami tak spalonymi słońcem, że porastająca je trawa przypominała papier, znajdowały się trzęsawiska, które poznała po zapachu i unoszącej się nad nimi zielonej mgiełce. Theresa pomyślała o swoim synu i o pieniądzach, które powinny zabezpieczyć mu przyszłość. Modliła się, żeby Król Lucius dotrzymał słowa, bo gdyby zmienił zdanie, nikt by się za nią nie ujął. A skoro o długach mowa, nie posiadała się ze zdumienia, kiedy prokurator okręgowy Archibald Boll nie pojawił się w jej celi. Leżała bezsennie, wdzięczna, lecz niespokojna. Skoro nie oczekiwał po niej zapłaty w seksie, to po co zaproponował jej taki lukratywny układ? W jej branży nikt nie kierował się życzliwością, wyłącznie wyrachowaniem, nie znano podarunków, tylko odroczenie płatności. Więc jeśli Archibald Boll nie chciał od niej pieniędzy – a z całą pewnością nic o tym nie wspomniał – pozostawały seks lub informacje.

Może zmiękczył ją lekkim wyrokiem, a teraz zostawił, żeby się trochę pomęczyła pod ciężarem rosnącego zobowiązania. Potem w lecie zjawi się w Raiford, żeby odebrać dług. Ale prokuratorzy tak nie działali – pokazywali człowiekowi mały wyrok, ale nie dawali go, dopóki nie spełniło się ich żądań. Nigdy nic na gębę. To bez sensu.

Ale jeszcze mniej sensu miało zlecenie na Joego Coughlina. Choćby nie wiadomo jak sobie nad nim łamała głowę – a zastanawiała się nad tym całą noc – nie potrafiła nic z tego zrozumieć. Joe Coughlin, od kiedy dziesięć lat temu zrezygnował z funkcji szefa, okazał się bardziej przydatny dla rodziny Bartolo oraz innych rodzin i ekip w tym mieście, niż gdy stał u steru. Stanowił wcielenie najwyższego ideału w ich branży: zarabiał pieniądze dla przyjaciół. Dlatego też miał ich mnóstwo.

Ale skąd wrogowie?

Theresa wiedziała, że kiedyś miał ich kilku, ale od tego czasu upłynęło dziesięć lat, a wtedy zlikwidował wszystkich w jeden dzień. Policja i opinia publiczna wiedziały o strzale w gardło, który zakończył nadzieje, sny i kulinarne nawyki Masa Pescatore'a – strzale oddanym podobno przez samego Coughlina. Ale nikt z wyjątkiem takich osób, jak Theresa i jej współpracownicy, ludzie z organizacji, nie wiedział o tuzinie gości, którzy wypłynęli łodzią, zamierzając wyrzucić Joego Coughlina za burtę, i nigdy nie wrócili, skoszeni ogniem z karabinów maszynowych i czterdziestekpiątek. To ich w ten i tak upalny i niemiłosierny dzień wyrzucono przez burtę w Zatoce Meksykańskiej, gdzie stali się karmą dla rekinów. To oni, podobnie jak od dawna nieżyjący policjant, byli ostatnimi wrogami Coughlina, o których wiedziano. Odkąd Coughlin zrezygnował z dowodzenia, trzymał się z daleka od poważnych spraw, biorąc przykład z Meyera Lansky'ego, z którym był współwłaścicielem kilku kubańskich koncernów. Rzadko pozwalając się fotografować, a jeśli, to nigdy z innymi z organizacji, najwyraźniej poświęcał swój czas na obmyślanie nowych sposobów, by zarobić dla wszystkich jeszcze więcej pieniędzy niż przed rokiem. Na długo przed japońskim atakiem na Pearl Harbor i wybuchem wojny doradził wszystkim większym graczom z gorzelni na Florydzie i Kubie, by zaczęli gromadzić zapasy alkoholu przemysłowego, z którego robi się gumę. Nikt nie rozumiał, co to ma niby znaczyć – co alkohol ma wspólnego z gumą, a nawet gdyby miał, to co ma wspólnego z nimi? Ale ponieważ Joe w latach trzydziestych zarobił dla nich tyle pieniędzy, posłuchali go. A gdy na wiosnę czterdziestego drugiego japońce przejęli połowę krajów, w których produkuje się gumę, Wuj Sam zaczął płacić niesłychaną kasę za wszystko, z czego można było ją zrobić: buty, opony i zderzaki, a nawet, jak słyszała Theresa, asfalt. Ekipy, które posłuchały Coughlina – w tym Król Lucius – zarobiły taką fortunę, że same nie wiedziały, co z nią zrobić. Jeden z nielicznych, który nie posłuchał, Philly Carmona z Miami, tak się zraził do gościa, który mu tak doradził, że strzelił mu w brzuch. W tej branży wszyscy mieli wrogów, to prawda, ale podczas tej półdrzemki w autobusie Theresa nie potrafiła określić, komu mógł podpaść Joe Coughlin. Przecież to jakby zabić kurę znoszącą złote jajka.

Poboczem drogi za oknem pełzł wąż, czarny i tak długi, że pewnie sięgnąłby Theresie od stóp do czubka głowy. Wślizgnął się w chaszcze, a ona zapadła w głębszą drzemkę, w której wąż sunął przez jej sypialnię w bloku na Brooklynie, gdzie mieszkała, gdy jako dziesięciolatka przybyła do tego kraju. Pomyślała, że dobrze by było mieć w tym pokoju węża ze względu na fakt, że w bloku grasowały szczury, no a węże przecież żrą gryzonie. Ale wąż zniknął z podłogi, a ona czuła,

29

że pełznie łóżkiem w jej stronę. Czuła go, ale go nie widziała i nie mogła się poruszać, bo sen jej nie pozwalał. Gadzie łuski były szorstkie i chłodne. Wąż oplątał jej gardło, a jego metalowe ogniwa wpiły się jej w tchawicę.

Theresa sięgnęła za siebie i chwyciła Sarah Nez za ucho – chwyciła je tak mocno, że pewnie by je wyrwała, gdyby miała na to czas. Ale już jej się kończył tlen. Sarah dusiła ją łańcuchem, który łączył ich ręce. Skręcała go coraz mocniej, postękując cicho z wysiłku.

– Jeśli przyjmiesz Chrystusa – szeptała – jeśli przyjmiesz Chrystusa jako swojego Zbawiciela, On cię powita. On cię pokocha. Przyjmij Go bez lęku.

Theresa odwróciła się całym ciałem w stronę okna i zdołała oprzeć stopy o ścianę autobusu. Zamachnęła się głową i usłyszała trzask łamiącego się nosa kobiety. Jednocześnie odepchnęła się nogami. Obie upadły na podłogę i Sarah rozluźniła chwyt na tyle, że Theresa zdołała wydać odgłos mniej więcej przypominający krzyk, może raczej skowyt. Wydawało jej się, że jeden strażnik ruszył w ich stronę, ale świat zaczął gasnąć przed jej oczami. Wszystko gasło i gasło, aż otoczyła ją czerń.

Dwa tygodnie później Theresa nadal nie mogła normalnie mówić; udawało jej się wydobyć z siebie tylko ochrypły, urywany szept. Siniaki otaczające pierścieniem jej szyję z fioletowych stały się żółte, gardło bolało przy przełykaniu jedzenia, a jeśli zdarzało się jej kaszlnąć, w oczach prawie stawały jej łzy.

Druga kobieta, która usiłowała ją zabić, posłużyła się ukradzioną z oddziału szpitalnego metalową tacą. Uderzyła nią Theresę w potylicę pod prysznicem i ten cios zbyt przypominał uderzenia Tony'ego. Większość osób – i mężczyzn, i kobiet – ma tę słabość w walce, że robią przerwy. Ta kobieta też nie należała do wyjątków. Jej pierwszy cios rzucił Theresę na podłogę i wyglądała, jakby zdziwiła się, słysząc jego odgłos. Za długo jednak gapiła się na Theresę, zanim przyklękła i ponownie uniosła tacę. Gdyby była dobra – gdyby, nie przymierzając, była taka jak Theresa – natychmiast dopadłaby leżącą ofiarę i tłukłaby jej głową o podłogę. A tak, gdy kobieta uklękła i uniosła ręce, Theresa zdążyła już zacisnąć pięść i wysunąć zgięty środkowy palec. Kostkę tego palca wbiła przeciwniczce w środek krtani – nie raz, nie dwa, lecz cztery razy. Taca upadła, a Theresa wstała, opierając się na kobiecie, która rozpaczliwie i na próżno łapała powietrze.

Gdy pojawili się strażnicy, znaleźli siniejącą kobietę na podłodze pryszniców. Wezwano lekarza. Pierwsza pojawiła się pielęgniarka, ale wtedy kobieta zaczęła już łapać rozpaczliwe, chrypliwe oddechy. Theresa obserwowała to wszystko spokojnie, stojąc w progu. Wytarła się i włożyła więzienny uniform. Skombinowała papierosa od jednej z dziewczyn; w zamian obiecała nauczyć ją robić to, co właśnie zrobiła Thelmie – bo okazało się, że tak ma na imię niedoszła morderczyni.

Gdy strażnicy spytali Theresę, co się stało, powiedziała im wszystko.

– Wiesz, że prawie ją zabiłaś? – spytał jeden.

– Najwyraźniej tracę formę – odparła.

Drugi strażnik odszedł i została z tym, który się do niej odezwał, najmłodszym ze wszystkich.

– Henry, tak? – zagadnęła.

– Tak jest.

– Mógłbyś dla mnie skombinować trochę tego bandaża, który pielęgniarka ma w torbie? Mam ranę na głowie.

– Skąd wiesz, że ma tam bandaż?

– A co ma mieć? Komiksy?

Strażnik uśmiechnął się, kiwając głową, i po chwili wrócił z bandażem.

Tego wieczora po zgaszeniu świateł Henry przyszedł do jej celi. Theresa siedziała już w więzieniu, więc spodziewała się tego wcześniej czy później. Przynajmniej ten był młody, prawie przystojny i czysty. Potem powiedziała mu, że musi przekazać wiadomość komuś z zewnątrz.

– No nie – jęknął Henry Ames.

– Wiadomość. Nic więcej.

– No nie wiem.

Henry Ames, zaledwie dwie minuty temu wyzwolony z okowów dziewictwa, teraz żałował, że nie wytrwał w nim dłużej.

– Henry – powiedziała Theresa. – Ktoś, kto ma dużą władzę, chce mnie zabić.

– Ja cię obronię.

Uśmiechnęła się do niego. Prawą ręką pogładziła jego szyję – i Henry nagle poczuł się wyższy, silniejszy i pełniejszy życia niż kiedykolwiek w ciągu dwudziestu trzech lat życia na tym świecie – a lewą przystawiła mu żyletkę do ucha. Dwustronną, taką, jaką Henry wkładał do mosiężnej maszynki, którą dostał od ojca po maturze. W tych czasach, gdy racjonowano artykuły metalowe, Henry używał żyletki tak długo, aż stała się tępa jak łyżka, ale żyletka Theresy, która drasnęła go lekko pod płatkiem ucha, wydawała się nowiutka. Zanim

Henry zdążył zareagować, Theresa wyjęła mu z kieszeni koszuli chusteczkę i osuszyła rankę.

– Henry – szepnęła. – Ty nie potrafisz obronić nawet siebie.

Nie wiedział, gdzie ją schowała; nie miała jej już w ręce. Spojrzał jej w oczy. Były wielkie, czarne i ciepłe.

– Widzisz – powiedziała łagodnie – jeśli nie powiadomię kogoś o moim położeniu, nie wytrzymam tu jednego miesiąca. I mój syn stanie się sierotą. A na to, kurwa, nie pozwolę. Słyszysz?

Skinął głową. Nadal muskała chusteczką jego ucho. Ku swojemu zaskoczeniu i zawstydzeniu poczuł, że znowu się podniecił. Henry Ames z Ocala na Florydzie, syn farmera, spytał więźniarkę numer 4773, do kogo chce wysłać wiadomość.

– Idź do biura Suarez Sugar na Howard Avenue w Tampie i powiedz wiceprezesowi Josephowi Coughlinowi, że muszę się z nim spotkać. Daj mu do zrozumienia, że to sprawa życia i śmierci. Jego i mojej.

– Ale ja potrafię cię ochronić. – Henry słyszał desperację w swoim głosie, lecz i tak chciał, żeby Theresa mu uwierzyła.

Oddała mu chusteczkę. Patrzyła na niego przez chwilę bez słowa.

– To urocze – powiedziała w końcu. – Zapamiętaj: Suarez Sugar. Howard Avenue w Tampie. Joe Coughlin.

ROZDZIAŁ DRUGI

GRACZ

Henry Ames miał wolne w piątki, więc tuż po zejściu z czwartkowej zmiany wyjechał z Raiford i przez noc dotarł do Tampy. Po drodze miał sporo czasu na zastanowienie się nad swoimi występkami. Jego rodzice, dwa anioły, którym brakowało tylko skrzydeł, dostaliby zawału na wieść, że ich najstarszy syn spółkuje z powierzoną jego nadzorowi morderczynią. I choć inni strażnicy udawali, powściągając złośliwe uśmieszki, że nie widzą jego związku z więźniarką 4773, to tylko dlatego, że sami mieli na sumieniu tyle samo, jeśli nie więcej. Wszyscy łamali prawo. I to nie tylko ludzkie, ale i Boże, czego obawiał się Henry Ames.

Mimo to...

Mimo to...

Jakąż radość sprawiało mu zakradanie się do jej celi pod koniec każdej zmiany tego tygodnia – i to, że Theresa go przyjmowała.

Henry obecnie zalecał się do Rebecki Holinshed, córki lekarza z położonego dwadzieścia kilometrów od więzienia Lake Butler, gdzie mieszkał. Ten związek zaaranżowała jego ciotka, która także mieszkała w Lake Butler i na prośbę swojej siostry, a matki Henry'ego, miała mieć na niego oko. Rebecca Holinshed była ładną blondynką o cerze białej jak ugotowane białko. Powiedziała Henry'emu swoim bardzo cichym głosem, że od przyszłego małżonka oczekuje ambicji większych niż pilnowanie bandy plugawych kobiet o zasadach moralnych plugawych szympansic. Rebecca Holinshed często używała słowa „plugawy", zawsze najcichszym głosem, jakby wahała się, czy je w ogóle wypowiedzieć. Nigdy też nie spojrzała Henry'emu w oczy, ani razu przez całą ich znajomość. Gdyby ktoś widział ich wieczorne przechadzki, mógłby spokojnie uznać, że Rebecca rozmawia nie z Henrym, lecz z drogą, gankiem, pniami drzew. Zatem by udowodnić posiadanie ambicji, Henry zapisał się na kursy wieczorowe prawa kryminalnego odbywające się aż w Gainesville. W wolne wieczory więc, zamiast napić się piwa ze strażnikami w Dickie's Roadhouse albo zrobić pranie czy, nie daj Boże, po prostu odpocząć, jechał półtorej godziny w jedną stronę, by siedzieć w dusznej klitce na obrzeżach kampusu University of Florida i słuchać, jak profesor Blix – wykluczony z palestry pijak – mamrocze coś tam o podżeganiu i nakazach sądowych.

Henry wiedział, że to dla niego dobre. Wiedział, że Rebecca była dla niego dobra. Stanowiła materiał na dobrą matkę. Miał nadzieję, że wkrótce może nawet pozwoli mu się pocałować. Natomiast więźniarka 4773 już pocałowała go z grubsza w każdy centymetr skóry. Opowiedziała mu o swoim synu Peterze i o nadziei, że wróci do niego za pięć lat, a wtedy może wróci z nim do Włoch, jeśli ta wojna się skończy, a Mussolini i jego czarne koszule stracą władzę. Henry wiedział, że go wykorzystuje – pochodził z małego miasteczka, ale nie był idiotą

35

– lecz robiła to, by zapewnić bezpieczeństwo sobie i dziecku, co wydawało się dobrym usprawiedliwieniem. Z pewnością nie żądała od niego, żeby stał się kimś, kim nie chciał się stać – prawnikiem. Prosiła go, żeby pomógł jej ratować życie.

No więc tak, popełnił błąd, idąc z nią do łóżka. Może największy błąd w życiu, który mu to życie złamie, jeśli wyjdzie na jaw. Za taki błąd można stracić rodzinę. Stracić Rebeccę. Stracić pracę. Może natychmiast wysłano by go do walki z nazistami, nie bacząc na jego platfusa i tak dalej. Na śmierć w zbombardowanej wiosce nad leniwą rzeką, o której nikt nie słyszał. Przedwczesną śmierć, zanim zdąży zostawić po sobie potomstwo, jakiś dowód swojego istnienia. Zmarnowanie życia.

Dlaczego więc nie mógł przestać się uśmiechać?

Joe Coughlin, biznesmen z Tampy, wyróżniający się szemraną przeszłością i wielką szczodrością wobec swojego przybranego domu, Ybor City, spotkał się tego ranka z porucznikiem Matthew Bielem z wywiadu marynarki wojennej w swoim biurze spółki Suarez Sugar. Biel był młodzieńcem o jasnych włosach tak krótkich, że przeświecała spod nich różowa skóra głowy. Miał na sobie idealnie wyprasowane spodnie khaki, białą koszulę i czarną sportową kurtkę z kontrastującymi rękawami w szarą kratę. Pachniał krochmalem.

– Jeśli stara się pan upodobnić do cywila, to powinien pan częściej przeglądać katalogi wysyłkowe J. C. Penney – powiedział Joe.

– Tam się pan ubiera?

Joe miał już wyjaśnić temu burakowi, co myśli o sklepach J. C. Penney – miał na sobie garnitur ręcznie uszyty w Lizbonie, na miłość boską – ale powstrzymał się i nalał gościowi filiżankę kawy, którą postawił przed nim na biurku. Biel podziękował skinieniem głowy i zauważył:

– To bardzo skromne biuro jak na kogoś o pańskim statusie.

Joe usiadł za biurkiem.

– Stosowne dla wiceprezesa firmy cukrowniczej.

– Posiada pan też trzy firmy importowe, prawda?

Joe napił się kawy.

– A także dwie destylarnie, koncern zarządzający kopalniami fosforytów i parę interesów w Bostonie, w tym bank. – Znowu rozejrzał się po gabinecie. – Dlatego to usiłowanie zachowania skromności mnie tak fascynuje.

Joe odstawił filiżankę na biurko.

– A może by mi pan powiedział, co go sprowadza?

Biel pochylił się do niego.

– Wczoraj w nocy w porcie Tampa pobito jednego gościa. Słyszał pan o tym?

– W porcie co noc jakiś gość dostaje wycisk. To taka dzielnica.

– Ale to był nasz gość.

– Czyj?

– Wywiadu marynarki wojennej. Najwyraźniej za bardzo wypytywał pańskich ludzi i…

– Moich ludzi?

Biel przymknął oczy, odetchnął, znowu je otworzył.

– Dobrze. Ludzi pańskiego przyjaciela Diona Bartolo. Longshoremen's Local 126. Coś to panu mówi?

A tak, to byli ludzie Diona.

– Więc jakiś pański szpicel dostał wycisk. Mam zapłacić za pralnię?

– Nie. Dojdzie do siebie, dzięki za troskę.

– Z tą świadomością łatwiej będzie mi zasnąć.

– Chodzi o to – podjął porucznik Biel – że takie historie powtarzają się w całym kraju, w Portland, Bostonie, Nowym Jorku, Miami, Tampie, Nowym Orleanie... Ten z Nowego Orleanu omal nie wykorkował. Stracił oko.

– No myślę – odparł Joe. – Z tymi z Nowego Orleanu nie ma żartów. Proszę pocieszyć swojego szpicla, że miał szczęście, bo oprócz oka mógł stracić życie.

– Nie możemy dokonać infiltracji doków. Kiedy tylko wysyłamy tam jakiegoś człowieka, dostaje wycisk i wraca do nas. Rozumiemy, że to pan rządzi portem. Nie mamy nic przeciwko temu. Ale nie chodzi nam o pana. O żadnego z was.

– A kim ja jestem? Kim są ci „my"? Prowadzę legalny interes.

Biel skrzywił się niecierpliwie.

– Jest pan *consigliere* – dobrze wymówiłem? – rodziny Bartolo. Służy pan pomocą całemu kryminalnemu syndykatowi na Florydzie. Ponadto wraz z Meyerem Lanskym kontroluje pan Kubę oraz trasę przerzutową narkotyków, która zaczyna się gdzieś w Ameryce Południowej, a kończy gdzieś w Maine. Czy więc naprawdę mamy dalej bawić się w tę grę, w której pan jest emerytem, a ja jakimś zasranym debilem?

Joe wpatrywał się w niego zza biurka tak długo, aż cisza zaczęła się stawać niewygodna. W chwili gdy Biel uznał, że nie wytrzyma tego ani sekundy dłużej, i otworzył usta, żeby przerwać to milczenie, Joe spytał:

– W takim razie o kogo panu chodzi?

– O nazistowskich i japońskich sabotażystów, wszystkich, którzy mogą przeniknąć do portu i popełnić przestępstwo przeciwko rządowi.

– Na pańskim miejscu przestałbym się martwić o japońskich sabotażystów. Rzucają się w oczy, nawet w San Francisco.

– Słusznie.

– Martwiłbym się o miejscowych szkopów. Takich, którzy mogą uchodzić za potomków Irlandczyków albo Szwedów. Z takimi byłby problem.

– Czy ktoś taki mógłby przeniknąć do pańskiej organizacji?

– Właśnie to powiedziałem. Nie twierdzę, że tak się stało, ale to możliwe.

– Ojczyzna potrzebuje pańskiej pomocy.

– A co ojczyzna mi za to da?

– Wdzięczność narodu i brak prześladowań.

– Co nazywa pan prześladowaniami? To, że pańscy ludzie regularnie dostają łomot? W takim razie możecie mnie prześladować do woli.

– Pańskie legalne firmy zależą od dobrych układów z rządem.

– Niektóre owszem.

– Możemy utrudnić panu tę relację.

– Pół godziny po pańskim wyjściu zjawi się tu dżentelmen z Departamentu Wojny w celu zwiększenia, nie zmniejszenia zamówień. Jeśli więc chcesz mi tu blefować, synku, posłuż się bardziej sprawdzonymi informacjami, dobrze?

– Świetnie. Proszę powiedzieć, czego pan chce.

– Pan wie, czego chcemy.

– Nie. Nie sądzę.

– Chcemy wypuszczenia Charliego Luciano. Tylko tyle.

Okrągła jak jabłuszko twarz Biela poczerwieniała.

– To nie wchodzi w grę. Lucky Luciano będzie gnić w Dannemorze do końca swojego ziemskiego życia.

– Aha. Nawiasem mówiąc, woli, żeby się do niego zwracać „Charlie". Tylko najbliżsi przyjaciele mówią do niego Lucky.

– Może się nazywać, jak chce, amnestii nie dostanie.

– Nie prosimy o amnestię. Po wojnie – jeśli nie spieprzycie sprawy, chłopaki, i naprawdę wygramy – deportujecie go. Nigdy więcej nie postawi stopy na tej ziemi.

– Ale...

– Ale odzyska wolność i będzie mógł udać się, dokąd zechce, i zarabiać, jak zechce.

Biel pokręcił głową.

– Roosevelt nigdy na to nie pójdzie.

– Decyzja nie należy do niego, prawda?

– W opinii publicznej zależy. Luciano kierował najokrutniejszym syndykatem zbrodni, jaki kiedykolwiek widział ten kraj. – Biel zastanowił się przez chwilę i pokręcił głową z przekonaniem. – Proszę zażądać czegoś innego. Czegokolwiek.

Oto jak działa rząd. Tak przywykł do płacenia za swoje zachcianki pieniędzmi podatników, że nie ma pojęcia o prawdziwych negocjacjach. „Chcielibyśmy dostać coś za nic, więc dajcie nam to i spierdalajcie w podskokach, a wcześniej podziękujcie za ten zaszczyt". Joe przyjrzał się szczerej, prawdziwie amerykańskiej gębusi porucznika Biela. W szkole na pewno grał w piłkę. Wszystkie dziewczyny chciały nosić jego sportową bluzę.

– Nie chcemy niczego innego – oznajmił Joe.

– I już? – Biel patrzył na niego z autentycznym osłupieniem.

– Już.

Joe rozparł się na krześle i zapalił papierosa. Porucznik wstał.

– W takim razie nie spodoba się panu to, co teraz zrobimy.

– Reprezentuje pan rząd. Nigdy nie przepadałem za tym, co robicie.

– Proszę nie mówić, że nie ostrzegaliśmy.

– Znacie naszą cenę.

W progu Biel jeszcze się zatrzymał ze spuszczoną głową.

– Mamy pańskie akta.

– Tak przypuszczałem.

– Nie bardzo grube, ponieważ ma pan prawdziwy talent do ukrywania swoich grzeszków. Nigdy nie spotkałem kogoś tak zręcznego jak pan. Wie pan, jak nazywają pana w firmie?

Joe wzruszył ramionami.

– Gracz. Bo gra pan w te klocki dłużej niż ktokolwiek inny. Ale przecież ma pan kasyno w Hawanie, prawda?

Joe przytaknął.

– Więc wie pan, że dobra passa się kiedyś kończy.

– Przyjąłem do wiadomości.

– Czyżby? – rzucił Biel i wyszedł.

Dziesięć minut później interkom na biurku zabzyczał. Joe wcisnął guzik.

– Tak?

– Zjawił się tu pewien pan – powiedziała Margaret Toomey, jego sekretarka. – Twierdzi, że jest strażnikiem z więzienia w Raiford. Podobno ma pilną sprawę.

Joe podniósł słuchawkę.

– Powiedz mu, żeby spierdalał – oznajmił ciepłym głosem.

– Próbowałam. Choć nie tymi słowami.

– Spróbuj więc tymi.

– On kazał powtórzyć, że o spotkanie prosi Theresa Del Fresco.

– O kurwa, naprawdę?

– O kurwa, naprawdę.

Joe zastanowił się nad tym przez chwilę i w końcu westchnął.

– Dawaj go. To wieśniak czy gość?

– To pierwsze. Już idzie.

Chłopak, który stanął w progu, wyglądał, jakby uciekł z przedszkola. Włosy miał tak jasne, że prawie białe, z niesfornym wicherkiem sterczącym jak zakrzywiony palec na czubku głowy. Skórę miał nieskalaną, jakby włożył ją dziś po raz pierwszy, oczy zielone i przejrzyste jak u niemowlęcia, a zęby równie białe jak włosy. To dziecko było strażnikiem? W kobiecym więzieniu? Theresa Del Fresco załatwiłaby tego smarkacza jak miejska kocica wiejską myszkę.

Joe uścisnął dłoń gościa i wskazał mu krzesło. Chłopak usiadł, podciągnąwszy spodnie na kolanach. Wyjaśnił, że w istocie pracuje jako strażnik w kobiecym skrzydle Zakładu Penitencjarnego w Raiford i że więźniarka 4773, znana na wolności jako Theresa Del Fresco, prosiła go, by odwiedził pana Coughlina, ponieważ, proszę pana, uważa, że jego życie jest zagrożone.

– Pańskie życie? – spytał Joe.

Chłopak wyraźnie się zdziwił.

– Nie, nie, proszę pana, pańskie.

Joe parsknął śmiechem. Chłopiec wytrzeszczył na niego oczy, a Joe śmiał się i śmiał. Im dłużej o tym myślał, tym bardziej go to bawiło.

– Co ona kombinuje? – spytał, gdy wreszcie mu przeszło.

– Kombinuje? Nie nadążam.

Joe wytarł oczy wierzchem dłoni.

– O, Jezu. No dobrze. Czyli pani Del Fresco uważa, że mojemu życiu grozi wielkie niebezpieczeństwo?

– I jej.

– Przynajmniej nie usiłuje mi wcisnąć, że chodzi jej tylko o moje dobro.

– Nie rozumiem i nie boję się do tego przyznać. Pani Del Fresco prosiła, żebym przebył tę długą drogę i ostrzegł pana przed niebezpieczeństwem, a pan się zachowuje, jakby to był jakiś żart. Jeśli, to mało śmieszny, pozwolę sobie zauważyć.

Joe spojrzał na smarkacza.

– Skończyłeś?

Chłopak przełożył kapelusz z jednego kolana na drugie i nerwowo szarpnął się za prawe ucho.

– No, w sumie nie wiem.

Joe wyszedł zza biurka, stanął przed chłopakiem i poczęstował go papierosem. Młody wziął sobie jednego lekko drżącą ręką. Joe zapalił mu go, a potem sobie. Przysunął popielniczkę koło swojego biodra i zaciągnął się głęboko, zanim znowu się zwrócił do Henry'ego Amesa.

– Synu, nie wątpię, że przyjaźń z panią Del Fresco objawiła ci szereg boskich rozkoszy, i…

43

– Przepraszam, ale nie pozwolę na sugerowanie nieprzyzwoitości ze strony pani Del Fresco lub mojej.

– Zamknij mordę, chłopaku – powiedział Joe życzliwie i poklepał swojego gościa po ramieniu. – Na czym to ja skończyłem? A, wiem. Z pewnością dymanie pani Del Fresco i bycie dymanym przez nią stanowi najjaśniejszy moment w twojej dotychczasowej egzystencji i, sądząc wyłącznie po twoim wyglądzie, pozostanie nim aż do twojej śmierci.

Młody pobladł jeszcze bardziej, jeśli to możliwe. Gapił się na Joego, jakby go sparaliżowało.

– Warto by też wziąć pod uwagę, że zamiast pomagać pani Del Fresco wydostać się z więzienia, powinieneś zrobić wszystko, co w twojej mocy, żeby w nim została i zapraszała cię na swoją pryczę, jak długo zechce. – Uśmiechnął się i znowu poklepał chłopca po ramieniu, po czym usiadł za biurkiem. – A teraz wracaj do domu, syneczku. No, zmykaj. – Machnął ręką.

Henry Ames kilka razy zamrugał, wstał, ruszył do drzwi, manipulując przy podszewce kapelusza, i zatrzymał się w progu, miętosząc jego rondo.

– Już dwa razy próbowali ją zabić. Raz w autobusie, a potem pod prysznicem. Mój wuj pracował w Raiford przez całe życie i powiedział, że jak już wydadzą wyrok na człowieka, to go w końcu wykonają. Więc... – spojrzał na klamkę i znowu na podłogę, mięśnie na policzkach mu drgały – więc ją zabiją. Powiedziała mi, że to pewne. A potem zabiją pana.

– Jacy „oni", synku? – Joe strzepnął papierosa do popielniczki.

– To wie tylko ona.

44

Chłopak spojrzał Joemu w oczy przez cały pokój. Miał więcej charakteru, niż się początkowo wydawało.

– Ale kazała mi podać panu nazwisko.

– Nazwisko osoby, która przyjdzie mnie zabić, czy człowieka, który ją wynajął?

– Nie mam pojęcia. Kazała tylko powtórzyć to nazwisko.

Joe zgasił papierosa. Chłopak najwyraźniej zamierzał wyjść – akurat teraz, kiedy go zaciekawił, umiarkowanie, ale jednak. Smarkacz miał w sobie zadziorność, której pewnie nie dostrzegali w nim koledzy ani sąsiedzi. Takiego kogoś można rozstawiać po kątach, ale nie daj Boże przyprzeć go do muru.

– No? – rzucił Joe.

– Pomoże pan jej? Jeśli powiem panu to nazwisko?

Joe pokręcił głową.

– Tego nie powiedziałem. Twoja luba zaczęła karierę jako szulerka, potem zajęła się wyłudzeniami, a następnie stała się cholernie sprawną złodziejką i płatną zabójczynią. Nie ma przyjaciół, bo każdy się boi, że zostanie przez nią oszukany, okradziony lub zabity. Lub wszystko to naraz. Więc wybacz, synku, ale możesz sobie wymaszerować przez te drzwi i zabrać to nazwisko z sobą, a ja nie stracę z tego powodu ani minuty spokojnego snu. Jeśli jednak masz ochotę mi je powiedzieć, no to...

Chłopak skinął głową i wyszedł. Joe osłupiał. A to numer! Wziął słuchawkę i zadzwonił do Richiego Cavellego, stojącego przy tylnych drzwiach, przez które do budynku wchodziła większość ich interesantów. Kazał mu zatrzymać jasnowłosego chłopaka, który zamierzał skorzystać z drzwi frontowych. Sam zdjął marynarkę z oparcia krzesła, włożył ją i wyszedł z gabinetu. Ale Henry Ames czekał na niego w recepcji, nadal z kapeluszem w ręku.

– Zgodzi się pan z nią spotkać?

Joe rozejrzał się po pomieszczeniu: Margaret, klekocząca na maszynie do pisania i mrużąca oczy od dymu papierosowego, przedstawiciel handlowy hurtowni nasion z Neapolu, jakiś urzędas z Departamentu Wojny... Joe skinął im głową przyjaźnie – czytajcie dalej gazety, nie ma na co się gapić – i spojrzał chłopcu w oczy.

– Jasne, mały – powiedział niedbale.

Chłopak skinął głową i znowu zaczął miąć rondo kapelusza. Podniósł wzrok na Joego.

– Gil Valentine.

Joe zdołał utrzymać łagodny uśmiech na twarzy, choć chluśnięcie lodowatej wody dotarło jednocześnie do jego serca i jąder.

– Takie nazwisko ci podała?

– Gil Valentine – powtórzył młodziak i włożył kapelusz. – Miłego dnia.

– Tobie także, synu.

– Spodziewam się pana wkrótce.

Joe nie odpowiedział. Chłopak uchylił kapelusza w stronę Margaret i wyszedł.

– Margaret – odezwał się Joe. – Zadzwoń do Richiego. Powiedz, że cofam rozkaz, który mu dałem. Niech wraca do swojej roboty. Jest przy drzwiach frontowych.

– Tak jest.

Joe uśmiechnął się do urzędasa z Departamentu Wojny.

– David, tak?

Mężczyzna wstał.

– Tak, proszę pana.

– Proszę wejść. Rozumiem, że ojczyzna potrzebuje jeszcze trochę alkoholu.

Przez całe spotkanie z gościem z Departamentu Wojny, a potem z hurtowni Joe nie mógł przestać myśleć o tym, co usłyszał od chłopaka. Gil Valentine stanowił w ich branży coś w rodzaju przykładu. Wybił się, jak większość, we wspaniałych czasach prohibicji i był jednocześnie cholernie dobrym gorzelnikiem i przemytnikiem. Ale przede wszystkim miał niesamowitego czuja. Siedząc w ostatnim rzędzie rewii, potrafił wśród dwudziestu girlasek dostrzec tę, która będzie gwiazdą. Zwiedził wszystkie nocne kluby i knajpy w kraju – Saint Louis, Saint Paul, Cicero, Chicago, Helena, Greenwood i Memphis aż po olśniewający Nowy Jork i migotliwe Miami – i wrócił z najlepszymi artystami, jacy kiedykolwiek pracowali dla mafii. Gdy alkohol znowu stał się legalny, Gil był już jednym z nielicznych, którzy – jak Joe – przygotowali się do gładkiego przejścia do bardziej jawnych interesów.

Gil Valentine przeniósł swoje sprawy na zachód. Gdy przybył do Los Angeles, zapłacił odpowiedni haracz Mickeyowi Cohenowi i Jackowi Dragnie, choć nie robił już nic nielegalnego. Założył studio nagraniowe Cupid's Arrow Records i zaczął wypuszczać niekończące się pasmo przebojów. Nadal odpalał działkę ludziom z Kansas City, dzięki którym mógł wystartować, a także wszystkim rodzinom posiadającym kluby, z których zabrał swoje gwiazdy. Na wiosnę 1939 roku zmontował tournée, w którym występowały Hart Sisters z orkiestrą Johnny'ego Starka, czarni wokaliści Elmore

47

Richards i Toots McGeeks oraz dwaj specjaliści od ballad i łamania serc, Vic Boyer i Frankie Blake. W każdym mieście, do którego przyjeżdżali, musieli dodawać dwa występy, żeby pomieścić wszystkich chętnych. Było to największe tournée w historii Ameryki Północnej i chłopaki z Kansas City oraz inni, którym się to należało, dostali z niego swoją działkę. Gil Valentine był niczym całodobowa mennica – robił pieniądze i rozdawał je przyjaciołom, oczekując od nich tylko jednego: że je wydadzą. Nie miał wrogów. Żył skromnie w Holmby Hills ze swoją żoną Masie, dwiema córkami z aparatami ortodontycznymi i synem trenującym lekkoatletykę w liceum w Beverly Hills. Nie miał kochanki, nałogów, wrogów.

Latem 1940 roku ktoś sprzątnął Gila Valentine'a z parkingu w zachodnim Los Angeles. Przez pół roku ludzie Cohena, Dragny i gangsterzy z całego kraju przeczesywali miasto w poszukiwaniu zaginionego złotego chłopca mafii. Łamali ręce, rozbijali głowy, przestrzeliwali kolana, ale nikt nie miał pojęcia, co go spotkało. Aż pewnego dnia, gdy większość poszukiwaczy sprawdzała plotkę niewiadomego pochodzenia o tym, że Gil Valentine popijał piwko w meksykańskiej rybackiej wiosce Puerto Nuevo na południe od Tijuany, jego syn wrócił do domu z porannej pracy i znalazł ojca w płóciennych workach rozsianych po całym podwórku domu w Holmby Hills. Zapakowano oddzielnie ramiona, oddzielnie dłonie. W wielkim worze znajdował się tors, w mniejszym głowa. W sumie trzynaście pakunków. I nikt – ani szefowie z Kansas City, ani grube ryby z Los Angeles, ani te setki ludzi, którzy go szukali, podobnie jak jego legalni i nielegalni współpracownicy – nie wiedział, za co go zabito.

Trzy lata później prawie nikt o nim nie wspominał. Wymówienie jego nazwiska przypominało, że pewne sprawy znajdują się poza zasięgiem najpotężniejszych syndykatów na zachodniej półkuli, w miarę upływu czasu bowiem przesłanie wynikające ze śmierci Gila Valentine'a stawało się coraz wyraźniejsze: każdego można zabić. W dowolnej chwili. Z dowolnego powodu.

Po wyjściu przedstawiciela hurtowni Joe usiadł w swoim gabinecie i zapatrzył się w widniejące za oknem magazyny i fabryki ciągnące się aż do portu. Potem podniósł słuchawkę i kazał Margaret zorientować się, kiedy w przyszłym tygodniu mógłby odbyć krótką podróż do Raiford.

ROZDZIAŁ TRZECI
OJCIEC I SYN

Syn Joego Coughlina, Tomas, miał prawie dziesięć lat i nigdy nie kłamał. Tej uciążliwej cechy z pewnością nie odziedziczył po ojcu. Gałęzie drzewa genealogicznego Joego od stuleci uginały się pod ciężarem trubadurów, szynkarzy, pisarzy, rewolucjonistów, sędziów i policjantów, czyli kłamców, a teraz raptem jego syn narobił sobie i jemu kłopotów, gdy panna Narcisa spytała go, co sądzi o jej włosach, a on odpowiedział, że wyglądają jak peruka.

Panna Narcisa Rusen była zarządzającą ich domu w Ybor. Dbała o zaopatrzenie lodówki, dwa razy w tygodniu prała pościel, gotowała i doglądała Tomasa, gdy Joe musiał wyjechać w interesach, czyli często. Miała co najmniej pięćdziesiąt lat i jak większość jej rówieśniczek co kilka miesięcy farbowała włosy, lecz one przeważnie przyznawały się do swojego wieku. Tymczasem panna Narcisa kazała fryzjerce z Kontynentalnego Salonu Urody farbować się na czerń mokrej asfaltowej jezdni w bezksiężycową noc, przez co jej biała jak kreda skóra wydawała się jeszcze bledsza.

– Przecież wyglądają jak peruka – bronił się Tomas w niedzielny poranek, kiedy jechali do kościoła Świętego Serca w centrum Tampy.

– Ale tego się nie mówi.

– Przecież pytała.

– Żebyś powiedział jej to, co chciała usłyszeć.

– Ale to kłamstwo.

– Hm… – Joe z trudem opanowywał zniecierpliwienie. – Niewinne kłamstwo. Czyli jest różnica.

– Jaka?

– Niewinne kłamstwa są nieszkodliwe i małe. Prawdziwe są duże i robią krzywdę.

Tomas przyjrzał się ojcu, mrużąc podejrzliwie oczy. Ale nawet Joe nie zrozumiał własnego wyjaśnienia. Spróbował więc jeszcze raz:

– Jeśli zrobisz coś złego, a ja, któraś zakonnica, ksiądz albo panna Narcisa spytamy, czy to zrobiłeś, musisz się przyznać, w przeciwnym razie skłamiesz, a to niedobrze.

– To grzech.

– To grzech – zgodził się Joe, choć już czuł, że jego dziewięcioletni syn zastawia na niego pułapkę. – Ale jeśli powiesz kobiecie, że wygląda ładnie w tej sukience, nawet jeśli tak nie myślisz, albo powiesz koledze… – Joe strzelił palcami. – Jak się nazywa ten twój kolega w wielkich okularach?

– Matthew?

– Matthew Rigert, właśnie. Więc jeśli jemu powiesz, że dobrze gra w piłkę, zrobisz mu przyjemność, prawda?

– No przecież mu tego nie powiem. On nie potrafi rzucać. Ani łapać. Przerzuca piłkę trzy metry nad moją głową.

51

– Ale gdyby spytał, czy według ciebie kiedyś zacznie grać lepiej?

– Powiedziałbym, że wątpię.

Joe spojrzał na syna i zastanowił się, czy naprawdę są spokrewnieni.

– Ty to chyba masz po matce.

– Ostatnio często to mówisz.

– Tak? Więc to pewnie prawda.

Tomas miał ciemne włosy po matce, ale ostre rysy po ojcu – wąski nos i wargi, wyraźnie zarysowaną szczękę i kości policzkowe. Ciemne oczy też miał po matce i – na nieszczęście – również krótki wzrok. Od kiedy skończył sześć lat, nosił okulary. Na ogół był spokojny, ale tym spokojem maskował namiętność i zamiłowanie do dramatów odziedziczone po matce. Miał także ironiczne poczucie humoru i potrafił docenić absurd, co z kolei wyróżniało Joego, kiedy był w jego wieku.

Joe skręcił w Twiggs. Wieża Świętego Serca pojawiła się w jego polu widzenia w chwili, gdy wjechał w korek. Kościół znajdował się trzy przecznice dalej, z przepełnionymi parkingami wylewającymi się na ulicę. W niedzielę nie można było się do niego zbliżyć, chyba że przyjechało się pół godziny przed mszą. A nawet wtedy zajmowało się ostatnie miejsca. Joe spojrzał na zegarek – do mszy pozostało czterdzieści pięć minut.

Na wiosnę 1943 roku wszyscy się modlili. Kościół mógł pomieścić osiemset osób, a wierni siedzieli ściśnięci jak sardynki w puszce. Niektóre matki modliły się za swoich synów, którzy wyjechali, inne – o dusze tych, którzy niedawno wrócili w trumnach. To samo robiły żony i narzeczone. Mężczyźni, którzy nie dostali powołania do wojska, modlili się o drugą szansę lub – potajemnie – żeby o nich zapomniano. Każdy ojciec modlił się, by jego syn wrócił do domu, a poza tym dobrze spisał się na polu bitwy. Nieważne, co z nim będzie, Panie, nie pozwól, żeby stchórzył. A wszyscy razem modlili się, żeby wojna została tam i nigdy nie dotarła tutaj. Niektórzy, przeczuwając nadejście Sądu Ostatecznego, prosili Boga, by zauważył, że są pobożni i pokorni, dobrzy gracze Jego drużyny.

Joe wyciągnął szyję, by sprawdzić, ile samochodów dzieli go od najbliższego wjazdu na parking tuż za Morgan Street: dwadzieścia. Znowu zatrzymał się gwałtownie; przed nimi rozbłysły czerwone światła hamowania. Dowódca policji z żoną przeszli chodnikiem, rozmawiając z Rance'em Tuckstonem, prezesem First National Bank. Tuż za nimi szli Hayley Gramercy, właściciel sieci sklepów spożywczych All American, a także jego żona Trudy.

– Hej – odezwał się Tomas. – Wujek D! – Pomachał ręką.

– Nie widzi nas – powiedział Joe.

Dion Bartolo, przywódca kryminalnej rodziny, która nosiła jego nazwisko, opuścił parking po prawej ze znakiem „Brak wolnych miejsc" przy wjeździe. Po obu jego stronach szli jego ochroniarze: Mike Aubrey i Geoff Fin. Dion był dużym, tęgim mężczyzną, choć ostatnio ubranie zaczęło na nim wisieć, a policzki mu zwiotczały. Wśród jego współpracowników i partnerów krążyły pogłoski o jego chorobie. Joe, który znał go lepiej niż ktokolwiek, znał przyczynę. Ale nikt inny nie musiał o tym wiedzieć.

Dion zapiął marynarkę i dał znak swoim ludziom, żeby zrobili to samo. Gdy tak maszerowali we trzech do kościoła, wyglądali jak wcielenie brutalnej siły. Joe znał to wrażenie; kiedyś także przy nim dniem i nocą czuwali ochroniarze. I nie tęsknił za tym ani przez chwilę. Nikt ci tego nie powie, ale władza absolutna nigdy nie jest absolutna. Kiedy ją zyskujesz, ktoś inny już zaczyna knuć, żeby ci ją odebrać. Książęta mogą spać spokojnie, ale królowie już nie. Król zawsze nasłuchuje jednym uchem, czy nie zaskrzypią deski podłogi, nie pisną zawiasy.

Joe znowu policzył samochody z przodu – dziesięć, może dziewięć.

Przed kościołem kręcili się wszyscy najważniejsi dostojnicy. Przystojny młody burmistrz Jonathan Belgrave i jego ładna, jeszcze młodsza żona Vanessa wymieniali uprzejmości z Allison Picott i Deborah Minshew, młodymi kobietami, których mężowie walczyli za granicą. Gdyby nie wrócili, te dwie zniosą ten cios lepiej od innych kobiet: obie pochodziły z dwóch najstarszych rodzin w Tampie, których nazwiskami nazywano ulice i skrzydła szpitala. I obie popełniły mezalians.

Tomas przewrócił kartkę podręcznika do historii – ten smarkacz ciągle czytał – i powiedział:

– Mówiłem, że się spóźnimy.

– Nie spóźnimy się – odparł Joe. – Jeszcze wcześnie. Inni przyszli, no wiesz, wcześniej niż wcześnie.

Syn skomentował to uniesieniem brwi.

Światła na najbliższym skrzyżowaniu zmieniły się z czerwonych na zielone. Ani jeden samochód się nie ruszył; stali w miejscu aż do żółtego, a potem czerwonego. Joe włączył radio dla odwrócenia uwagi. Spodziewał się usłyszeć wiadomości o wojnie, które nadawano nieustannie, jakby nic innego się nie działo, jakby ludzie nie potrzebowali już prognozy pogody ani notowań giełdowych. Ale czekała go nieprzyjemna niespodzianka w postaci sensacyjnego doniesienia o masowych aresztowaniach, do których doszło wczorajszej nocy na przedmieściach Ybor City.

– W tej czarnej dzielnicy miasta na południe od Eleventh Avenue – głosił reporter tonem sugerującym, że w te rejony zapuszczają się tylko śmiałkowie lub głupcy – policja skonfiskowała około siedmiu kilo narkotyków i wdała się w wymianę ognia z bezwzględnymi gangsterami pochodzenia murzyńskiego i włoskiego. Kapitan Edson Miller z wydziału policji w Tampie donosi, że jego ludzie sprawdzają wszystkich aresztowanych Włochów, by się upewnić, że żaden z nich nie jest sabotażystą wysłanym do kraju przez samego Mussoliniego. Czterech podejrzanych zginęło z ręki policji, a piąty, Walter Grimes, popełnił samobójstwo w areszcie. Kapitan Miller stwierdził także, że policja przed dokonaniem nalotu na magazyn narkotyków przez kilka miesięcy miała go pod obserwacją...

Joe wyłączył radio, żeby nie słuchać dalszych kłamstw. Wally Grimes w życiu by nie popełnił samobójstwa, wszyscy „Włosi" urodzili się w tym kraju, narkotykowy „magazyn" nie był żadnym magazynem, tylko laboratorium, a w tę piątkową noc użyto go po raz pierwszy, więc nikt nie mógł go obserwować nawet przez tydzień, o miesiącu nie wspominając. Ale gorsza od wszystkich kłamstw była strata ludzi, w tym chemika i kilku doskonałych żołnierzy, w czasach gdy coraz trudniej było o sprawnych mężczyzn.

– Czy ja jestem czarnuchem? – spytał Tomas.

Joe obejrzał się gwałtownie.

– Co?!

Tomas wskazał brodą radio.

– Jestem?

– Kto cię tak nazwał?

– Martha Comstock. Niektóre dzieci mówią „meksykaniec", ale Martha powiedziała: „Nie, to czarnuch".

– To ten kurdupel z potrójnym podbródkiem, co ciągle trzaska dziobem?

Przez twarz Tomasa przemknął uśmiech.

– Tak.

– I tak cię nazwała?

– Ja się tym nie przejmuję.

– Widzę, że się przejmujesz. Pytanie tylko, jak bardzo.

– No, to jestem tym czarnuchem?

– Ej. Słyszałeś kiedyś, żebym używał tego słowa?

– Nie.

– Wiesz dlaczego?

– Nie.

– Bo ja nic do niego nie mam, ale twoja matka go nienawidziła.

– No to jestem kolorowy czy nie?

Joe wzruszył ramionami.

– Wiem, że niektórzy przodkowie matki byli niewolnikami. Zatem pewnie jej ród wywodzi się z Afryki, potem zmieszał się z Hiszpanami, a może nawet z kilkoma białymi.

– Samochód przed nimi stanął niespodziewanie, więc Joe zahamował i na chwilę oparł głowę o fotel. – W twarzy twojej matki urzekło mnie to, że widziałem w niej cały świat. Czasem spoglądałem na nią i wydawała mi się condesą przechadzającą się po winnicy w Hiszpanii. Innym razem widziałem dzikuskę niosącą wodę z rzeki. Widziałem twoich

przodków w bufiastych rękawach i z szablami u boku, prze-
mierzających pustynie i oceany lub kroczących ulicami Starego Miasta.

Samochód przed nimi ruszył i Joe wyprostował się, zwolnił
hamulec i wrzucił jedynkę. Westchnął tak cicho, że Tomas nie
był pewien, czy to usłyszał.

– Twoja matka miała cholernie piękną twarz.

– I wszystko to w niej widziałeś?

– Nie codziennie. Na ogół widziałem po prostu twoją
mamę. – Joe spojrzał na syna. – Ale po kilku drinkach nigdy
nie wiadomo.

Tomas zachichotał, a ojciec klepnął go mocno w kark.

– Czy ludzie mówili, że moja matka jest czarna?

W oczach Joego pojawiło się to coś zimnego, ta szarość,
która mogłaby zamrozić wrzątek.

– Nie w mojej obecności.

– Ale wiedziałeś, że tak myśleli.

Twarz ojca znowu stała się łagodna.

– Nigdy specjalnie mi nie zależało na zdaniu obcych ludzi,
dzieciaku.

– Tato… a przejmujesz się czyimś zdaniem?

– Twoim. I twojej mamy.

– Mama nie żyje.

– Tak, ale lubię sobie wyobrażać, że nas widzi.

Ojciec opuścił okno i zapalił papierosa. Trzymał go w lewej
ręce, wywiesiwszy ją na zewnątrz.

– I przejmuję się zdaniem wujka Diona.

– Choć to nie jest twój brat.

– Pod wieloma względami jest nim o wiele bardziej niż moi
prawdziwi bracia.

Ojciec podniósł dłoń, żeby zaciągnąć się papierosem, i znowu wystawił ją za okno.

– Przejmowałem się zdaniem mojego ojca, choć to by go zdziwiło. Na tym lista się kończy. – Rzucił synowi smutny uśmiech. – Nie mam serca dla większości ludzi. Nie żeby byli godni potępienia, ale godni pochwały też nie są.

– Nawet ci, co walczą na wojnie?

– Nie znam ich. – Ojciec wyjrzał przez okno. – Szczerze mówiąc, wisi mi, czy przeżyją, czy nie.

Tomas pomyślał o wszystkich poległych w Europie, Rosji i na Pacyfiku. Czasami śniły mu się tysiące zakrwawionych, zmasakrowanych ciał na ciemnych polach lub kamiennych piazzach, z kończynami powykręcanymi pod dziwnymi kątami, z ustami zastygłymi w bezgłośnym krzyku. Chciałby chwycić za broń i walczyć za nich, ocalić choć jednego. Natomiast jego ojciec traktował wojnę jak większość zjawisk – jako okazję do zarobku.

– Więc nie powinienem się tym przejmować? – zapytał po chwili.

– Nie. Puste gadanie i tyle.

– Dobrze. Spróbuję.

– Jesteś gość.

Ojciec odwrócił się i rzucił mu pewny siebie uśmiech, jakby to mogło wszystko naprawić, i w końcu wjechali na parking. Minęli się z Rikiem DiGiacomo, który był ochroniarzem Joego, dopóki jakieś sześć lat temu Joe nie zorientował się, że nie potrzebuje już ochroniarza, a nawet gdyby potrzebował, Rico jest zbyt inteligentny i utalentowany, żeby ugrzęznąć na takiej pozycji. Rico stuknął w maskę samochodu Joego i błysnął swoim słynnym uśmiechem – tak olśniewającym, że można by nim oświetlać w nocy boisko. Po jednej jego stronie szła jego matka Olivia, po drugiej – brat Freddy. Starsza pani wyglądała jak postać z filmu z Karloffem – złośliwa zjawa w czerni wyłaniająca się z wrzosowisk, gdy wszyscy zasną.

Gdy rodzina DiGiacomo ich minęła, Tomas spytał:

– A jak nie ma wolnych miejsc?

– Przed nami tylko jeden samochód – odparł Joe.

– Ale jeśli on zajmie to ostatnie miejsce?

– Dużo mi z tego przyjdzie, jeśli będę się nad tym zastanawiał.

– Pomyślałem, że mógłbyś rozważyć tę możliwość.

Joe łypnął na niego.

– Czy my naprawdę jesteśmy spokrewnieni?

– Ty mi to powiedz – oznajmił jego syn i wrócił do lektury.

ROZDZIAŁ CZWARTY

NIEOBECNOŚĆ

Joe i Tomas siedzieli w ostatnich ławkach kościoła – nie tylko dlatego, że przybyli później niż większość wiernych, ale ponieważ Joe w każdym pomieszczeniu wolał się znajdować blisko wyjścia. Oprócz Diona (pierwsza ławka po lewej) i Rica DiGiacomo (piąta ławka po prawej) zauważył kilku innych współpracowników – bez wyjątku morderców – i zastanowił się, co czuje Jezus, jeśli rzeczywiście patrzy na nich z góry i ma wgląd w ich myśli. „Ludzie – pomyślałby Jezus – wyście chyba niczego nie zrozumieli".

Ojciec Ruttle mówił o piekle. Najpierw przeleciał klasykę tematu: ogień, diabły z widłami, ptaki wydziobujące człowiekowi wątrobę. Potem jednak dotarł do miejsca, którego Joe się nie spodziewał:

– Lecz co jest gorsze od tych kar? W Księdze Rodzaju czytamy, że Pan nasz spojrzał na Adama i rzekł: „Mężczyzna nie powinien być sam". I tak Pan stworzył Ewę, ona zaś sprowadziła do Raju niepokój i zdradę – tak, to prawda – i skazała nas na konsekwencje grzechu pierworodnego. To prawda i Pan wiedział, że do tego dojdzie, bo On wie wszystko. Mimo to stworzył ją dla Adama. Dlaczego? Sami zadajcie sobie to pytanie: dlaczego?

Joe rozejrzał się po kościele, usiłując znaleźć kogoś oprócz Tomasa, kogo to pytanie autentycznie zastanawiało. Większość wiernych wyglądała, jakby robiła w myślach listę zakupów na wieczorny posiłek.

– Stworzył Ewę – ciągnął ojciec Ruttle – bo nie potrafił znieść widoku samotnego Adama. Widzicie, samotność to najgorsza z piekielnych kar. – Uderzył w kazalnicę pięścią i wierni ocknęli się z drzemki. – Piekło to nieobecność Boga. – Znowu pięść wylądowała na rzeźbionym drewnie. – To nieobecność światła. To nieobecność miłości. – Ksiądz napiął mięśnie szyi, spoglądając na osiemset owieczek zebranych przed nim. – Rozumiecie?

Nie byli baptystami, nie musieli odpowiadać, ale w tłumie i tak rozległy się pomruki.

– Wierzcie w Pana – podjął ksiądz. – Czcijcie Go i pokutujcie za grzechy, a ujrzycie Go w niebiosach. Lecz jeśli nie będziecie pokutować... – znowu przeszył ich spojrzeniem – wypędzi On was sprzed swojego oblicza.

To ten jego głos tak ich przykuwał, zrozumiał Joe. Zwykle brzmiał sucho i dobrotliwie, ale poranne kazania go zmieniały. Zmieniały całego ojca Ruttle'a, który mówił z rozpaczą i desperacją, jakby piekło jako nieskończona i nieprzeniknioną przestrzeń wydawało mu się niemal zbyt straszne, by o nim opowiadać.

– Powstańcie.

Joe i Tomas wstali wraz z resztą wiernych. Joe nigdy nie stronił od pokuty. W jej ramach przeznaczył dziesiątki tysięcy dolarów na szpitale, szkoły, schroniska, drogi i kanalizację nie tylko w Bostonie, gdzie dorastał i posiadał kilka firm, i w Ybor City, gdzie postanowił zamieszkać, lecz i na Kubie, w której zachodniej, słynącej z plantacji tytoniu części przebywał przez większą część roku. Jednym z jego najlepiej strzeżonych sekretów było to, że samotność przerażała go do szpiku kości. Nie bał się bycia samemu – w gruncie rzeczy to lubił – ale samotność, którą się otaczał, zawsze mógł przerwać pstryknięciem palców. Otoczył ją pracą, filantropią, rodzicielstwem. Miał nad nią władzę. Lecz jako dziecko tej władzy nie posiadał. Samotność została mu narzucona wraz z ironicznym zrządzeniem losu – ci, którzy sprawili, że dorastał osamotniony, spali w sąsiednim pokoju.

Spojrzał na syna i przesunął dłonią po jego potylicy. Tomas zerknął na niego z lekkim zaskoczeniem i zaciekawieniem, ale uśmiechnął się łagodnie. Potem znowu odwrócił się do ołtarza. Kiedy dorośniesz, będziesz miał na mój temat mnóstwo wątpliwości, pomyślał Joe, kładąc rękę na karku syna, ale nigdy nie będziesz się czuć niekochany, niechciany ani samotny.

ROZDZIAŁ PIĄTY
NEGOCJACJE

Spotkania po mszy często trwały równie długo jak samo nabożeństwo. Burmistrz Belgrave z małżonką stanęli na schodach przed kościołem, a tłum sunął obok nich. Dion powitał Joego ukłonem, który Joe odwzajemnił. Przecisnął się z Tomasem przez ciżbę, skręcił za róg kościoła i poszedł na jego zaplecze, gdzie znajdowała się szkółka parafialna z ogrodzonym placem, na którym chłopcy spotykali się co niedziela, by przedyskutować interesy. Z placem sąsiadował drugi, mniejszy, dla dzieci z młodszych klas, i tam właśnie czekały żony z dziećmi.

Gdy Joe zatrzymał się przed pierwszym placem, Tomas ruszył na drugi, do innych dzieci. Widok odchodzącego syna przejął Joego bezradnością, a nawet pomniejszą rozpaczą. Istotą życia jest strata, Joe to rozumiał. Ale ostatnio odczuwał to dotkliwiej niż kiedykolwiek. Jego syn za osiem lat pójdzie do college'u i teraz za każdym razem, gdy odchodził – dokądkolwiek – Joe czuł się, jakby już go tracił.

Joe martwił się, że chłopiec dorastający bez matki stanie się zbyt twardy, zbyt szorstki. Nawet panna Narcisa

63

o bezceremonialnym sposobie bycia, z surową twarzą i lodowatym wstrętem do uczuć była, jak często zauważał Dion, bardziej męska od większości facetów. Poza tym chłopiec dorastał też w kulturze zmilitaryzowanej, w której wszyscy otaczający go mężczyźni nosili przy sobie broń – musiałby być ślepy, żeby tego nie zauważyć – a kilku z nich zniknęło. Ale z zaskoczeniem przekonał się, że syn staje się cichym i łagodnym chłopcem. Jeśli znalazł na balkonie osłabłą z upału jaszczurkę (a zwykle tam się je znajdowało latem, już niemal wysuszone), kładł ją na pudełku zapałek i wynosił do ogrodu, gdzie wypuszczał na wilgotną ziemię pod dającymi cień liśćmi. Gdy był młodszy, zawsze przyjaźnił się z chłopcami prześladowanymi w domu lub w szkole. Nie uprawiał sportu – a może nie był nim zainteresowany. Nie należał do prymusów – ale wszyscy nauczyciele twierdzili zgodnie, że jest inteligentny jak na swój wiek. Lubił malować. I szkicować. Rysował głównie pejzaże miasta. Z jakiegoś powodu budynki przedstawiał przechylone, jakby zbudowano je na grzęzawisku. Z ludzi szkicował wyłącznie matkę. W domu znajdowała się tylko jedna jej fotografia, na której połowa jej twarzy ginęła w cieniu, ale te portrety wydawały się niezwykle wierne jak na dziecko, które straciło matkę tuż po drugich urodzinach. Joe raz go o to spytał:

– Skąd wiesz, jak wyglądała? Pamiętasz ją?

– Nie – odpowiedział chłopiec bez żalu w głosie. Jakby Joe zapytał go o coś innego z tego okresu: o kołyskę albo misia czy psa, który na Kubie wpadł pod ciężarówkę z tytoniem.

– Więc jak to możliwe, że tak dobrze rysujesz jej twarz?

– Dzięki tobie.

– Dzięki mnie?

Tomas skinął głową.

– Wszystko do niej porównujesz. Mówisz: „Włosy twojej matki miały taki kolor, ale były gęstsze". Albo: „Twoja matka miała takie pieprzyki, ale wszystkie wzdłuż obojczyków".

– Naprawdę?

Znowu przytaknięcie.

– Chyba nie zdajesz sobie sprawy, jak często o niej mówiłeś.

– Mówiłem?

Syn spojrzał na niego.

– Już nie mówisz. W każdym razie rzadko.

Joe wiedział dlaczego, choć syn tego nie rozumiał. Przesłał w duchu przeprosiny Gracieli. Tak, kochanie. Nawet ty bledniesz.

Dion odsunął gestem swoich ochroniarzy i wymienił z Joem uścisk dłoni. Potem stanęli w długim cieniu kościoła i zaczekali na braci DiGiacomo.

Dion i Joe przyjaźnili się od czasów, gdy jako dzieci biegali po ulicach południowego Bostonu. Byli wyrzutkami, potem kryminalistami, w końcu gangsterami. Dion kiedyś pracował dla Joego, teraz Joe pracował dla Diona. Ale Joe był czynnym członkiem Komisji. Szef miał większą władzę niż jej członek, lecz Komisja miała większą władzę niż jakikolwiek szef. To czasem wprowadzało komplikacje.

Rico i Freddy nie kazali im czekać, choć Rico ze swoim wyglądem i urokiem idola nastolatek musiał się przedzierać przez tłum. Natomiast Freddy był równie ponury i zagubiony jak zawsze. Był starszy z nich dwóch, lecz to Rico zgarnął całą genetyczną pulę: urodę, urok i inteligencję. Freddy potrafił tylko mieć pretensje do świata. Wszyscy się zgadzali, że umiał zarabiać – choć oczywiście nie tak jak jego brat – lecz zważywszy na jego zamiłowanie do niepotrzebnej agresji i pewne wątpliwości co do jego seksualnych upodobań, powszechnie sądzono, że gdyby Rico nie był jego bratem, Freddy nigdy by nie awansował.

Wszyscy uścisnęli sobie dłonie, a Rico dodatkowo klepnął Joego w ramię i uszczypnął Diona w obwisły policzek. Pierwszy punkt spotkania stanowiło zagadnienie, co powinni zrobić dla rodziny Shela Golda, który dostał jakiejś choroby mięśni przykuwającej go do wózka inwalidzkiego. Shel był Żydem i nie należał do rodziny, ale przez lata zarobili z nim mnóstwo kasy, no i był zabawny jak wszyscy diabli. Początkowo, kiedy zaczął tracić równowagę bez żadnej wyraźnej przyczyny, a jedna jego powieka opadła, myśleli, że robi im kawał. Ale teraz siedział na wózku, ledwie mówił i cały się trząsł. Miał dopiero czterdzieści pięć lat, troje dzieci z żoną Esther i kolejnych troje, rozsianych w bardziej podejrzanych dzielnicach miasta. Postanowili dać Esther pięćset dolców i koszyk owoców.

Następnie zajęli się zagadnieniem, czy poprosić Komisję o przyjęcie Paula Battalii, który zajął się lokalami sanitarnymi i przez pół roku podwoił dochody z interesów odziedziczonych po Salvym LaPretto, co potwierdziło ogólną opinię, że Salvy, który pół roku temu umarł po trzech zawałach w ciągu jednego tygodnia, był najbardziej leniwym gangsterem od czasów Ralpha Capone'a. Rico DiGiacomo zastanawiał się, czy Paul nie jest za młody. Sześć lat temu Joe poradził Ricowi – dzieciak był wtedy z niego, góra dziewiętnaście lat, o Jezu – żeby się nie ograniczał. Teraz Rico był właścicielem kilku punktów totalizatora, dwóch burdeli i firmy transportującej fosforyty. Ponadto, co przynosiło największe zyski, miał udział w każdym człowieku pracującym w dokach. I, podobnie jak Joe, osiągnął to, nie robiąc sobie wielu wrogów. To w ich branży cud większy niż zamiana wody w wino czy rozstąpienie się morza podczas odpływu. Gdy Dion zauważył, że Paul jest teraz o rok młodszy od Rica w czasie, gdy go przyjęto do ekipy, obaj spojrzeli na Joego. Joe, Irlandczyk, nigdy nie mógł stać się jednym z nich, ale jako członek Komisji najlepiej wiedział, jakie szanse ma Battalia.

– Nie twierdzę, że nie można robić wyjątków – odezwał się Joe – ale organizacja jest zamknięta na czas tej awantury w Europie. Pytanie, czy Paul należy do wyjątków. – Spojrzał na Diona. – Więc jak?

– Może posiedzieć na ławce jeszcze jeden rok – oznajmił Dion.

Stojąca na drugim podwórku pani DiGiacomo trzepnęła dzieciaka, który podbiegł zbyt blisko niej. Freddy, bardziej oddany z jej synów, miał na nią oko. A może, zastanowił się Joe po raz kolejny, Freddy interesował się tylko nią? Czasem pod jakimś pozorem szedł na podwórko po matkę, zanim sama je opuściła, i zawsze wracał od niej z górną wargą lśniącą od potu i nieprzytomnym wyrazem oczu. Ale tego ranka dość szybko odwrócił spojrzenie od niej i dziedzińca pełnego dzieci i przytulił do piersi poranną gazetę.

– Ktoś chce o tym pomówić?

W dolnym prawym rogu pierwszej strony znajdował się artykuł o nalocie na kuchnię w Brown Town.

– Dużo nas to kosztowało? – spytał Dion, zwracając się do Joego i Rica.

– W tej chwili? Jakieś dwieście tysięcy – oznajmił Joe.

– Co?!

Joe pokiwał głową.

– Straciliśmy zapas na dwa miesiące.

– Nie mówiąc o tym, że nasza konkurencja wypełni lukę i zdobędzie klientów. Poza tym zginął jeden człowiek Montootha, jeden nasz, no i dziewięciu siedzi w więzieniu. Połowa z nich zajmowała się wyścigami, połowa – nielegalną loterią. Musimy zabezpieczyć ich trasy, znaleźć zastępstwo, awansować ludzi, znaleźć innych na ich miejsce. Porobiło się.

– Jak się dowiedzieli? – Dion poruszył temat, którego wszyscy się bali.

Rico rozłożył lekko dłonie. Joe westchnął przeciągle.

– Mamy wśród nas jakiegoś skurwysyna – stwierdził Freddy oczywistość. – Albo my, albo czarnuchy. Ja stawiam na czarnuchów.

– Dlaczego? – spytał Joe.

Freddy nie zrozumiał.

– Bo to czarnuchy.

– Nie wydaje ci się, że oni wiedzą, iż ich pierwszych będziemy obwiniać o utratę towaru wartego ćwierć miliona dolarów? Montooth Dix to cwany gość. Kurwa, wręcz legenda. I on miałby na nas donosić? W jakim celu?

– Kto to wie? – odparł Freddy. – Z powodu, o którym nie mamy pojęcia. Złapali którąś z jego żon bez zielonej karty. Kto wie, co zmienia czarnucha w kapusia?

Joe spojrzał na Diona, który rozłożył ręce, jakby chciał przyznać Freddy'emu rację.

– Tylko dwie osoby oprócz nas wiedziały, gdzie będzie kuchnia – oznajmił Dion. – Montooth Dix i Wally Grimes.

– A Wally'ego Grimesa – dodał Rico – nie ma już wśród nas.

– Co jest bardzo szczęśliwym zbiegiem okoliczności – zauważył Joe, patrząc na Freddy'ego – dla kogoś, kto – powiedzmy – chciałby wysadzić Montootha Dixa z branży hazardu i narkotyków w Brown Town.

– Mówisz, że ktoś tak to ustawił, żeby Montooth Dix wyszedł na kapusia? – spytał Freddy z uśmiechem zaciekawienia.

– Nie – odparł Joe. – Zauważam tylko, że jeśli Montooth naprawdę jest donosicielem, to doskonale się składa dla każdego, kto by chciał przejąć jego dochody.

– Jestem tu, żeby zarabiać. Dlatego dobry Pan – Freddy przeżegnał się szybko – zesłał nas na ziemię. – Wzruszył ramionami. – Nie zamierzam za to przepraszać. Montooth Dix zarabia za dużo, zagraża nam wszystkim.

– A może tylko tobie? – zagadnął Joe. – Słyszałem, że twoi ludzie obili kilku kolorowych.

– Jak oni nam, tak my im.

– I nie sądzisz, że oni uważają tak samo?

– Ale, Joe – powiedział Freddy cierpliwie – to czarnuchy.

Poza próżnością, arogancją i cichym przekonaniem, że przerasta inteligencją wszystkich znanych mu ludzi, Joe przez te trzydzieści siedem lat na tej planecie dodał do listy swoich grzechów także zabójstwa, kradzieże, okaleczenia i napaści. Ale nawet gdyby żył sto lat, nie zdołałby zrozumieć tego ciemnogrodu. Historia dowodziła, że każda rasa w pewnym momencie swego istnienia była uznana za czarnuchów. I kiedy tylko czarni zdobędą szacunek, pojawi się następny kozioł ofiarny, dręczony może nawet przez tych samych czarnuchów,

którzy dopiero przed chwilą stali się pełnoprawnymi oby-
watelami. Nie po raz pierwszy zastanowił się, jak mogli pozwolić, żeby ktoś taki jak Freddy miał własną ekipę. Ale ten
sam problem dotyczył wszystkich podczas wojny – brakowało
dobrych ludzi. Ponadto Freddy był bratem Rica, a czasem
trzeba przyjąć zgniłe jabłko w pakiecie ze zdrowym.

– No więc? – zwrócił się Joe do Diona, który zapalał cygaro, mrużąc jedno oko.

– Znajdziemy sposób, żeby odnaleźć tego kapusia. Do tego
czasu nikt nic nie zrobi. Nikt nie wyskoczy z żadnym pomysłem. – Dion otworzył oko i przeszył spojrzeniem Freddy'ego
i Rica. – Jasne?

– Jak kryształ – zapewnił Rico.

Tomas odszukał ojca na dziedzińcu i razem ruszyli na front
kościoła. Zmierzali w stronę Twiggsa, gdy drogę zastąpił im
burmistrz z małżonką. Burmistrz uchylił kapelusza, jego
młoda żona obdarzyła ich promiennym, choć powściągliwym
uśmiechem.

– Panie burmistrzu... – zwrócił się burmistrz do Joego
z jowialnym śmiechem. Uścisnął mu dłoń.

W czasach intensywnej działalności Joego, czyli dziesięć,
dwadzieścia lat wcześniej, Kubańczycy i Hiszpanie nazywali
go burmistrzem Ybor. Nawet teraz niektórzy dziennikarze
używali jeszcze tego przydomka.

Kwaśny wyraz twarzy Vanessy Belgrave zdradzał, że to
przezwisko jej nie bawi. Joe uścisnął dłoń jej męża.

– To pan zarządza tym miastem. Co do tego nie ma żadnych wątpliwości. Zna pan mojego syna Tomasa?

Jonathan Belgrave podciągnął spodnie i przykucnął, by uścisnąć dłoń chłopca.

– Jak się masz?

– Dobrze. Dziękuję panu.

– Rozumiem, że płynnie mówisz po hiszpańsku.

– Tak.

– Będziesz musiał zasiąść u mojego boku, gdy następnym razem będę negocjować z Circulo Cubano i związkami zawodowymi robotników z fabryk cygar.

– Dobrze, proszę pana.

– Doskonale, synu. Doskonale. – Burmistrz roześmiał się, poklepał Tomasa po ramieniu i wstał. – Oczywiście znacie Vanessę.

– Witam panią – powiedział Joe.

– Witam.

Nawet w elitarnych kręgach Tampy, gdzie obowiązywały snobizm i oschłość, chłód, jaki Vanessa Belgrave okazywała osobom uznanym przez siebie za niegodne, uważano za legendarny. A pani burmistrzowa nie lubiła Joego. Kiedyś nie zgodził się zrobić tego, o co go poprosiła, bo zachowywała się, jakby to się jej należało. Gdy jej mąż został dopiero wybrany na burmistrza i nie miał jeszcze takich wpływów jak teraz, Joe i tak dla przyzwoitości załagodził sprawę, pożyczając mu dźwig do budowy pomnika majora Francisa Dade'a przed nowymi wodociągami. Obecnie burmistrz i Joe spotykali się czasem u Berna na drinka i stek, ale Vanessa Belgrave jasno dawała do zrozumienia, że ona ułagodzić się nie da. Słyszano, jak nazywała Joego jankeskim gangsterem z jankeskim brakiem manier i taktu.

Burmistrz uśmiechnął się do żony zachęcająco.

– Spytaj go.

Joe lekko przechylił głowę i odwrócił się do młodej kobiety. Miała tak przerażającą reputację, że często zapominał, jaka jest ładna – jej wargi miały ten sam kolor co włosy, ciemnoczerwone jak zaschnięta krew.

– Mnie?

Pani burmistrzowa zauważyła, że sytuacja go bawi, więc uniosła lekko lewy kącik ust, po czym przeszyła Joego spojrzeniem elektryzująco niebieskich oczu.

– Wie pan o mojej fundacji?

– Oczywiście – powiedział Joe.

– Jak większość fundacji dobroczynnych w czasie wojny i moja znosi niedostatek.

– Przykro mi to słyszeć.

– Natomiast pańskie kwitną.

– Słucham?

– Oczywiście mówię o pańskich organizacjach dobroczynnych w Tampie. Rozumiem, że właśnie zbudował pan w Lutz nowy przytułek dla kobiet.

– To bezpośredni skutek wojny. Coraz więcej kobiet traci mężów i środki utrzymania dzieci. Coraz więcej dzieci traci ojców.

– Oczywiście ta teoria brzmi słusznie, Joe – wtrącił Jonathan Belgrave – ale wszystkie organizacje dobroczynne, które nie wspomagają wysiłku wojennego, dostały mocno po kieszeni, a twoja radzi sobie doskonale. Chociażby to przyjęcie, które wydałeś tuż przed Bożym Narodzeniem... Na pewno zebrałeś kawał grosza.

Joe zachichotał, zapalając papierosa.

– To czego chcecie, listy moich dobroczyńców?

– Dokładnie – powiedziała Vanessa.

Joe odkaszlnął i wydmuchnął dym.

– Serio?

– Cóż, nie zamierzam pana prosić, żeby oddał mi pan listę tu i teraz. Pragnę zaofiarować panu miejsce w radzie Fundacji Dobroczynnej Sloane'ów.

Vanessa Belgrave była córką Arthura i Eleanor Sloane'ów z Atlanty. Ich rodzina – ta od drewna, banków, tekstyliów, wakacji na Jekyll Island, dwóch dorocznych balów, które co sezon ustawiały wysoko poprzeczkę wszystkim innym spotkaniom towarzyskim – mogła się pochwalić obecnością w swoich szeregach generałów, służących podczas wojny rewolucyjnej i secesyjnej. W Georgii Sloane'owie stanowili odpowiednik rodziny królewskiej.

– Zwolniło się miejsce?

Burmistrz przytaknął.

– Umarł Jeb Toschen.

– Przykro mi to słyszeć.

– Miał dziewięćdziesiąt dwa lata.

Joe spojrzał w jasne oczy Vanessy. Najwyraźniej ta sytuacja ją dobijała. Ale rzeczywiście podczas gdy wszystkie inne organizacje dobroczynne tonęły, jego jeśli nie kwitły, to przynajmniej stały na mocnym gruncie. Częściowo wynikało to z talentów Joego do zbierania datków, ale głównie z ograniczenia wydatków operacyjnych po obcięciu połowy zapasów i materiałów budowlanych.

– Proszę się skontaktować z moją sekretarką – powiedział w końcu.

– Czy to oznacza „tak"? – spytała Vanessa.

– Prawie, kochanie. – Jej mąż uśmiechnął się do Joego. – Nadal pracujemy nad tym etapem, kiedy uświadomi sobie, że brak zaprzeczenia to zawsze potwierdzenie.

Vanessa także się uśmiechnęła.

– Tak naprawdę pracujemy tylko nad tym etapem, na którym lubię słyszeć „tak".

Joe wyciągnął rękę. Uścisnęła ją.

– Niech ktoś zadzwoni rano do mojej sekretarki. Poddamy tę kwestię stosownej uwadze.

Pani burmistrzowa jeszcze mocniej zacisnęła palce na jego dłoni; nie zdziwiłoby go, gdyby usłyszał trzask swoich pękających kości lub jej zębów.

– Zadzwonię – oznajmiła. – I dziękuję, że zechciał to pan wziąć pod uwagę.

– Cała przyjemność po mojej stronie.

ROZDZIAŁ SZÓSTY
WIATR ZMIAN

Freddy DiGiacomo spotkał się z Wyattem Pettigrue na porodówce szpitala Świętego Józefa. Wyatt trzymał w obu rękach swoją nowo narodzoną córeczkę, podczas gdy w popielniczce na jego kolanie tlił się papieros. Dziewczynka jeszcze nie miała imienia, choć żona Wyatta, Mae, skłaniała się ku Velmie, po babci. Wyatt optował za Gretą, ale Mae straciła przekonanie do tego imienia, kiedy zastała męża zbyt wolno kartkującego „Photoplay" z Gretą Garbo na okładce.

Nadeszła siostra Mary Theodore i zabrała dziewczynkę. Wyatt spojrzał za nią, a duma ze sprowadzenia nowego człowieka na świat walczyła w nim z ulgą, że nie musi dłużej trzymać tego stworzenia, piszczącego jak prosię, które wpadło do studni. Przez cały czas bał się, że ją upuści, i miał także wrażenie, że go nie polubiła. Nie patrzyła na niego – w sumie to nie patrzyła na nic – ale przypuszczał, że czuła jego zapach i nie była nim zachwycona. Nie miał pojęcia, co powinien uczynić, jak ma przeorganizować swoje życie i oczekiwania, by zrobić miejsce dla tej malutkiej nierozsądnej istoty. Jej przybycie, był pewien, oznaczało, że Mae jeszcze bardziej straci do niego serce. O Jezu, pomyślał, ona chce jeszcze trójki.

– Piękna dziewczynka, Wyatt – odezwał się Freddy DiGiacomo. – Będzie łamać serca. To widać.

– Dzięki.

– Musisz być bardzo dumny.

– Jestem.

Freddy poklepał go po plecach.

– To gdzie cygara? Hm?

Wyatt znalazł je w kieszeni kurtki. Odciął koniec jednego i zapalił je Freddy'emu, który zaciągnął się, aż czubek rozżarzył się na czerwono.

– Chcę, żebyś to teraz dla mnie zrobił, Wyatt.

– Teraz?

– Może być do wieczora.

Cała rodzina Mae albo tłoczyła się w jej pokoju szpitalnym, albo czekała na niego w domu. Ci drudzy spodziewali się, że Wyatt na nowo zaopatrzy lodówkę, którą wczoraj wyczyścili. Ci ze szpitala sądzili, że Wyatt będzie się zajmować żoną, która miała trudny poród, a przynajmniej będzie stać i patrzeć, jak oni się nią zajmują. Beznadziejna sytuacja. Cała rodzina – pięciu braci, cztery siostry, milcząco wściekła matka i wściekający się głośno ojciec – już dawno skreśliła Wyatta. Teraz, przy tych nieczęstych okazjach, gdy zwracali na niego uwagę, robili to tylko po to, żeby się upewnić co do pierwszego wrażenia.

– Nie wiem, jak jej powiem, że muszę wracać do pracy – rzucił.

Freddy uśmiechnął się, spoglądając na niego życzliwie.

– Wiesz, o czym się przekonałem? Że o wiele łatwiej poprosić kobietę o przebaczenie niż o pozwolenie. – Zdjął płaszcz przeciwdeszczowy z oparcia krzesła. – Idziesz?

Wyatt Pettigrue poświęcił kilka ostatnich tygodni na śledzenie Montootha Dixa w czarnej dzielnicy Ybor City. Normalnie dla białego mężczyzny byłoby to zadanie niewykonalne, ale jedyną cechą charakteryzującą Wyatta już od dzieciństwa była zdolność do nierzucania się w oczy. W szkole nauczyciele nie tylko nie wzywali go do odpowiedzi, ale dwa razy zapomnieli postawić mu stopień na koniec roku. Zespoły odjeżdżały bez niego, współpracownicy zazwyczaj mylili jego imię i nawet własny ojciec podobno kilka razy zawahał się, zanim zwrócił się poprawnie do swojego syna. I tak przez ostatnie trzy tygodnie Wyatt Pettigrue codziennie jeździł do Ybor City, przekraczał Eleventh Avenue – granicę między białymi i kolorowymi – i jechał ulicami, na których jedynymi białymi od pięciu lat byli mleczarze, lodziarze, strażacy, policjanci i od czasu do czasu właściciele mieszkań.

Wyatt chodził za Montoothem Dixem od mieszkania, które ten wielki Murzyn zajmował nad salonem bilardowym, do kawiarni na Tenth Street, pralni na Eighth Avenue, apteki na Nebraska, smażalni kurczaków na Meridian i malutkiego, lecz schludnego cmentarza na Ninth Street. Z wyjątkiem cmentarza, na którym, jak dowiedział się Wyatt, spoczywali rodzice Montootha Dixa, jego dwie ciotki i wuj, wszystkie inne lokale albo opłacały się Montoothowi za ochronę, albo zbierały zakłady, albo też stanowiły przykrywkę dla jego nielegalnych gorzelni, nadal przynoszących wielkie zyski tym, którzy sprzedawali alkohol ludziom nieprzejmującym się rządowymi banderolami na butelkach. A klienci Montootha Dixa się nimi nie przejmowali. Klienci Montootha Dixa byli jeszcze mniej zauważalni niż Wyatt Pettigrue. W Ybor City, tej niemal odciętej od świata społeczności, Afrokubańczycy i Afroamerykanie byli jeszcze trudniejsi do wypatrzenia niż różnica między czarną skórą a śniadą.

Montooth Dix był ich burmistrzem, gubernatorem, królem. Dostarczał usługi obłożone podatkiem, ale je dostarczał. Kiedy strajkowali, on ochraniał ich przed policją, gdy chorowali, zostawiał im jedzenie na gankach, nawet unieważnił kilka długów, gdy w ostatnich dekadach głodu i nędzy mężczyźni znikali i nigdy nie wracali. Większość jego podwładnych go kochała, nawet ci, którzy byli mu winni pieniądze. Ostatnio zaś miał więcej dłużników niż kiedykolwiek, w każdym razie od przewrotu w 1938 roku. Po raz drugi w tym miesiącu kilku ogłosiło niewypłacalność, więc Montooth postanowił osobiście wejrzeć w ich księgi rachunkowe. Kincaid, sprzedający owoce na Ninth, poddał się, ledwie zobaczył go w progu. Montooth, mierzący metr osiemdziesiąt pięć i w kapeluszu, który dodawał mu jeszcze z osiem centymetrów, stanowił imponującą postać i Kincaid pierwszy w cudowny sposób od ręki znalazł brakujące pieniądze. Dzięki temu Montooth, który ostatnio odczuwał pewne zmęczenie – nie zwykłe zmęczenie, ale zmęczenie tym całym gównianym interesem, zmęczenie tym wszystkim, co trzeba było zrobić, by trzymać mocną rękę na jego zmiennym pulsie – mógł sobie darować pytanie, dlaczego wszyscy trzej tak się ociągali z oddawaniem mu kasy. Montooth miał tyle samo lat, co to stulecie, ale ostatnio czuł się starszy. Upływ czasu utwierdził go tylko w przekonaniu, że nowe ekipy będą powtarzać te same głupoty, co ich poprzednicy. Nikt niczego się nie uczy. Nikt nie staje się lepszy. Chryste. Gdzie te czasy, kiedy wszystko szło jak po sznurku, wszyscy radośnie zarabiali pieniądze, wydawali je i wstawali następnego dnia, by robić to od nowa? Te czasy, gdy wszystkim rządził Joe Coughlin? Montooth od dawna wiedział, że to był złoty wiek. Teraz, a przynajmniej do końca tej wojny, która zabierała im najlepszych żołnierzy i klientów, dreptali w miejscu. Nie było w tym nic złego, przynajmniej na pierwszy rzut oka, ale przez to wszyscy stali się rozdrażnieni i zjeżeni jak złe koty.

Dopiero pod koniec tego wieczoru, kiedy wpadł do Miltona Perłowe Oczy, właściciela sklepu z galanterią na Tenth Street, a Perłowe Oczy powiedział, że nie może mu zapłacić, „na pewno nie w tym tygodniu i pewnie w następnym też nie", Montooth zadał pytanie, na które nie chciał usłyszeć odpowiedzi:

– Dlaczego mi to robisz?

– Nie zamierzam pana wykiwać, przecież pan to wie.

– Nie wiem.

– Ale ja naprawdę nie mam kasy.

Montooth zdjął z pobliskiego wieszaka jedwabny krawat i przesunął tym importowanym cudeńkiem po dłoni. Od wybuchu wojny zapomniał już dotyku jedwabiu.

– Dlaczego nie masz?

Perłowe Oczy, dobry staruszek i dziadek dziewięciorga wnucząt, powiedział:

– Po prostu. Czasy są ciężkie.

Montooth spojrzał na podłogę po swojej stronie lady.

– Ale na podłodze poniewiera ci się dziesięciodolarowy banknot.

– Co?

– Dziesięć dolarów, czarnuchu.

Montooth wskazał palcem i odstąpił o krok. Perłowe Oczy oparł się o ladę i wyciągnął szyję. Montooth zarzucił mu na nią krawat i zaczął dusić starego pierdziela. Podszedł bliżej i przemówił mu do różowego ucha, z którego wystawały krzaczaste włoski:

– Komu się opłacasz, skoro nie masz kasy dla mnie? No?

– Nikomu. Tylko…

Montooth mocno zacisnął krawat i wyszarpnął Perłowe Oczy zza lady na podłogę. Puścił krawat. Staruszek wylądował na deskach, odbił się od nich i znieruchomiał na jakiś czas, jęcząc. Montooth odkurzył podłogę chusteczką wziętą z innego wieszaka. Usiadł naprzeciwko Perłowych Oczu.

– Co tu sprzedajesz, staruszku?

– Co? – To słowo padło między konwulsyjnym kaszlem i rzężeniem. – Co?

– Mów, co sprzedajesz.

Perłowe Oczy szarpnął za krawat opasujący mu szyję, jakby walczył z żywym zwierzęciem. Zerwał go i rzucił na podłogę.

– Galanterię.

– Galanterię to ty masz w magazynie. – Montooth pokręcił głową i cmoknął. – Sprzedajesz klasę. Bracia przekraczają ten próg, spodziewając się elegancji, wyrafinowania. Popatrz tylko na ten twój garnitur. Ile kosztował w handlu detalicznym?

Znowu kaszlnięcie, ale bardziej suche.

– Osiemdziesiąt dolarów.

– Osiemdziesiąt dolarów… No, no. – Montooth gwizdnął.
– Większość znanych mi braci nie zarabia tyle przez miesiąc,

ale ty w nim paradujesz i wciskasz mi kit, że nie możesz spłacić długu.

– Bo… – Perłowe Oczy spuścił wzrok.

– Kto zabiera ci pieniądze z kieszeni, zanim zdążysz przekazać je mnie?

– Nikt.

– W porządku. – Montooth wstał. – W porządku.

Ruszył do drzwi.

– W porządku? – rzucił za nim Perłowe Oczy.

Montooth zatrzymał się przy stole, na którym wyłożono białe koszule. Obejrzał się.

– Przyślę tu mojego człowieka. Może dziś w nocy, może rano, ale wkrótce. Zrobiłbym to sam, ale zawsze zapaćkam się krwią, choć uważam, a wieczorem mam randkę z moją drugą żoną w klubie Gin Gin.

– Krwią?…

Montooth przytaknął.

– Potnę ci twarz. Zrobię z niej rąbankę. Zobaczymy, jak ci wtedy pójdzie sprzedawanie klasy i elegancji. Dobranoc.

Wychodząc, zauważył szarego plymoutha jadącego na północ po drugiej stronie ulicy. Coś mu się w tym samochodzie nie spodobało, ale nie mógł od razu określić co, bo Perłowe Oczy rzucił za nim:

– Mały Lamar.

Montooth obejrzał się na starego, który wstał i roztarł gardło.

– Mały Lamar powiedział, że przejmuje interes. Że twoje czasy się skończyły. Że w mieście jest nowy szef.

Montooth uśmiechnął się do niego.

– A co powiesz, kiedy wypędzę go z tej dzielnicy i wpędzę do grobu?

– Mały Lamar mówi, że ma wsparcie.

– Ja też mam.

– Synu – powiedział stary ze zmęczoną litością, która wstrząsnęła Montoothem do szpiku kości. – Podobno w tej chwili masz wsparcie tylko we własnym charakterze. Wszystko, co miałeś w świecie białych, przeminęło.

Przyczłapał do Montootha, wyciągając mankiety spod marynarki. Tkwiły w nich zabytkowe brylantowe spinki, z którymi się nie rozstawał. Podobno miały co najmniej sto lat i należały do jakiegoś białego z Filadelfii, który niegdyś piastował funkcję zastępcy burmistrza. Perłowe Oczy wyjął spinki z mankietów i podał je Montoothowi.

– Mają wartość co najmniej miesięcznej opłaty. Weź je. Tylko one mi zostały.

Montooth rozchylił dłoń i stary upuścił na nią spinki.

– Załatwię sprawę z Lamarem – oznajmił Montooth. – To, co słyszałeś, to tylko świst wiatru.

– Możliwe, że to wiatr zmian – odparł Perłowe Oczy cicho. – Jestem dość stary, żeby się zorientować, kiedy rozwiewa mi włosy.

– Nie masz ich za wiele – zauważył Montooth z uśmiechem.

– Bo ten wiatr mi je wyrwał – oznajmił stary, odwrócił się i poszedł na zaplecze.

Tuż za progiem sklepu Montooth zauważył w łagodnym mroku szarego plymoutha P4. Tym razem jechał na południe, dokładnie przed nim. Tylna szyba była już opuszczona, więc Montooth nie czekał, żeby zobaczyć lufę. Rzucił się na kolana za najbliższy samochód i zaczął uciekać na czworakach.

Pociski zabębniły o karoserię, jakby ktoś rzucił o nią garścią dużych śrub. Kule trafiły też w ścianę za nim, aż z cegieł brysznęły iskry. We wszystkich samochodach na ulicy popękały okna. Montooth czołgał się w stronę zaułka, nie podnosząc głowy.

Już kiedyś znalazł się pod ostrzałem karabinów maszynowych, na wojnie, ale od tego czasu minęło prawie dwadzieścia lat i ten hałas, ten śmiercionośny grad, te pierdolone pociski, odbijające się rykoszetem po prostu, kurwa, wszędzie – ping, ping, ping – mogły człowieka zdekoncentrować. Boże, przez chwilę nie pamiętał, co robi na tej ulicy, zapomniał, jak się nazywa. Ale nic nie mogło go zatrzymać. Wiedział, tak jak niemowlę wie, że musi krzyczeć, by zasygnalizować swój głód, że musi nadal się czołgać, sunąć naprzód, pełznąc po tym chodniku. Dotarł do ostatniego samochodu przed zaułkiem. W tej samej chwili pojazd zakołysał się i przechylił; gnojek z karabinem przebił opony po stronie pasażera.

Kanonada ucichła.

Możliwość nr 1: skurwysyn przeładowywał magazynek.

Możliwość nr 2: skurwysyn wiedział, gdzie mniej więcej znajduje się Montooth, i wziął na muszkę wylot zaułka, czekając, aż stary Montooth wystawi głowę.

Montooth wyjął jeden ze swoich gnatów – czterdziestkęczwórkę z długą lufą, którą wujek Romeo dał mu w 1923. Najlepsza spluwa, jaką kiedykolwiek posiadał.

Istniała także trzecia możliwość: skurwysyn dokładnie wiedział, gdzie ukrywa się Montooth, i wysiadł z samochodu, żeby go wykończyć.

Ten scenariusz był najgorszy. Jeśli napastnik wysiądzie, wystarczy mu zrobić trzy długie kroki i stanie tuż nad czarną dupą Montootha. Z karabinem. Koniec zasranej dyskusji. Echo strzałów, które dzwoniło Montoothowi w uszach, ucichło i dotarł do niego warkot silnika plymoutha stojącego na jałowym biegu oraz charakterystyczne szczęknięcie nowego magazynka, wymienianego w thompsonie. Skurwysyn zrobił pauzę, żeby przeładować. „No, Boże – pomyślał Montooth, spoglądając na czarne niebo i nisko sunące szare chmury – rzeczywiście po fakcie to każdy jest mądry".

Schował pistolet, oparł się dłońmi o chodnik jak sprinter w bloczkach i zerwał do biegu prosto w zaułek. Kiedy do niego dopadł, usłyszał krzyki dwóch białych chłopców. Nie musiał nawet rozróżniać słów, bo ich znaczenie stało się całkiem zrozumiałe dzięki nowemu wybuchowi tego mechanicznego szczekania.

Montooth uciekał przed kulami w rozbryzgach odłamków cegieł i czerwonego pyłu buchającego mu w twarz, biegł jak nigdy od czasów okopów we Francji, biegł, jakby znowu był młody, jakby płuca nigdy go nie paliły, a serce nie dostawało palpitacji. „Gdzie byłeś, chłopcze – chciał spytać strzelca – w czasach mojej młodości? Mógłbyś żyć dziesięć razy, a nie zaznałbyś nawet połowy tych wybornych cipek, co ja, nie zaznałbyś połowy tej radości, nie wycisnąłbyś z życia nawet połowy tego, co ja. Jesteś niczym, słyszysz? A ja jestem Montooth Dix, władca czarnego Ybor. Ty śmieciu".

Zdecydował się na ten zaułek ze względu na kubły na odpadki. Stało ich tam z tuzin po obu stronach i nawet jeśli ktoś zdołałby się między nimi przecisnąć – a żaden znany Montoothowi samochód by się nie zmieścił – w dwóch trzecich zaułka drogę tarasowało zaplecze noclegowni Małego Bo, wysunięte trzy metry poza rząd sąsiednich budynków. Przez tę szczelinę nie dałoby się przecisnąć nawet pierdnięcia.

Ping, ping, ping, ping, ping, ping. A potem nic, tylko warkot silnika. Do białych chłopców dotarło, że nie przejadą przez zaułek. Ani dziś, ani nigdy.

Montooth był już w połowie drogi za kubłami należącymi do okulisty i rzeźnika, gdy plymouth ruszył na wstecznym. Jego warkot dobiegał z Tenth Street; objeżdżali zaułek w nadziei, że zajadą drogę Montoothowi, wyłaniającemu się zza noclegowni. Tymczasem on wrócił po swoich śladach, skręcił w lewo i wpadł w pierwsze drzwi po lewej – drzwi lokalu, który zbankrutował jak wiele innych w zeszłym dziesięcioleciu i nigdy się nie podźwignął. Jego okna zasłonięto arkuszami ciemnozielonej blachy, a oprawka na żarówkę nad drzwiami była pusta od 1938 roku. Dopóki nie znalazłeś się o pół metra z wielką latarką w ręce, nie mogłeś dostrzec człowieka stojącego w tych drzwiach – a wtedy to już było za późno.

Plymouth okrążył zaułek. Gdy znalazł się jakieś trzy metry od niego, Montooth wyszedł na ulicę, odetchnął głęboko, starannie wycelował i strzelił w przednią szybę.

Gdy okrążali zaułek i Wyatt siedzący z thompsonem mógł się dobrze przyjrzeć tym wszystkim samochodom, które poszatkował za pierwszym razem, jakoś nie potrafił połączyć tych zniszczeń z sobą. Wydawało się niemożliwe, że mały Wyatt Pettigrue ze Slausen Avenue mógł wyrosnąć na mężczyznę strzelającego z karabinu maszynowego do innych mężczyzn. Ale to dziwny świat. Gdyby Wyatt wyjechał z kraju i robiłby to samo na rozkaz rządu, uważano by go za bohatera. Lecz on robił to na ulicach Ybor na rozkaz szefa. Wyatt nie dostrzegał żadnej różnicy, choć świat by się pewnie z nim nie zgodził.

Kierowca Kermit nie zauważył, jak Montooth Dix wychodzi na ulicę. Znowu zaczęło siąpić i Kermit sięgał właśnie do włącznika wycieraczek, gdy Wyatt dostrzegł, a właściwie tylko wyczuł ruch po lewej. Dostrzegł twarz Montootha w rozbłysku strzałów; wyłoniła się z ciemności, jakby unosiła się w powietrzu, jak maska śmierci w gabinecie okropności, a potem na przedniej szybie pojawiła się pajęczyna pęknięć. Kermit stęknął i jego mokre ochłapy bryznęły Wyattowi w twarz. Kierowca pochylił się, a jego głowa rozpaćkała się po całym samochodzie. Z jego ciała dobiegał bulgot zatkanego odpływu, ale auto przyspieszyło. Wyatt pociągnął Kermita za ramię, żeby zdjąć jego stopę z gazu, lecz najechali na krawężnik, a potem na słup. Podczas zderzenia Wyatt złamał nos na oparciu siedzenia, a następny wstrząs rzucił go znowu na tył, gdzie przez chwilę nie mógł się pozbierać. Włosy stanęły mu w ogniu. W każdym razie tak mu się wydawało. Bo kiedy uderzył się po nich ręką, zamiast płomieni poczuł czyjąś dłoń. Wielką łapę, której paluchy wpijały mu się głęboko w czaszkę, zaciskając chwyt, który wyszarpnął go z samochodu przez okno, szorując jego kręgosłupem o framugę.

Wydobywszy go na zewnątrz, Montooth Dix rzucił go na kolana. Wyatt oprzytomniał na środku Tenth Street, spoglądając w lufę czterdziestkiczwórki.

– Dostałem tę broń od wuja – oznajmił Montooth Dix. – Obiecał, że nigdy mnie nie zawiedzie, i miał rację. Chcę ci przez to powiedzieć, biały chłopcze, że nie potrzebuję stu pocisków, żeby trafić w cel, rozpieprzając przy tym wszystkie samochody na tej zasranej ulicy. Kto cię przysłał?

Wyatt wiedział, że jeśli odpowie, to już po nim. Ale jeśli zachęci Montootha do mówienia, może policja… kurwa, ktokolwiek… przyjdzie mu z pomocą. Przecież narobił od cholery hałasu.

– Nie spytam cię drugi raz – ostrzegł Montooth Dix.

– Tę broń masz od wuja? – spytał Wyatt.

Dix skinął głową. Niecierpliwość malowała się w jego oczach jasno i wyraźnie.

– Ile miałeś lat?

– Czternaście.

– Widziałem kilka razy, jak odwiedzasz jego grób. I twoich rodziców. Rodzina to ważna rzecz.

– Czyżby?

Wyatt skinął poważnie głową. Czuł wilgoć asfaltu przesiąkającą mu przez spodnie na kolanach. Był prawie pewien, że lewe przedramię ma pęknięte. Czy z oddali dobiega wycie syren?

– Dziś zostałem ojcem – wyznał.

– Ach, tak?

Montooth strzelił mu dwa razy w pierś i trzeci raz w czoło dla pewności. Potem spojrzał w oczy trupa i splunął na ulicę.

– Kto powiedział, że byłbyś w tym dobry?

ROZDZIAŁ SIÓDMY
POKÓJ 107

Motel Sundowner na Saint Petersburg zawiesił działalność w połowie lat trzydziestych. Jego dwa niskie białe budynki i niewielka recepcja tworzyły podkowę wokół płaskiego owalnego spłachetka ziemi, na którym nie chciały rosnąć ani trawa, ani palmy. Zarastające chwastami budynki znajdowały się za sklepem na Gandy Boulevard, od jakichś siedmiu czy ośmiu lat sprzedającym przynęty i olinowanie. Właściciele sklepu z przynętą, bracia Patrick i Andrew Cantillonowie, mieli także sklep z kanapkami oraz wypożyczalnię łodzi za motelem. Byli posiadaczami większości małych pirsów, którymi jeżyło się wybrzeże zatoki Tampa, i nieźle zarabiali na sprzedawaniu bloków lodu i zimnego piwa rybakom, którzy każdego ranka wyruszali w morze, nim światło świtu zdążyło liznąć niebo. Wracali w południe, czerwieńsi od rubinów, ze skórą szorstką jak cumy. Cantillonowie współpracowali z Joem jeszcze w czasach, gdy przewozili rum przez Cieśninę Florydzką. To jemu zawdzięczali lwią część swojej fortuny. W ramach drobnego wyrazu wdzięczności Patrick i Andrew zarezerwowali najlepszy pokój w byłym motelu na wyłączny użytek Joego. Resztę pokojów utrzymywano w czystości głównie na użytek przyjaciół braci, którzy akurat mieli kłopoty – od nieudanego małżeństwa po ucieczkę.

Ale pokój 107 z oknami wychodzącymi na zatokę należał wyłącznie do Joego, który właśnie tu kochał się z Vanessą Belgrave późnym poniedziałkowym rankiem na pościeli pachnącej wybielaczem, krochmalem i solą morską. Na dworze mewy walczyły o okrawki krewetek i rybie ości. Tu wentylator z czarnego metalu skrzypiał i klekotał.

Czasem, gdy Joe kochał się z Vanessą, miał wrażenie, że porwał go podwodny prąd i obraca nim delikatnie w ciepłym, ciemnym świecie, z którego może się już nie wynurzyć. W tych chwilach – jeśli nie myślał o synu – z radością zgadzał się nigdy więcej nie zobaczyć tego świata.

Oficjalny wizerunek Vanessy Belgrave – chłodnej, władczej, tak dobrze wychowanej, że wykorzeniono z niej wszystko, co ciekawe i spontaniczne – w niczym nie przypominał kobiety, którą naprawdę była. Za zamkniętymi drzwiami stawała się eksplozją zmysłowej ciekawości i niemądrych spostrzeżeń, najzabawniejszą kobietą, jaką Joe spotkał w swoim życiu. Czasami zanosiła się takim śmiechem, że wyrywało jej się chrząknięcie – głośny, mokry dźwięk, tym bardziej uroczy, że wydawała go tak pełna gracji osoba. Rodzice Vanessy nie pochwalali tego śmiechu ani młodzieńczego uganiania się za wszystkim, co nosiło spodnie, ale nie zdołali spłodzić drugiego dziecka. Siedem poronień, zero synów, zero innych córek. Zatem po ich śmierci Kombinat Przemysłowy Sloane'ów, stupięćdziesięcioletnia firma, miał przejść na własność ich jedynaczki.

– Gdyby ci dżentelmeni z Południa, którzy mają udziały w naszej firmie, ujrzeli we mnie idiotkę, która woli czytać Emily Dickinson niż podsumowania obrotów handlowych, natychmiast zaczęliby walczyć o to, by odebrać mi firmę. I ta wojna skończyłaby się, zanim by się zaczęła. Ale dopóki uważają mnie za mojego ojca z nieco inną budową anatomiczną i boją się mnie tak jak jego, firma przetrwa jeszcze sto lat, jeśli z czasem urodzę syna.

– I tego pragniesz? Prowadzić rodzinną firmę?

– Nie, Boże, skąd. Ale jaki mam wybór? Dopuścić do tego, żeby za mojej kadencji korporacja warta wiele milionów dolarów podupadła i straciła znaczenie? Tylko dziecko łudzi się, że w życiu chodzi o zaspokojenie jego pragnień.

– Ale czego chcesz? Gdybyś mogła to mieć.

– Och, jej... – Zatrzepotała rzęsami. – Tylko ciebie, ty wielki osiłku. – I skoczyła na niego, przyduszając mu twarz poduszką. – Przyznaj się, to chciałeś usłyszeć!

Pokręcił głową, usiłując wydusić z siebie bardzo stłumione „nie". W końcu uniosła poduszkę. Usiadła na nim okrakiem, trochę zdyszana, i upiła łyk wina.

– Chcę położyć kres tym nierealnym pragnieniom. – Spojrzała na niego szeroko otwartymi oczami, rozchyliła usta. – Przemyśl to sobie, cwaniaku. – Po czym wylała resztę wina na jego pierś, z której je zlizała.

Ta rozmowa odbyła się trzy miesiące temu w chłodne, deszczowe popołudnie. Teraz, w ciepły, pogodny dzień, niosący już zapowiedź duszności, choć jeszcze nie parny, Vanessa stanęła przy oknie owinięta do połowy prześcieradłem i wyjrzała na zewnątrz przez szczelinę w zasłonach. Joe dołączył do niej. Razem patrzyli na małą stocznię z czarnymi sylwetami żurawi na tle słońca, obłażącymi z farby skrzyniami na lód i łuszczącymi się pompami. I na ciągnący się dalej rozkołysany pomost, i ciemną chmurę owadów, wiecznie unoszącą się nad tym cuchnącym końcem zatoki niczym rozedrgana pięść.

Joe puścił zasłonę i przesunął obiema dłońmi po bokach Vanessy, znowu nią upojony, choć przed chwilą się rozładował. Zaczął mu stawać, więc zdjął z niej prześcieradło i wparł się w nią. Na razie tyle mu wystarczyło; cieszył go dotyk jej pleców na jego piersi, jej tyłka na jego udach, kiedy lekko przesunął rękami po jej brzuchu i zanurzył nos w jej włosach.

– Nie sądzisz, że wczoraj przesadziliśmy? – spytała Vanessa.

– W czym?

– W tej rzekomej niechęci do siebie.

– Nie. – Joe pokręcił głową. – To początek odwilży prowadzącej do następnego etapu: niechętnego szacunku. Nigdy nie będziemy za sobą szaleć, ale zdolność do odłożenia na bok ewidentnego obopólnego niesmaku w celu zapewnienia sukcesu fundacji obudzi w ludziach podziw.

Przesunął dłonią po jej kości łonowej i zanurzył palce w znajdujące się tam włosy. Vanessa odchyliła głowę i jęknęła z ustami tuż przy jego szyi.

– Mam tego dość.

– Tego? – Cofnął rękę.

Chwyciła ją i położyła na dawnym miejscu. Syknęła cicho, gdy jego środkowy palec znalazł magiczny punkt.

– Nie. Z całą pewnością nie tego. Mam dość grania roli zarozumiałej suki, córeczki bogatego tatusia. – Znowu syknięcie. – Tak. Tutaj byłoby wspaniale.

– Tutaj?

– Mhmmm.

Głęboki oddech poruszył jej żebrami. Wypuściła powietrze ustami.

– Jeśli masz dość tej roli – szepnął jej do ucha – przestań ją grać.

– Nie mogę.

– Dlaczego?

– Dobrze wiesz, mój osiłku.

– Ach, tak. Rodzinny interes.

Odwróciła się w jego ramionach, chwyciła jego rękę i umieściła tam, skąd ją zabrał, nie przestając mu patrzeć w oczy. Usiadła na parapecie i wparła się w jego palce. W jej błękitnych oczach pojawił się wyzywający błysk. Joe ją rozdrażnił, co mu przypomniało, że tworzyć tak dobre role jak Vanessa można tylko wtedy, gdy są częściowo fałszywe.

– Ty zrezygnowałbyś z kariery? – Jej oddech przyspieszył, w oczach nadal lśniło to dziwne połączenie urazy i pożądania.

– Zależy.

Wbiła mu paznokcie w tyłek.

– Bzdura.

– Odszedłbym, gdybym miał dobry powód.

– Bzdura – powtórzyła.

Skrzywiła się, zagryzła wargę, a jej paznokcie znowu wpiły mu się w ciało, tym razem na biodrach.

– Nigdy... – Wydęła policzki i odetchnęła. – Nigdy nie zakładaj, że zrezygnowałabym z czegoś, z czego ty byś nie zrezygnował.

Przechyliła głowę, wczepiona w jego ramię. Kiedy w nią wszedł, jej oczy się rozszerzyły. Zagryzła lekko wargę. Uniósł ją z parapetu. Nie wyobrażał sobie, że to możliwe, ale nie chciał się rozstawać z tą kobietą. Nie chciał nigdy więcej opuścić tego pokoju.

Padli na łóżko. Jej orgazm przybrał postać szeregu małych dreszczy i jednego przeciągłego cichego jęku. Spojrzała przytomniej, uśmiechnęła się i skierowała na niego wzrok, nie przestając się poruszać.

– Uśmiechnij się – rzuciła.

– Myślałem, że się uśmiecham.

– Daj całe tysiąc watów.

Zrobił to.

– Boże. Ten uśmiech plus twoje oczy… Dziwne, że za cokolwiek cię skazano. Pewnie w dzieciństwie wyratował cię z tysiąca tarapatów.

– A skąd.

– Bzdura.

Joe pokręcił głową.

– Wtedy tak nie umiałem. W dzieciństwie jeden z moich braci nazywał mnie Wielki Kanion.

Roześmiała się.

– Dlaczegóż to?

– Nie miałem dwóch górnych jedynek. Serio. Wybiłem je sobie, kiedy miałem… no, nawet nie trzy lata. Nie pamiętam tego, ale brat powiedział, że się potknąłem i poleciałem twarzą na krawężnik. No i… Wielki Kanion.

– Naprawdę nie potrafię sobie wyobrazić, żebyś mógł być odrażający.

– O, byłem. A teraz najlepsze. Stałe zęby wyrastają mniej więcej sześciolatkom, prawda? Tak z grubsza. Inne zęby mi wyrosły. Ale nie te jedynki. One pojawiły się dopiero w okolicach moich ósmych urodzin.

– Nie!

– Tak. Można się nabawić kurewskich kompleksów, mówię ci. Aż do dwudziestki uśmiechałem się z zamkniętymi ustami.

– Czy my się kochamy?

– Co?!

Chciał ją z siebie zsunąć. Wparła się w niego mocniej.

– Czy tylko jesteśmy w tym bardzo dobrzy?

– To drugie.

– Nawet gdybyśmy się kochali…

– Ty mnie kochasz?

– Ciebie? – Zrobiła wielkie oczy. – Boże, skąd.

– No to w porządku.

– Ale nawet gdybyśmy się kochali…

– Choć ty mnie nie kochasz…

– A ty mnie.

– Właśnie.

– Ale gdyby – wzięła jego ręce, położyła je sobie na biodrach i uśmiechnęła się łagodnie i smutno – toby nas nie uratowało, prawda?

– Przed czym?

– Przed tym, czego chce od nas świat.

Nie odpowiedział. Pochyliła się nad nim.

– Znowu doszło do strzelaniny.

Przesunęła palcami po jego obojczyku. Jej oddech ogrzewał mu szyję.

– Jak to „znowu"?

– No, ci ludzie dwie noce temu. Ci handlarze narkotyków, zastrzeleni przez policję. Ten człowiek, który popełnił samobójstwo w celi.

– Mhm.

– A dziś rano usłyszałam w radiu, że jakiś czarnuch postrzelił w Ybor dwóch białych.

Montooth Dix, pomyślał Joe. Kurwa. Zasrany Freddy DiGiacomo pewnie prosto z kościoła pojechał do Brown Town, żeby tam namieszać. Kurwa. Mać.

– Kiedy to się zdarzyło? – spytał.

– Jonathan został wezwany na miejsce wypadku koło... – zastanowiła się – drugiej w nocy?

– Do Brown Town?

Przytaknęła.

– Chce, żeby wiedziano, że trzyma rękę na pulsie miasta.

A Joe trzymał rękę na biodrze jego żony. Chciał ją cofnąć, ale zmienił zdanie i przesunął nią powoli, okrężnie. W czarnej części Ybor mogło się wyprawiać, co chciało. On w tej chwili nie miał na to żadnego wpływu.

– Kiedy idziesz do fryzjera, które drzwi obserwujesz? – spytała Vanessa. – Frontowe czy tylne?

Cholera. Znowu ta sprzeczka. Ta, którą zaczęli pięć minut po pierwszym razie.

– Nie jestem facetem, do którego się strzela.

– Nie? – rzuciła z wesołym zaciekawieniem. – A jakim facetem jesteś?

– Biznesmenem skorumpowanym nieco ponad przeciętną.

Przesunął dłońmi po jej piersi.

– Dziennikarze nazywają cię gangsterem.

– Bo brakuje im wyobraźni. Naprawdę chcesz o tym mówić?

Stoczyła się z niego.

– Tak.

– Nigdy cię nie okłamałem.

– Powiedzmy.

– Hej – rzucił cicho.

Zamknęła oczy, otworzyła je.

– Dobrze, nigdy mnie nie okłamałeś.

– Więc czy byłem gangsterem? – Skinął głową. – Tak. Teraz jestem doradcą.

– Doradcą przestępców.

Wzruszył ramionami.

– Mój przyjaciel sześć lat temu był wrogiem publicznym numer trzy...

Usiadła szybko.

– Dokładnie o tym mówię. Kto mógłby zacząć zdanie słowami: „Mój przyjaciel był wrogiem publicznym", nieważne jakim?

– Gość, który mieszkał w sąsiedniej posiadłości, zarabiał na życie wyrzucaniem z domów ludzi niemających na spłatę kredytu. A nie mieli na spłatę, bo banki roztrwoniły ich pieniądze w dwudziestym dziewiątym. Za to ci, którzy wyrzucali ich z domów... O, ci prosperowali... Jeśli chodzi o mojego przyjaciela, ustawiał wyścigi i sprzedawał narkotyki. Agenci FBI zastrzelili go, gdy rozładowywał łódź przy Pass-a-Grille. Jego sąsiad z naprzeciwka kupił sobie dom. Ponadto w zeszłym tygodniu zamieszczono jego zdjęcie w gazecie, gdy twój mąż wręczał mu nagrodę za zasługi. Więc jedyna dostrzegalna dla mnie różnica między złodziejem a bankierem to dyplom z uczelni.

Vanessa pokręciła głową.

– Bankierzy nie strzelają do siebie nawzajem na ulicach.

– Bo nie chcą sobie wymiąć garniturów. To, że zabijają piórem, nie czyni ich bardziej uczciwymi.

Spojrzała na niego oczami wielkimi i niespokojnymi.

– Naprawdę w to wierzysz.

– Tak. Naprawdę.

Potem przez jakiś czas nie odzywali się do siebie. Vanessa wyciągnęła rękę nad Joem i wzięła ze stolika swój zegarek.

– Robi się późno.

Joe znalazł w pościeli jej biustonosz i figi.

– Coś za coś. – Podała mu jego bokserki.

Ledwie włożyła majtki i wsunęła ręce w ramiączka biustonosza, Joe zapragnął ją znowu rozebrać. Znowu poczuł to irracjonalne pragnienie, by nie opuszczać tego pokoju.

Uśmiechnęła się do niego.

– Za każdym razem bardziej się w siebie wkręcamy.

– I to problem?

– O, n i e. Skąd ci to przyszło do tej ślicznej główki? – Roześmiała się i rozejrzała dokoła. – Widzisz gdzieś moją bluzkę, pysiaczku?

Znalazł ją za krzesłem.

– I, jak powiedziałeś, jesteśmy w tym bardzo dobrzy.

Wzięła bluzkę z jego rąk.

– Jesteśmy, prawda? Ale wiesz, że to się nudzi.

– Ta fascynacja czy seks?

– Tak to nazywamy? Fascynacja?

Skinął głową.

– Hm, w takim razie obie te sprawy. A co mogłoby nas połączyć, gdyby te dwie sprawy się ulotniły? Na pewno nie sfera.

– Ani wartości.

– Ani zawód.

– Cholera. – Roześmiał się i pokręcił głową. – Dlaczego my w ogóle się spotykamy?

– Wiem! – rzuciła w niego poduszką, przewracając lampę.

– Josephie Coughlinie, oboje jesteśmy popieprzeni! – Zapięła bluzkę na ostatni guzik. – Nawiasem mówiąc, za tę lampę płacisz ty.

Znalazł jej spódnicę i swoje spodnie. Włożyli buty, wymieniając głupie uśmiechy oraz trochę wstydliwe, a trochę pożądliwe spojrzenia. Nigdy nie ryzykowali pożegnania na parkingu, więc ostatni pocałunek zawsze odbywał się w progu. Ten pocałunek był niemal tak samo łapczywy jak pierwszy tego ranka, a kiedy się rozłączyli, Vanessa przez jakiś czas stała z zamkniętymi oczami i ręką na klamce.

Uniosła powieki i spojrzała na łóżko, stare krzesło przy starym radiu, białe zasłony, porcelanową miednicę i przewróconą lampę.

– Kocham ten pokój.

– Ja też – powiedział Joe.

– Chyba nigdzie… nie, na pewno nigdzie nie byłam szczęśliwsza niż tutaj.

Wzięła dłoń Joego i pocałowała jej wnętrze. Przesunęła nią po swojej twarzy i szyi. Potem ją puściła i znowu spojrzała na pokój.

– Ale kiedy nadejdzie ten dzień, gdy tatuś powie: „Cukiereczku, pora, żebyś zadbała o przedłużenie rodu Sloane'ów i urodziła jakiegoś berbecia, który przejmie interes po tobie", nie łudź się, że nie zrobię dokładnie tego, czego się po mnie oczekuje. – Spojrzała na niego oczami tak błękitnymi, że mogłyby przecinać metal. – Bo, synu, zapewniam cię, że to zrobię.

Wyszła pierwsza. Joe odczekał dziesięć minut. Siedział przy oknie i słuchał radia. Pomost za oknem skrzypiał zupełnie bez powodu, może przez lekki wietrzyk i starość. To drewno nadwerężyły termity, woda i nieubłagana zgnilizna. Po pierwszej wichurze pomost się przechyli, po pierwszej tropikalnej burzy zniknie z powierzchni ziemi.

Na jego końcu stał chłopiec.

Dwie sekundy temu pomost był pusty. A potem już nie. To był ten chłopiec. Ten sam, który biegał wśród drzew na tamtej grudniowej imprezie. Joe jakoś zawsze wiedział, że go znowu zobaczy.

Mały stał do niego plecami. Miał odkrytą głowę. Ten wicherek, który Joe zauważył poprzednim razem, był przylizany, choć trochę wystawał jak zakrzywiony palec. Te włosy były tak jasne, że prawie białe.

Joe otworzył okno.

– Hej! – powiedział.

Ciepły, leniwy wietrzyk zmarszczył powierzchnię wody, ale nie wzburzył włosów chłopca.

– Hej! – powtórzył Joe trochę głośniej.

Chłopiec nie reagował.

Joe spuścił głowę, spojrzał na spękany parapet i policzył do pięciu. Kiedy znowu podniósł wzrok, chłopiec stał w tym samym miejscu. Właśnie odwracał głowę od niego. Tak jak Joe zgadł za pierwszym razem, ta część profilu małego, którą dostrzegł, była niewyraźna, jakby rysy dopiero się formowały.

Joe wyszedł z pokoju i obszedł budynek, by dotrzeć na pomost. Chłopca już na nim nie zobaczył. Spaczone drewno skrzypiało. Joe wyobraził sobie, że pomost znika, pochłonięty przez kipiel. Ktoś zbuduje nowy. Albo i nie.

Ten pomost zrobili ludzie. Wbili słupy, mierzyli i cięli, wiercili i wbijali. Kiedy skończyli, pierwsi postawili na nim stopę. Czuli dumę. Może niezbyt wielką, ale jednak. Postanowili coś zbudować i zbudowali. Pomost zaistniał za ich sprawą. Dziś pewnie już nie żyli, a pomost wkrótce pójdzie za nimi. Pewnego dnia i motel zostanie zrównany z ziemią. Ten czas jest nam wypożyczony, pomyślał Joe, nigdy dany.

Po drugiej stronie pomostu, jakieś czterdzieści metrów dalej, znajdował się spłachetek piasku i parę drzew, jakby malutka zatoczka, która wyłaniała się spod wody tylko podczas odpływu. Stał na niej chłopiec. Chłopiec o jasnych włosach i rozmytych rysach, gapiący się na niego z zamkniętymi oczami. A potem wysokie trzciny i chuderlawe drzewa go wchłonęły.

Jakby było mało atrakcji, pomyślał Joe, teraz w dodatku nawiedza mnie duch.

ROZDZIAŁ ÓSMY

PODOBIEŃSTWO

Plany wyjazdu do Raiford od razu napotkały na niespodziewaną przeszkodę, gdy Joe wrócił do domu i dowiedział się, że Tomas ma ospę wietrzną. Panna Narcisa kazała chłopcu iść na górę, a sama kręciła się po domu, mokrą szmatką zasłaniając nos i usta. Powiadomiła Joego, że nie przechodziła tej choroby w dzieciństwie i nie zamierza się nią zarazić jako dorosła.

– Nie – oznajmiła, jedną rękę unosząc w powietrze, a drugą wrzucając rzeczy do płóciennej torby, z którą się nie rozstawała. – Nie, nie, nie.

– Naturalnie – powiedział Joe, w skrytości ducha mając nadzieję, że babsko już złapało wirusa – odruchowa reakcja na wszystkich, którzy okazywali jego synowi pogardę. *I żeby ci zostały dzioby.*

Kiedy jednak panna Narcisa oznajmiła, że przygotowała posiłki na trzy dni i zostawiła je w lodówce, wyprasowała mu cztery garnitury i sprzątnęła dom, Joe uznał, że mimo wszystko dobrze mieć ją w pobliżu.

W drzwiach spytał, usiłując nie zdradzać desperacji:

– To kiedy się zobaczymy?

Spojrzała na niego obojętnie.

– Kiedy choroba minie.

Joe, który przechodził wietrzną ospę w dzieciństwie, poszedł do Tomasa i usiadł przy nim.

– Już wczoraj wiedziałem, że coś marnie wyglądasz.

Tomas odwrócił kartkę *Trzech muszkieterów*. *Dwadzieścia lat później* Dumasa.

– A teraz jak wyglądam?

– Musiałbyś przestać zasłaniać twarz książką, bracie.

Chłopiec opuścił lekturę i spojrzał na ojca. Wyglądał, jakby pokąsały go pszczoły, a potem poparzyło słońce.

– Świetnie – oznajmił Joe. – Prawie nie widać.

Tomas znowu podniósł książkę.

– Ha, ha.

– Dobra, wyglądasz strasznie.

Chłopiec łypnął na niego znad kartek.

– Nie, serio – zapewnił go Joe.

Jego syn się skrzywił.

– Czasem żałuję, że nie mam matki.

Joe skoczył na łóżko i położył się obok niego.

– Oj, skarbie, bardzo boli? Przynieść ci ciepłego mleczka?

Tomas trzepnął go, a Joe łaskotał go dopóty, dopóki książka nie wypadła mu z rąk. Potem ją podniósł i oddał synowi, który rzucił mu dziwne, niepewne spojrzenie.

– Co jest? – spytał Joe z uśmiechem.

– Możesz mi poczytać?

– Co?

– Tak jak kiedyś. Pamiętasz?

Joe pamiętał. Bracia Grimm. Ezop. Greckie i rzymskie

mity, Verne, Stevenson, H. Rider Haggard i oczywiście Dumas. Spojrzał na syna i przygładził mu wicherek na potylicy.

– Jasne.

Zsunął buty, położył się i otworzył książkę.

Gdy Tomas zasnął, Joe usiadł w gabinecie na parterze. To w nocy i w samotności najczęściej myślał o tym, co w piątek powiedział mu tu ten wieśniak z Raiford. Wiedział, że to idiotyczne – nikt nie jest tak głupi, żeby go zabić – ale zasłonił balkonowe okna, choć grube szkło i wysoki mur na zapleczu domu utrudniały, jeśli nie uniemożliwiały obcym zajrzenie do pokoju. Lecz jeśli, powiedzmy, ktoś wdrapie się na ten mur i będzie miał przy sobie karabin, bez trudu zauważy zarys jego głowy.

– Chryste – mruknął, nalewając sobie szkockiej z karafki.

– Przestań już. – Zauważył swoje odbicie w lustrze barku.

– Dobra? Dość.

Powiedział sobie, że powinien rozsunąć kotary, ale tego nie zrobił. Usiadł przy biurku, zamierzając myśleć wyłącznie o spotkaniu z Vanessą. Tymczasem rozległ się dzwonek telefonu.

– Kurwa.

Zdjął nogi z blatu i podniósł słuchawkę.

– Halo?

– To ja.

Dion.

– No cześć. Jak tam?

– W tej chwili kurewsko źle.

– Rozwiń temat, Dionizosie.

– A ha ha – zachichotał Dion. – Ty też wolisz, żeby do ciebie mówić „Joe".

– Zawsze, drogi panie, zawsze.

Joe oparł stopy na blacie. Przyjaźnił się z Dionem, od kiedy skończyli trzynaście lat. Nieraz uratowali sobie nawzajem życie i wyczuwali swoje nastroje i humory lepiej niż większość małżeństw. Joe wiedział, że Dion był w najlepszym razie średnim szefem – jak często się zdarza najlepszym żołnierzom, a jego przyjaciel żołnierzem był wyjątkowym. Ale jego ataki szału, zawsze przerażające, z czasem stały się jeszcze gorsze i każdy, kto miał odrobinę rozumu, bał się go jak cholera. Joe o tym wiedział. Wiedział także – jako jeden z nielicznych – że zamiłowanie przyjaciela do kokainy, którą kupowali w Boliwii raz w miesiącu, najwyraźniej zaostrza jego wahania nastroju i skłonność do przemocy. Mimo to nadal uważał Diona za swojego przyjaciela. Najdawniejszego przyjaciela. Jedynego człowieka, który znał go przed epoką pięknych garniturów, drogiego fryzjera i wyrafinowanego smaku. Dion znał go, kiedy Joe był czyimś synem, czyimś młodszym bratem, kiedy był mikry, porywczy i nieukształtowany. A on znał Diona w jego bardziej radosnych i tłustych latach. I tęsknił za nim. Ale miał nadzieję, że tamten Dion jeszcze gdzieś ocalał.

– Słyszałeś, co się stało w Brown Town? – spytał Dion.

– No.

– Wnioski?

– Freddy DiGiacomo jest zasranym debilem.

– A coś, czego nie wiem?

– Montooth od czternastu lat zarabia dla nas dużą forsę. Odkąd tu przyjechaliśmy, D.

– To fakt.

– W normalnym świecie przeprosilibyśmy go za kłopoty i w ramach zadośćuczynienia walnęlibyśmy Freddy'ego kamieniem w ten pierdolony łeb, a potem wrzucilibyśmy go do zatoki.

– Jasne. W normalnym świecie. Ale dwóch naszych nie żyje. Tym należy się zająć. Jutro odbędzie się posiedzenie.

– O której?

– Powiedzmy o czwartej.

Joe obliczył, ile zajmie mu dojazd do Raiford i powrót.

– Da się przesunąć na piątą?

– Nie widzę przeszkód.

– Więc będę.

– I dobrze. – Dion zaciągnął się nieodłącznym cygarem. – Jak mój koleżka?

– Ma ospę wietrzną.

– Bez jaj!

– Bez. A Narcisa nie będzie się nim opiekować, dopóki mały nie wyzdrowieje.

– Kto tu dla kogo pracuje?

– To najlepsza guwernantka, jaką miałem.

– No myślę, skoro sama sobie wyznacza godziny pracy.

– A co u ciebie?

– Codziennie to samo dziadostwo.

– Ojojoj. Korona ci za bardzo ciąży?

– Tobie ciążyła.

– Nieee. Charlie mnie wykolegował, bo nie jestem makaroniarzem.

– Tak to sobie zapamiętałeś.

– Tak było.

– Hmm. Pamiętam, jak ktoś jęczał, że nie zniesie dłużej tej krwi i odpowiedzialności. Pitu, pitu.

Joe roześmiał się cicho.

105

– Dobranoc.

– Dobranoc.

Odłożył słuchawkę i zastanowił się, czy nie rozsunąć zasłon. Na ogół w nocy otwierał balkonowe okno, by wdychać zapach bugenwilli i mięty, spoglądać na płytki basen, mroki ogrodu, gipsowy mur porośnięty bluszczem i brodami oplątwy. Ale jeśli ktoś przysiadł na tym murze z karabinem... To co zobaczy?

Joe zgasił światło. W ten sposób mógł chociaż wyjrzeć na zewnątrz.

Odwrócił krzesło i wsunął palec między zasłony. Popatrzył przez szparę na mur w kolorze nowego pensa i jedyne widoczne drzewo pomarańczowe. Przed tym drzewem stał chłopiec w białym marynarskim ubranku. Przechylił głowę, jakby nie spodziewał się ujrzeć Joego, a potem odszedł, skacząc. Nie normalnie. Skacząc. Joe bezwiednie rozsunął kotary i spojrzał na swoje ciche i puste podwórko. Zaraz potem wyobraził sobie kulę wystrzeloną z lufy i cofnął się z krzesłem. Zasłony opadły na swoje miejsce.

Joe odsunął krzesło od okna i zatrzymał je w kącie między dwiema biblioteczkami. W tej samej chwili chłopiec minął drzwi gabinetu i ruszył w stronę schodów.

Krzesło obróciło się wokół własnej osi. Joe wypadł na korytarz i wbiegł po schodach. Zajrzał do Tomasa, który spał. Zerknął pod jego łóżko. I do szafy. Znowu padł na kolana i spojrzał pod łóżko. Pusto. Sprawdził pozostałe sypialnie. Pod szczęką pulsowała mu żyłka. Mięśnie koło kręgosłupa mrowiły, a powietrze zrobiło się tak zimne, że ścierpły mu zęby.

Przeszukał cały dom. Następnie wszedł do sypialni, gdzie spodziewał się ujrzeć chłopca, ale pokój był pusty.

Długo nie mógł zasnąć. Gdy chłopiec mijał drzwi jego gabinetu, miał wyraźniejsze rysy niż zwykle. Dzięki temu Joe upewnił się, że dostrzega w nim rodzinne podobieństwo. Miał długą szczękę i małe uszy Coughlinów. Gdyby w tamtej chwili się odwrócił, Joe nie zdziwiłby się, widząc twarz swojego ojca. Ale dlaczego ojciec miałby przybrać postać dziecka? Zresztą Joe wątpił, żeby ojciec nawet w dzieciństwie wyglądał jak dziecko.

Joe nigdy przedtem nie spotkał ducha. I żadnego nie wypatrywał. Po śmierci Gracieli czekał – nawet się o to modlił – aż wróci do niego w jakiejś postaci. Ale przeważnie omijała jego sny. Gdy już mu się śniła, to nieodmiennie banalnie. Na ogół znajdowała się na łodzi, którą zabrał ją z Hawany w dniu jej śmierci. Tomas był rozbrykanym dwulatkiem. Joe przez cały rejs ganiał za nim po pokładzie, bo Graciela miała morską chorobę. Raz zwymiotowała. Przez resztę podróży leżała z kompresem na czole, z trudem oddychając. Gdy na styku niskiego nieba z Cieśniną Florydzką pojawiły się czubki wieżowców Tampy, Joe przyniósł Gracieli kolejny mokry ręcznik, ale go nie chciała.

– Zmieniłam zdanie. Dwa wystarczą.

W snach inne ręczniki leżały porozrzucane na pokładzie, zwisały z relingów i masztów. Mokre, wilgotne, białe, czerwone, małe jak chusteczki do nosa i wielkie jak materace. W rzeczywistości, jeśli Joe dobrze pamiętał, jedyny ręcznik spoczywał na czole Gracieli.

Za godzinę jego żona wykrwawi się na śmierć na nabrzeżu, a jej morderca zginie pod kołami ciężarówki z węglem. Joe nie pamiętał nawet, jak długo przy niej klęczał. Tomas wiercił się, a czasem piszczał, gdy z oczu Gracieli uciekało światło.

Joe widział, jak przekracza most do innego świata – albo otchłani. W ostatnich trzydziestu sekundach życia jej powieki zatrzepotały dziewięć razy. I już nigdy więcej.

Gdy przyjechała policja, Joe nadal klęczał. Nie ruszył się, kiedy sanitariusz przyłożył stetoskop do piersi żony, spojrzał na głównego detektywa i pokręcił głową. Do przybycia koronera Joe zdążył już oddalić się o parę kroków od ciała Gracieli, a także Seppe'a Carbone'a i Enrica Pozzetty i odpowiadał na pytania detektywa Postona i jego kolegi. Przyszła pora, by wywieźć zwłoki. Do Joego podszedł koroner – niechlujny młodzieniec o jasnej, żółtawej cerze i smętnie zwisających ciemnych włosach.

– Jestem doktor Jefferts – powiedział cicho. – Muszę odwieźć pańską żonę, ale boję się, że ten widok sprawi przykrość pańskiemu synowi.

Tomas przylgnął do nogi Joego i obejmował ją przez całą rozmowę z detektywem. Joe spojrzał na młodzieńca w wymiętym garniturze. Doktor miał koszulę i krawat poplamione zaschniętą zupą i Joe pomyślał, że powierzenie komuś tak niechlujnemu sekcji ciała jego żony to brak profesjonalizmu. Ale wystarczyło jedno spojrzenie w oczy, na malujące się w nich współczucie dla nieznanego mu chłopca i jego zrozpaczonego ojca, i Joe skinął głową z wdzięcznością. Odczepił syna od swojej nogi i wziął go na ręce, przytulił do piersi. Tomas oparł mu brodę na ramieniu. Jeszcze ciągle się nie rozpłakał. Powtarzał tylko „mama". Na chwilę zamilkł, a potem znowu zaczął. „Ma-ma, ma-ma, ma-ma…".

– Będziemy ją traktować z szacunkiem. Ręczę słowem – powiedział doktor Jefferts.

Joe uścisnął mu dłoń, nie odważając się przemówić, i zabrał syna z przystani. A teraz, siedem lat od tego najbardziej gównianego z gównianych dni, prawie mu się nie śniła. Ostatni raz widział ją cztery lub pięć miesięcy temu. W tym śnie zamiast kompresu przyniósł jej grejpfruta. Graciela spojrzała na niego z leżaka – wychudzona, niemal jak szkielet – i powiedziała to samo, co zawsze: „Zmieniłam zdanie. Dwa wystarczą". Joe rozejrzał się po pokładzie, ale nie dostrzegł żadnego grejpfruta.

– Przecież nie masz nawet jednego.

Spojrzała na niego tak pustym wzrokiem, że wydawał się wręcz pogardliwy.

– Z pewnych rzeczy się nie żartuje.

A potem na jej sukience wykwitła krew, jej rzęsy zatrzepotały i znieruchomiały.

Po tym śnie Joe wyszedł na galerię ze szklanką szkockiej i wypalił pół paczki papierosów. Dziś znalazł szkocką i papierosy, ale został w domu i nie palił tyle. Zasnął na siedząco, czekając na chłopca.

ROZDZIAŁ DZIEWIĄTY

W SOSNACH, SOSENKACH

W 1929 roku Joe, wychodząc z więzienia, przysiągł sobie, że nigdy tu nie wróci. Odsiedział trzy lata w zakładzie karnym Charlestown w Bostonie, jednym z najgorszych więzień w kraju. Czternaście lat później w snach nadal słyszał ten dźwięk, który wydawały zatrzaskujące się o dwudziestej kraty. Budził się, zlany lepkim potem strachu, i rozglądał się dziko, dopóki nie upewnił się, że znajduje się w swojej sypialni. Przyznał się do tych koszmarów tylko Gracieli. Powiedziała, że to rozumie – od kiedy go znała, nigdy nie potrafił usiedzieć spokojnie, więc nie potrafiła sobie wyobrazić, że mógłby wytrzymać w zamkniętym domu, nie mówiąc już o celi.

Joe poleciał z Tomasem samolotem transportowym Suarez Sugar, który wylądował w Crystal Springs nieopodal Jacksonville. Stamtąd przejechali do znajdującego się pięćdziesiąt kilometrów na południe Raiford. Przedstawicielem Joego na ten region był Al Butters, który pędził wódkę i pracował dla mafii Bunsforda jako kierowca podczas napadów. Mafia Bunsforda rządziła hrabstwem Duval i małym skrawkiem północnej Georgii. Oddała Joemu Ala, ponieważ w dzieciństwie chorował na ospę wietrzną. Kiedy Tomas zdrzemnął się na tylnym siedzeniu, znużony upałem, Al zapewnił Joego, że zapłacono komu trzeba i poczyniono konieczne przygotowania. I rzeczywiście, zastępca naczelnika w Raiford, niejaki Cummings, wyszedł im na spotkanie przed bramę i zaprowadził ich wzdłuż zachodniej strony ogrodzenia. Jakieś pięćset metrów dalej dotarli do małej części dziedzińca, gdzie czekała na nich siedząca na skrzynce po pomarańczach Theresa Del Fresco.

– No to was zostawię – powiedział Cummings i odszedł łagodnym skłonem terenu sto metrów dalej, gdzie stanął i zapalił fajkę.

Joe zawsze słyszał, że Theresa jest mała, a tak na oko oceniał, że waży nie więcej niż pięćdziesiąt kilo. Ale kiedy wstała i podeszła do ogrodzenia, skojarzyła się mu z panterą, którą widział kiedyś na bagnach Tampy. Wielki kot poruszał się z przyczajoną sennością, tak jak Theresa – jakby dawała każdemu szansę ucieczki. Joe podejrzewał, że przeskoczyłaby to ogrodzenie, zanim zdążyłby spojrzeć na zegarek.

– Przyjechał pan – powiedziała.

Skinął głową.

– Wiadomość mnie zainteresowała.

– Co panu powiedział?

– Twój… przyjaciel?

– Można i tak to nazwać.

– Już umie siadać na nocniczku?

– No nie… To poniżej pańskiej godności.

Joe zapalił papierosa i zdrapał listek tytoniu z języka.

– Powiedział, że ktoś dostał zlecenie na ciebie…

– Użył tego słowa? Zlecenie?

– Nie. To wsiok. Nie pamiętam, jak to nazwał. Ale chodziło mu o to, że jeśli umrzesz, nie zdołasz mi powiedzieć, kto rzekomo chce mnie zabić.

– Nie rzekomo.

– Thereso… Mogę ci mówić po imieniu?

– Jasne. A ja jak mam się do ciebie zwracać?

– Wystarczy: Joe. Thereso, dlaczego ktoś miałby mi życzyć śmierci?

– Sama się nad tym zastanawiam. Przecież jesteś złotowłosym księciem.

– Ostatnio siwowłosym.

Uśmiechnęła się.

– Co?

– Nic.

– Nie, serio.

– Słyszałam, że jesteś próżny.

– Uwaga, że posiwiałem jako trzydziestolatek, jest dowodem próżności?

– Jest nim sposób, w jaki to powiedziałeś. Jakbyś miał nadzieję, że zaprotestuję. Że powiem, iż nie jesteś aż taki siwy i że twoje błękitne oczy nadal potrafią zawrócić dziewczynie w głowie.

Zachichotał.

– A ja słyszałem, że masz cięty język. Czyli oboje słyszeliśmy dobrze.

Zapaliła papierosa i ruszyli spacerkiem, ona po jednej, on po drugiej stronie ogrodzenia. Zastępca naczelnika Cummings ruszył za nimi, utrzymując dystans.

– Więc zacznijmy od tego, kto chce zabić ciebie – powiedział Joe.

Przytaknęła.

– Podejrzewam, że mój szef.

– Dlaczego Lucius miałby ci życzyć śmierci?

– Trzy miesiące temu okradliśmy niemiecki statek w Key West.

– Co?

Kilka razy kiwnęła głową.

– Wypłynął z Saint Thomas pod banderą brytyjską, rzekomo z dostawą dla naszych żołnierzy w Afryce Północnej. Zawinął do Key West w celu nabrania paliwa, ale tak naprawdę przewożono na nim brylanty, wiele miesięcy wcześniej przeszmuglowane z Niemiec do Argentyny. Zamierzali je wyładować w Key West i przekazać swojemu człowiekowi z Nowego Jorku, żeby sfinansować jego działania sabotażowe na wiele lat. Ale my napadliśmy na nich, kiedy znieśli brylanty na ląd. Zabiliśmy ośmiu, samych szkopów. Więc mógłbyś nam podziękować za patriotyczną działalność.

– Dziękuję – powiedział Joe. – Jesteście w dechę.

Theresa dygnęła lekko.

– Lucius zgarnął kasę?

Skinęła głową.

– I dużo tego było?

– Przerażająca suma.

– Śmiało.

– Dwa miliony.

Jezus. Joe przez całe życie nie miał takiego łupu, a słyszał albo brał udział w kilku dużych robotach. Ale dwa miliony? To roczny zarobek firm kolejowych i naftowych. Cholera, cała rodzina Bartolo zarobiła w zeszłym roku zaledwie półtora miliona brutto i była z tego całkiem zadowolona.

– Ile ci obiecał? – spytał Theresę.

– Pięć procent.

Dość, by przeżyć resztę dni w luksusach, do których nie przywykła.

– I martwisz się, że tego nie dostaniesz.

– Wiem, że tego nie dostanę. Dwie suki usiłowały mnie zabić, a trafiłam tu dopiero w zeszłym tygodniu. Nie mogłam zrozumieć, dlaczego oskarżyciel... Archie Boll, znasz go?

Joe przytaknął.

– Nie mogłam zrozumieć, dlaczego jest taki wyrozumiały. No przecież przypierdzieliłam Tony'emu tak, że kawałki jego głowy przykleiły się do szafek po drugiej stronie kuchni, a oni dają mi nieumyślne spowodowanie śmierci? Założyłam więc, że Archie Boll chce mnie przelecieć. Spodziewałam się, że wpadnie do aresztu, zanim mnie tu przewiozą. Ale kiedy nie wpadł, zaczęłam zadawać pytania, które powinnam zadać, kiedy proponowali mi ugodę.

– Dlaczego wtedy tego nie zrobiłaś?

– Miałabym zaglądać w zęby darowanemu koniowi? Byłam notowana, jestem Włoszką, aha, no i zatłukłam męża młotkiem. Powinnam wylądować na krześle elektrycznym. A oni dali mi pięć lat. Jak wyjdę, mój syn będzie miał osiem. Jeszcze zdążę z nim zacząć od nowa. – Skinęła głową, jakby się upewniała. – Ale gdybym się rozpytała, dowiedziałabym się tego, co ty już pewnie wiesz.

Spojrzała na niego przez ogrodzenie. Joe skinął głową i powiedział cicho:

– Że Archie Boll jest człowiekiem Króla Luciusa.

– No.

– Co oznacza – dodał Joe – że od początku chodziło o to, żeby cię tu posadzić.

Znowu skinięcie głową i gwałtowne wydmuchnięcie dymu.

– Jak tylko zabiłam Tony'ego, Król Lucius ujrzał przed sobą okazję, by zatrzymać te sto tysięcy dla siebie. I może myśli, że ktoś wkrótce przyjdzie i zaproponuje mi, żebym zeznawała przeciwko niemu. W każdym przypadku fakt, że nadal oddycham, jest dla niego niekorzystny. A jak przestanę oddychać? On ujrzy przed sobą czyste niebo i wiatr w żaglach.

– Więc chcesz, żebym z nim porozmawiał?

Skubnęła zębami paznokieć.

– Coś w tym stylu.

– A ile płacisz za swoje życie?

Odetchnęła głęboko.

– Dziewięćdziesiąt procent. Niech Król Lucius przeleje dziesięć tysięcy na konto bankowe dla mojego syna i da mi żyć. To jest dla mnie warte dziewięćdziesiąt tysięcy dolarów.

Joe zastanowił się nad tym.

– To duża suma i całkiem kusząca. Ale musisz wziąć pod uwagę, że Lucius może ją przyjąć, ale potem przez kilka miesięcy zastanawiać się i myśleć: „Theresa wyjdzie z więzienia i będzie wściekła. Teraz tak nie sądzi, ale w końcu się wścieknie z powodu tego układu. Nie teraz, ale później. I dlatego znowu stanie się kłopotliwa".

Theresa skinęła głową.

– Pomyślałam o tym.

– I?

– Na rozmowę z nim musisz zabrać świadka. Wtedy wiadomość się rozejdzie. Wszyscy będą wiedzieć.

– Ale dowiedzą się, że chciał cię zabić za sto tysięcy.

115

– A kto by nie chciał? Gdyby moja podwładna wylądowała w pudle, kiedy byłabym jej winna sto tysięcy, też bym wystawiła na nią zlecenie. Tu chodzi tylko o interesy.

Chryste, pomyślał Joe. Ludzie Luciusa to twardy naród.

– Ale jeśli się rozniesie, że wykupiłam moje życie, i to za niezłą sumkę, a Lucius i tak mnie zabije, no... Nawet w naszej branży istnieje etyka.

– Na pewno? – Joe zastanowił się nad tym. – Może i tak. Więc powiedzmy, że znajdę kogoś z jajami, kto pójdzie ze mną do Luciusa, żeby zaproponować mu umowę. I powiedzmy, że Lucius się zgodzi. Co będę z tego miał?

– Nie chciałbyś ocalić komuś życia z dobroci serca?

– Zależy, czyje to życie. Ty skasowałaś mnóstwo osób, w tym kilku moich znajomych. Nie wiem, czy twoja śmierć byłaby taką tragedią, jak ci się wydaje.

– A mój syn?

– Wychowa go ktoś, kto nie zamordował jego ojca.

– Więc po co do mnie przyjechałeś?

– Z ciekawości. Nie zgadłbym, jaki masz do mnie interes, choćbym skonał.

– Właśnie o to chodzi. Że skonasz. – Pozwoliła sobie na wyniosły uśmieszek. – I o twojego syna – żeby nie dorastał w sierocińcu. Tak jak mój.

Joe także się uśmiechnął.

– Chcesz mi wmówić, że to moje życie znajduje się w niebezpieczeństwie. Ja robię pieniądze, nie wrogów. Moja śmierć spowodowałaby znaczne straty finansowe w Tampie, Hawanie, Bostonie i Portland w Maine. Więc kto by chciał mnie zabić?

– Każdy, kto chce spowodować znaczne straty finansowe w Tampie, Hawanie, Bostonie i Portland.

116

Joe musiał jej przyznać rację.

– Więc zagrożenie pochodzi z zewnątrz? To nietypowe w tej branży.

– Szczerze mówiąc, nie mam pojęcia, czy pochodzi z wewnątrz, zewnątrz czy z najwyższego dowództwa Niemiec. Znam tylko nazwisko i datę.

Joe parsknął śmiechem.

– Datę mojej śmierci? Skurwiel wybrał sobie dzień?

Skinęła głową.

– Środę Popielcową.

– Więc mój zabójca jest religijny czy tylko z Nowego Orleanu?

– Możesz żartować przez całą drogę na cmentarz, Josephie. Nie żałuj sobie.

Dotarli do kolejnego zakrętu ogrodzenia. Parking znajdował się tuż po lewej. Joe widział siedzących w samochodzie Ala i Tomasa, Ala z kapeluszem na oczach, Tomasa obserwującego ojca. Joe lekko pomachał mu ręką i syn odpowiedział tym samym.

– Nie wiesz za wiele o tym rzekomym zamachu – zauważył Joe.

– Wiem, kto go wykona, i jestem prawie pewna, kto mu to zlecił.

Tomas wrócił do czytania książki.

– No, jeśli o tym słyszałaś, to znaczy, że to zlecenie Luciusa. Proste. I chcesz, żebym wszedł do jaskini lwa – jakiej tam jaskini, kurwa, prosto w jego paszczę – i wykupił twoją wolność.

– Lucius już nie zabija.

– Powiedz tym dwóm facetom, którzy ostatnio weszli na jego łódź i już z niej nie zeszli.

– Więc zabierz z sobą kogoś nietykalnego, kogo nikt nie ośmieli się zdjąć.

Joe uśmiechnął się blado.

– Jeszcze dwa dni temu powiedziałbym, że tą osobą jestem ja.

– Gil Valentine też by tak powiedział w 1940.

– To kto go zabił?

– Nie mam pojęcia. I nie znam nikogo, kto by wiedział. Wspomniałam o nim, żebyś sobie uświadomił – a raczej przypomniał – że w naszej branży nikt nie jest bezpieczny. – Rzuciła niedopałek w trawę i uśmiechnęła się do Joego. – Nawet ty.

– Więc powiesz mi, kto przyjął zlecenie na mnie.

Skinienie głowy.

– W chwili, gdy moje dziesięć procent pojawi się na moim koncie.

– Nie ma zbyt wielu ludzi zdolnych mnie zabić. A jeśli sam wydedukuję, kto to może być?

– A jeśli się pomylisz?

Za plecami Theresy, po drugiej stronie dziedzińca, na jasnozielonym pagórku stał chłopiec.

– Thereso.

– Tak, Josephie.

– Mogłabyś mi zrobić przysługę i odwrócić się? Powiedz mi, co widzisz na dwunastej?

Uniosła brew, ale obróciła się i spojrzała na pagórek.

Chłopiec miał dziś na sobie ciemnoniebieskie spodenki na szelkach i białą koszulę z dużym kołnierzem. Nie zniknął, kiedy Theresa na niego spojrzała. Usiadł na trawie i objął kolana, które przyciągnął do piersi.

– Widzę ogrodzenie – oznajmiła Theresa.

– Za ogrodzeniem.

– Tam? – spytała, wskazując.

Joe przytaknął.

– Dokładnie przed tobą. Widzisz coś na tym małym pagórku?

Theresa obejrzała się na niego z ledwie widocznym uśmiechem.

– No.

– Co?

– Masz aż tak kiepski wzrok?

– Co tam widzisz? – powtórzył.

– Jelonka. Uroczego. Już sobie idzie.

Chłopiec wspiął się na szczyt pagórka i zniknął po jego drugiej stronie.

– Jelonka.

Theresa pokiwała głową.

– Takiego małego jak Bambi, no nie?

– Jak Bambi.

– No. – Wzruszyła ramionami. – Masz czym zapisać numer mojego konta?

Tomas siedział na tylnym siedzeniu packarda i starał się nie drapać po twarzy i rękach. Kosztowało go to tyle wysiłku, że aż mu się znowu zachciało spać. Patrzył, jak Joe rozmawia z małą, szczupłą kobietką w pomarańczowych więziennych ciuchach, i zastanawiał się – nie po raz pierwszy – jak właściwie jego ojciec zarabia na życie. Był biznesmenem i miał firmę produkującą cukier i rum do spółki z wujkiem

Estebanem, który – tak jak wujek Dion – nie był jego prawdziwym wujkiem. W ich życiu wiele rzeczy okazywało się inne, niż się wydawały.

Tomas patrzył, jak ojciec zawraca i idzie wzdłuż siatki. Kobieta szła obok niego po drugiej stronie ogrodzenia. Miała bardzo ciemne włosy, które często nasuwały Tomasowi smutne wspomnienia o matce. Tylko tę jej cechę na pewno zapamiętał. Wtulał twarz w jej szyję, a jej bujne włosy otaczały go jak kaptur. Pachniała mydłem i nuciła piosenkę. Tej melodii też nigdy nie zapomniał. Jako pięciolatek zaśpiewał ją ojcu, którym tak to wstrząsnęło, że oczy wypełniły mu się łzami.

– Znasz tę piosenkę, tatusiu?

– Znam.

– Jest kubańska?

Ojciec pokręcił głową.

– Amerykańska. Twoja mama bardzo ją lubiła, choć te słowa są smutne.

Piosenka była krótka i Tomas nauczył się słów, zanim skończył sześć lat, choć nawet dziś nie całkiem je rozumiał:

Czarna dziewczyno, czarna dziewczyno,
Nie okłamuj mnie.
Powiedz mi, gdzie wczoraj spałaś,
Powiedz, powiedz, gdzie?
Drżałam, gdzie słońce nie dosięga,
Przez całą noc w sosnach, sosenkach.

Potem było jeszcze o mężczyźnie, który mógł, ale nie musiał być mężem dziewczyny i zginął pod kołami pociągu. Ojciec powiedział Tomasowi, że piosenka nazywa się

„W sosnach" albo „Czarna dziewczyna", choć niektórzy nazywają ją „Gdzie wczoraj spałaś". Ten tekst zawsze budził w Tomasie strach, zwłaszcza kiedy piosenkarz śpiewał „nie okłamuj mnie". Fascynacja chłopca nie wynikała z przyjemności, bo piosenka mu jej nie sprawiała. Za każdym razem, gdy puszczał ją na gramofonie, serce mu się ściskało. Ale czuł, że w tym smutku spotyka się z matką. Bo to ona wydawała mu się teraz tą dziewczyną w sosnach, sosenkach, samotną i drżącą przez całą noc. Innym razem sądził, że matka nie kryje się w sosnach, nie spędziła w nich, drżąc, całej nocy. Znajdowała się w świecie, do którego nie docierały ciemności i chłód. Była gdzieś, gdzie jest bardzo ciepło, gdzie słońce praży bruk pod stopami. Przechadzała się po rynku w dzień targowy i wybierała rzeczy dla niego i ojca, przygotowując się na ich spotkanie. Podała Tomasowi czerwony jedwabny szalik i powiedziała: „Potrzymaj mi to, mój mały mężczyzno", po czym, nucąc „W sosnach, sosenkach", wybrała drugi szalik, tym razem niebieski. Odwróciła się z materiałem spływającym jej z dłoni i miała go podać synowi, gdy nagle drzwi samochodu się otworzyły, a on obudził się gwałtownie. Ojciec wskoczył na siedzenie obok niego.

Wyjechali na drogę, oddalając się od więzienia. Słońce stało nisko, rozpalone i wszechobecne. Ojciec opuścił szybę, zdjął kapelusz. Wiatr zmierzwił mu włosy.

– Myślałeś o mamie, prawda?

– Skąd wiesz?

– Masz to spojrzenie.

– Jakie spojrzenie?

– Do środka.

– Sądzę, że jest szczęśliwa.

– W porządku. Ostatnio twierdziłeś, że jest samotna w ciemnościach.

– To się zmienia.

– Jasne.

– Myślisz, że jest szczęśliwa? Tam, gdzie jest?

Ojciec odwrócił się i spojrzał mu w oczy.

– Szczerze mówiąc, tak.

– Ale musi się czuć samotna.

– Zależy. Jeśli uważasz, że czas działa tam na takich samych zasadach jak tutaj, to tak, ma do towarzystwa tylko swojego ojca, a nie za bardzo go lubiła. – Ojciec poklepał go po kolanie. – Ale co, jeśli na tamtym świecie nie ma czegoś takiego jak czas?

– Nie rozumiem.

– Nie ma minut, godzin, zegarów. Nie ma nocy, która zmienia się w dzień. Lubię myśleć, że twoja matka nie czuje się samotna, bo nie czeka na nas. My tam już jesteśmy.

Tomas spojrzał w dobrą twarz swojego ojca i zdziwił się jego wielką wiarą. Nie potrafił określić wszystkiego, w co wierzył Joe Coughlin – i zresztą te rzeczy nie musiały mieć z sobą nic wspólnego – ale ta wiara była niepodważalna. Tomas był już dość duży, żeby podejrzewać, iż taka żarliwość może powodować problemy, lecz w towarzystwie ojca czuł bezpieczeństwo, jakiego nie doświadczył nigdy w życiu. Ojciec, ironiczny, uroczy i czasem drażliwy, był człowiekiem, którego niezachwiana pewność siebie udzielała się innym.

– Więc już z nią jesteśmy? – spytał Tomas.

Ojciec pochylił się i pocałował go w czubek głowy.

– Aha.

Chłopiec uśmiechnął się, nadal zaspany, zamrugał i ojciec zaczął mu się rozpływać przed oczami. Zasnął, czując na głowie odcisk jego warg jak pazurki bardzo małego ptaka.

Ktoś chce cię zabić.

Myśl, z której trudno się otrząsnąć. Rozsądek podpowiadał Joemu, że to bez sensu. Jeśli w rodzinie Bartolo istniał ktoś niezastąpiony, to był nim on. I nie tylko dla rodziny Bartolo – Joe odgrywał kluczową rolę również w działalności Lansky'ego, a co za tym idzie – Luciana. I dla Marcella z Nowego Orleanu, Moego Dietza z Cleveland, Franka Costello z Nowego Jorku oraz Małego Augiego z Miami.

Nie mnie.

Dawniej oczywiście zdarzało się, że ludzie chcieli go zabić, ale wtedy to miało sens – mistrz, który uznał, że Joe za bardzo się szarogęsi, a przedtem członkowie Ku-Klux-Klanu, których nie ucieszyło, że jakiś Jankes włazi na ich teren i pokazuje im, jak się zarabia prawdziwe pieniądze, a jeszcze wcześniej gangster, w którego dziewczynie Joe się zakochał. Ale to wszystko miało sens.

Dlaczego ja?

Joe nie pamiętał, żeby ostatnio podpadł komuś ważnemu. To Dion wkurzał ludzi. Robił sobie wrogów, a potem zwykle ich zabijał, żeby ich istnienie nie spędzało mu snu z powiek. Od kiedy w 1935 przejął od Joego całą działalność w Tampie, za jego sprawą polało się wiele krwi. Polałoby się i więcej, gdyby Joe nie był jego doradcą. Może chodziło im o Diona, a przy okazji postanowili także rozwalić jego? Ale nie, zabójstwo takiej szychy jak Dion zawsze trzeba zatwierdzić, a zrobić to mogli jedynie bliscy współpracownicy Joego oraz ludzie, którzy bogacili się dzięki niemu i zamierzali się dalej bogacić.

Poza tym Theresa przysięgła, że ten prawnik na usługach Luciusa określił Joego jako obiekt. Nie jeden z kilku obiektów. Jedyny obiekt. Chociaż Theresa była zabójczynią i recydywistką i miała więcej powodów niż ktokolwiek, żeby podpuścić Joego: odpowiednio zmotywowany Joe należał do tych bardzo nielicznych, którzy mogliby stanąć przed obliczem Luciusa i namówić go do zmiany zdania. Byłoby bardzo sprytnym ruchem sprzedać Joemu historyjkę o planowanym zamachu na niego – mglistą, lecz wystarczająco konkretną, by w jego głowie zaczął tykać zegar: do Środy Popielcowej zostało osiem dni.

Joe mógł sobie wmawiać, że nie istnieje żaden realny powód, by ktokolwiek mu życzył śmierci, a jeśli istnieje, któryś z jego licznych przyjaciół w tej branży coś by usłyszał i mu doniósł. Mógł się przekonywać, że ta plotka, którą sprzedajny prawnik przekazał morderczyni, ma takie samo znaczenie, co dym z jego papierosa. I gdyby planowaną ofiarą był ktoś inny, pewnie śmiałby się do łez z tej podpuchy zdesperowanej kobiety, usiłującej wydębić przysługę od mężczyzny, który jej zdaniem mógł jej uratować życie. Ale ta plotka, choć mglista, bezpodstawna i nierealistyczna, dotyczyła jego.

Joe spojrzał z uśmiechem na syna, który mrugał oczami, na próżno, jak się zdawało, odpędzając sen. Tomas odpowiedział zdziwionym uśmiechem i zmrużył podejrzliwie oczy. Joe pokręcił głową, jakby mówił: „Nic się nie dzieje. Wszystko w porządeczku". Na co Tomas znów zamknął oczy i opuścił głowę. Joe usiadł tyłem do okna i zapalił.

Prowadzący samochód Al Butters oznajmił, że musi się zatrzymać, żeby się odlać. Joe się zgodził, tylko kazał mu uważać na aligatory i węże.

– E tam, żaden nie zainteresuje się tym starym truchłem.

Al zatrzymał się na poboczu drogi – koła z jednej strony samochodu zagłębiły się w miękkiej zieleni – i odszedł kilka kroków, zanim rozpiął rozporek. Joe musiał założyć, że to robi, bo nie widział, czego dotyka odwrócony plecami Al. Może broni.

Droga wyglądała jak szeroki biały pas przecinający ocean zielonej ostrej trawy, rosochatych dębów i chuderlawych sosen. Niebo miało ten sam kolor co droga.

Może do tego zlecenia podnajęto mafię Bunsforda. Jeśli tak, Al Butters mógł się odwrócić z pistoletem w dłoni i najpierw zdjąć Joego, a drugą kulą przestrzelić czoło jego syna. Potem pozostałoby mu tylko stać i czekać na samochód, który pewnie chodzi na jałowym biegu za najbliższym zakrętem.

Al Butters odwrócił się i ruszył do samochodu, zapinając rozporek. Joe zaczekał, aż wsiądzie do samochodu i ruszy z pobocza. Dopiero wtedy zsunął kapelusz z czoła i zamknął oczy. Czuł cienie drzew przesuwające się po jego twarzy i muskające jego powieki. Potem to Graciela muskała jego twarz, początkowo delikatnie, potem coraz natarczywiej, tak jak wtedy, gdy budziła go w dniu narodzin Tomasa. Joe właśnie wrócił z podróży służbowej, która zaprowadziła jego i Estebana na północny kraniec Ameryki Południowej, i od wielu dni nie dosypiał. Otworzył oczy i ujrzał w oczach żony prawdę: zaraz zostaną rodzicami.

– Już?

– Już. – Odrzuciła pościel. – Pora na pierwsze.

Joe zasnął w ubraniu. Usiadł, pocierając twarz, a potem położył rękę na jej brzuchu. Zaczął się skurcz i Graciela skrzywiła się z bólu.

– Idź, idź.

Joe wstał i poszedł za nią na schody.

– Pierwsze, tak?

Zerknęła na niego i znowu się skrzywiła.

– Oczywiście, *mi amor*.

Chwyciła się jedną ręką balustrady.

– Tak? – Wziął ją za drugie ramię.

– Ile będziemy mieć?

– Co najmniej troje.

Joe otworzył oczy i poczuł żar na twarzy.

Ostatniego dnia swojego życia Graciela nie mówiła o ręcznikach. Ani o grejpfrutach. Mówiła o dzieciach.

ROZDZIAŁ DZIESIĄTY
WERDYKT

Imperium rodziny Bartolo miało kwaterę główną na najwyższym piętrze budynku firmy American Cigarette Machines Service – ciemnobrązowego wieżowca z zaklejonymi kurzem oknami o beżowych framugach na końcu pirsu szóstego w porcie Tampa. Joe wszedł do niego i ujrzał Rica DiGiacomo już siedzącego w poczekalni.

Poczekalnia była niemal tak ładna jak znajdujący się za nią gabinet. Całe piętro wyłożono deskami z miodowej sośniny. Skórzane fotele i sofy importowano z Birmy przed wojną. Na ścianach z cegły wisiały wielkie kolorowe zdjęcia Manganaro, sycylijskiego miasteczka, w którym urodził się Dion Bartolo. Dwa lata po objęciu rządów nad rodziną Dion zapłacił fotografowi z „Life'a" nieprzyzwoitą kwotę za podróż do Manganaro i zrobienie tych zdjęć, utrzymanych w bursztynowych odcieniach polaroida – tak ciepłych i efektownych jak te skórzane fotele i miodowe parkiety. Na jednym z nich po zboczu wzgórza wspinał się człowiek z osłem; po prawej stronie słońce zanurzało się w horyzont. Na drugim trzy staruszki śmiały się z czegoś przed jatką. Portyk wąskiego kościoła wznosił się wysoko nad małym psem, śpiącym w jego cieniu. Dziecko jechało na rowerku obok oliwnego gaju. Joe, nigdy nieulegający nostalgii, zawsze miał wrażenie, że za pomocą tych zdjęć Dion chciał odtworzyć świat ledwie zapamiętany, który przeminął, zanim zdążył go posmakować i zaciągnąć się jego aromatem. Dion wyjechał z Włoch jako czterolatek; mógł w najlepszym razie poczuć tylko przelotną woń świata, który odzwierciedlały te fotografie, ale ten zapach pozostał z nim na zawsze. Stał się dla niego domem, który niemal posiadał, chłopcem, którym niemal był.

Joe uścisnął dłoń Rica i usiadł na kanapie obok niego. Rico wskazał jedną z fotografii.

– Myślisz, że ten staruch z osłem robi to codziennie? Wchodzi po tym zboczu?

– Teraz to już nie wiem… No bo wojna i tak dalej.

Rico zagapił się na zdjęcie.

– Na pewno. Nawet teraz. Jest jak mój stary. Myśli tylko o tym, co ma do zrobienia. Nawet jeśli… Nie, zwłaszcza jeśli ktoś zrzuca na niego bomby. On i ten osioł, Joe, pewnie już wylecieli w powietrze. Ale zginął, robiąc to, czemu poświęcił życie.

– Czyli?

– Wygląda na to, że codziennemu wchodzeniu pod górkę z tym zasranym osłem.

Joe zaśmiał się cicho. Zapomniał, jaki zabawny potrafi być Rico. Kiedy awansował go ze swojego osobistego ochroniarza na bardziej odpowiedzialne stanowisko, najtrudniej przyszło mu się pogodzić z tym, że pozbawił się w ten sposób jego towarzystwa. Teraz obaj spojrzeli na dębowe drzwi prowadzące do gabinetu Diona.

– Ktoś z nim rozmawia?

Rico skinął głową.

– Mój brat.

Joe odetchnął powoli.

– No, to co się wydarzyło?

Rico wzruszył ramionami i przeniósł kapelusz z jednego kolana na drugie.

– Chłopaki Freddy'ego wpadli na Montootha na Tenth Street...

– Białe chłopaki?

– Tak. Kermit...

– Teraz posługujemy się facetami o imieniu Kermit?

Rico wzruszył ramionami.

– Jest, jak jest. Połowa naszych wyjechała, przecież wiesz.

Joe zamknął oczy i ścisnął nos u nasady, po czym odetchnął.

– Czyli ten... hm... Kermit i jego kumpel, dwaj biali goście, wybrali się ot tak na przechadzkę po Brown Town o dziesiątej wieczorem?

Rico uśmiechnął się lekko i znowu wzruszył ramionami.

– Zaczęli się awanturować na ulicy. Ten wielki czarnuch wyjął broń i odpowiedział ogniem. I ani się obejrzeli, a przestrzelił głowę Wyattowi Pettigrue.

– Pettigrue? To ten smarkacz z okolic mongolskiego sklepu na Third Avenue?

– Już nie smarkacz, Joe. W sumie to już niczym nie jest. Ale, no wiesz, miał ze dwadzieścia jeden lat. Właśnie został ojcem.

– Jezu.

Joe pamiętał, jak ten dzieciak czyścił mu buty na rogu Third i Sixth. Nie szło mu to za dobrze, ale zabawnie nawijał

129

i potrafił człowiekowi wyrecytować wszystkie ważniejsze artykuły z porannych gazet.

– No a teraz leży w zakładzie pogrzebowym Blake'a – oznajmił Rico. – Dwa strzały w pierś, jeden w twarz. Córka ma trzy dni. Tragedia w chuj, że tak powiem.

Obaj spojrzeli jednocześnie na zegar nad drzwiami: dziesięć po. Kolejny obyczaj Diona Bartolo – spotkania nigdy nie zaczynały się punktualnie.

– Więc Montooth zdjął dwóch naszych – powiedział Joe.

– A co z nim?

– A nadal chodzi po tym łez padole. Choć nie wiem, jak długo, biorąc pod uwagę temperament Freddy'ego.

– A ty to pochwalasz?

Rico lekko się poruszył i głośno westchnął.

– A co mam zrobić? Jakbyś ty miał syna, który rozrabia, wyrzekłbyś się go? Jasne, Freddy ma nasrane we łbie. Wszyscy o tym wiemy. Wszedł na terytorium Montootha, oznajmił, że przejmuje jego biznes, a Montooth, który jest, jaki jest, powiedział: „Gówno tam przejmujesz". Mam pretensje do samego siebie.

– Dlaczego?

– Pozwoliłem, żeby do tego doszło. Gdybym wkroczył kilka miesięcy temu, zanim woda zaczęła kipieć, mógłbym ją powstrzymać przed zagotowaniem. Ale tego nie zrobiłem. A teraz Montooth zabił dwóch chłopaków Freddy'ego, co oznacza, że zabił dwóch naszych. I ma to mu ujść płazem?

Joe pokiwał głową, potem nią pokręcił i znowu pokiwał.

– No, nie wiem, nie wiem. Ale to przecież Freddy go zaatakował. Co Montooth miał zrobić?

Rico uniósł ręce w geście nawołującym do rozsądku.

– Nie zabijać dwóch białych.

Joe pokręcił głową, zniechęcony. Rico przyjrzał się badawczo jego garniturowi.

– Prosto z drogi?

Joe przytaknął.

– Aż tak widać?

– Nigdy nie widziałem na twojej marynarce ani zagniecenia, a dziś wygląda jak psu z gardła wyjęta.

– Dzięki. A włosy w porządku?

– Włosy tak. Ale krawat mógłbyś wyprostować. Gdzieś ty się podziewał?

Joe zajął się krawatem, opowiadając Ricowi o podróży do Raiford i o tym, co Theresa powiedziała o jego rychłym zejściu z tego świata.

– Zamach? Na ciebie? – Rico parsknął serdecznym śmiechem. – Jakiś, kurwa, absurd.

– To samo powiedziałem.

– I masz na to tylko słowo tej pierdolniętej zarazy, którą zżera własna paranoja?

– Aha. Choć w jej przypadku paranoja jest całkiem uzasadniona.

– No, jasne, jak się zgadzasz pracować dla Króla Luciusa, to jakbyś pracował dla Belzebuba. To fundament tej relacji. – Rico przesunął dłonią po gładkim spiczastym podbródku. – To ci siedzi w głowie, co? Myśl, że ktoś może na ciebie czyhać.

– To nieracjonalne, ale tak – przyznał Joe.

– Jak masz myśleć racjonalnie, kiedy dostajesz wiadomość, że masz u kogoś przesrane? – Rico spojrzał na niego ze zdziwieniem. – Ale to nie ma sensu. Chyba to dostrzegasz, nie?

Joe przytaknął.

– Ale to żadnego – dodał Rico. – Sama lista twoich sędziów ma większą wartość niż wszystkie burdele w Tampie razem wzięte. – Parsknął śmiechem. – Jesteś jak kura znosząca złote jaja.

– Więc dlaczego nie czuję się bezpiecznie?

– Bo ten ktoś zakręcił ci w głowie. I pewnie o to chodziło.

– Świetnie. Ale dlaczego?

Rico otworzył usta, po czym je zamknął. Przez chwilę gapił się gdzieś w przestrzeń, po czym uśmiechnął się z zażenowaniem.

– No, kurwa, nie wiem. – Pokręcił głową. – Po prostu to się kupy nie trzyma.

– Ale spróbuj zasnąć spokojnie, myśląc, że ktoś już po ciebie idzie.

– Pamiętasz, jak Claudio Frechetti uznał, że dymam jego żonę?

– Bo dymałeś.

– Ale nie miał na to dowodów. A potem przywidziało mu się, że ma, i powiedział, że mnie zabije. On wtedy zarabiał masę kasy, a mnie jeszcze nie przyjęto do organizacji, więc byłem nikim. Chryste, przez sześć tygodni nie spędziłem dwóch nocy z rzędu w tym samym miejscu. Wytarłem więcej sof niż kiepska aktorka. A potem wpadłem na Claudia we własnej osobie, kiedy wychodził z apteki w centrum, i patrzę, a to o n ma wory pod oczami i jest cały roztrzęsiony, bo usłyszał, że ktoś wziął na niego zlecenie. Przez ten cały czas miał mnie gdzieś. Straciłem sześć tygodni na ukrywanie się, a on martwił się, że ktoś go zdejmie.

– Co nastąpiło tydzień później, nie?

Rico przytaknął.

– Okradał szefa. Zgadza się?

Joe zaprzeczył.

– Donosił.

– Claudio?

Joe pokiwał głową.

– Tak straciliśmy całą dostawę na Forty-one. Pięćdziesiąt kilo towaru spłonęło na zapleczu wydziału narkotyków, a w takim przypadku ktoś musi za to zapłacić.

Przez jakiś czas siedzieli, patrząc na zegar. W końcu Rico przerwał milczenie:

– Może weźmiesz sobie kilka tygodni urlopu? Popłyniesz na Kubę. Nie będziesz musiał sypiać na sofie.

Joe spojrzał na niego.

– A jeśli właśnie o to chodzi? Jeśli kiler tam na mnie czeka? Wpadnę prosto w jego ramiona.

– To by był sprytny ruch – zgodził się Rico. – Znamy kogoś tak sprytnego?

– Ciągle wracamy do Króla Luciusa.

– No, to jedź z nim pogadać.

– Wybieram się jutro. Masz jakieś plany?

Rico uśmiechnął się szeroko.

– Jak za dawnych czasów?

– Byłoby ekstra.

– Serio?

– Serio jak cholera.

Grube dębowe drzwi gabinetu Diona otworzyły się i Mike Aubrey zaprosił ich do środka. Geoff Fin czekał tuż za drzwiami, bez marynarki, z odsłoniętą kaburą z pistoletem. Mike i Geoff Fin zawsze witali gości kamiennymi minami, ale Joe wątpił, żeby któryś z nich dał radę w takich gównianych warunkach, w jakich on i Dion musieli działać w latach trzydziestych.

Joe i Rico zrobili sobie drinka, a potem zjawił się kapitan Dale Byner z piątego posterunku i też sobie nalał. Byner pracował dla nich, odkąd awansował na sierżanta wydziału śledczego. Pewnego dnia zostanie komisarzem. Nie był jakoś wyjątkowo skorumpowany – z takimi nigdy nie wiadomo – ale chciał mieć za wszelką cenę spokój. Miał także szczęście do ludzi, choć brak szczęścia do pieniędzy – idealna kombinacja

Joe usiadł na kanapie naprzeciwko biurka Diona. Freddy zajął miejsce obok niego, tak blisko, że ich kolana się stykały, co natychmiast zaczęło drażnić Joego. Pierdolony Freddy, siedzi jak ofiara losu i szczeniak, który znowu napaskudził na dywan. Chce, żeby wszyscy uwierzyli, że nie miał wpływu na to, co się stało, chce wszystkim wmówić, że miał dobre zamiary.

Dion zapalił cygaro, spojrzał przez dym na Freddy'ego i powiedział:

– No dobrze. Co masz na swoją obronę?

Freddy wyprostował się jak wcielenie urażonej niewinności.

– Na moją obronę? Na moją obronę mam to, że Montooth Dix zabił dwóch moich chłopaków, więc trzeba go zlikwidować. Tyle w temacie.

– Od miesięcy krąży pogłoska, że chcesz zagarnąć terytorium tego gościa – odezwał się Dale Byner, kapitan policji.

– Tego gościa? – rzucił się Freddy. – Co, Byner, pijasz z nim w Elks czy jak? Gdyby kiedykolwiek pojawił się w twojej dzielnicy, zastrzeliłbyś go na miejscu.

– Montooth Dix zarabiał dla nas w Brown Town od dwudziestego dziewiątego, kiedy tu przyjechałem. Zawsze był biznesmenem, bez wyjątku uczciwym, nawet ukrył braci Sukulowskich po tamtym centralnym rozpierdolu w Oldsmar przed dwoma laty. Szukali ich wszyscy gliniarze z miasta, a Montooth milczał jak grób.

– A, to tak uciekli Sukulowscy? – odezwał się kapitan Byner.

– No. – Joe zapalił papierosa.

– A dokąd?

Joe rzucił zapałkę do popielniczki.

– Nie chce pan wiedzieć.

– Panowie – wtrącił Rico – zgadzam się z wami. Freddy zachował się jak głupia dupa.

Freddy, już i tak zbolały, jeszcze bardziej upodobnił się do zbitego psa.

– Dupa z ciebie. – Rico spojrzał mu w oczy i zatoczył rękami wielki krąg. – Wielka jak zasrana dynia. – Odwrócił się do pozostałych. – Ale, panowie, nie możemy pozwolić, żeby czarnuch bezkarnie zabijał białych. Nawet jeśli lubimy tego czarnucha, a ja lubię Montootha Dixa. Łamałem się z nim chlebem. No, ale bez przesady. I nie możemy pozwolić, żeby facet spoza organizacji zabił faceta z organizacji. Bez względu na okoliczności. Dion? Joe? To wyście mnie tego nauczyli. Kto podnosi rękę na naszą rodzinę, temu rodzina tę rękę utnie. To żelazna zasada.

Dion patrzył długo na Joego.

– Co sądzisz? Pod kątem interesów, nie emocji.

– Widziałeś kiedyś, żebym się poddawał emocjom?

Dion otworzył usta.

– W tej dekadzie? – dodał Joe.

Dion skinął głową.

– No fakt.

– Jeśli rozważamy tę sytuację pod kątem interesów, ma ona duży potencjał w kierunku katastrofy. Jeśli wszyscy ludzie Montootha Dixa zwrócą się przeciwko nam, mogą nas wydymać na heroinie, naszym udziale w bolicie, naszej kontroli nad niektórymi fabrykami cygar. Kontrolują dostawę dziwek z Jamajki i Haiti, co stanowi tu połowę rynku. Zawsze zachowywaliśmy się, jakby byli oddzielną organizacją, ale nie są. Każdy, kto w ciągu ostatnich dwudziestu lat ośmielił się odebrać koronę Montoothowi, ginął gwałtowną śmiercią. I nie ma żadnego następcy tronu. Co oznacza, że bez względu na obrót sytuacji rozpęta się piekło walki o władzę. A nasze zyski z Brown Town znikną w tym piekle.

– Montooth ma synów – zauważył Freddy.

Joe odwrócił się do niego, kryjąc pogardę. Wydawał się logiczny, rozsądny i pełen szacunku.

– Ale tylko jeden z nich – Breezy – jest silny. A potrafię wyliczyć co najmniej trzech miejscowych, którzy zrobiliby na niego zamach, gdyby zasiadł na tronie.

– Ale czy którykolwiek miałby szansę? – spytał Dion.

Spojrzeli na Rica, bo koniec końców było to jego terytorium.

– Nie. – Rico pokręcił głową, zastanowił się i znowu nią pokręcił. – Nie, nie sądzę.

– Kto? – spytał Dion.

Rico spojrzał pytająco na Joego.

– Myślisz o tym, co ja? – spytał Joe.

Rico skinął głową i razem powiedzieli do Diona:

– Mały Lamar.

– Ten gość, co robi interesy z chinolami?

Joe przytaknął.

– Tylko on może zjednoczyć wiarę, jeśli odpowiednio szybko przejmie tron.

– Tak bardzo mu ufają?

Joe pokręcił głową.

– Tak bardzo się go boją.

– Więc czy ktokolwiek może z nim pertraktować? – spytał Dion.

Teraz to Freddy i Rico spojrzeli na siebie.

– Moim zdaniem da się mu przemówić do rozsądku odpowiednią ilością zielonych – oznajmił Rico.

Freddy przytaknął.

– To biznesmen. I…

– I sprzedajna gnida.

Wszyscy spojrzeli na kapitana Bynera.

– Zarżnąłby własne dziecko, gdyby mógł na tym zarobić dziesięć dolarów. I przeleciałby jego zwłoki za dwudziestkę. – Byner dolał sobie alkoholu. – A te „interesy z chinolami"? W zeszłym roku znaleźliśmy kontener na dnie oceanu – dziewięciu mężczyzn, siedem kobiet, siedmioro dzieci. Sądzimy, że jeden z mężczyzn w kontenerze był ojcem dziewczyny, która zarabiała dla Lamara na Fifteenth Street. Uciekła z innym chinolem, prysnęli do San Francisco. Lamar dowiedział się, że jej ojciec płynie na chińskim frachtowcu, i kazał im wyrzucić kontener za burtę. Zabił dwadzieścia trzy osoby, ponieważ zwiała mu jedna kurwa. Komuś takiemu chcecie dać władzę.

– Wiesz co? – zwrócił się do niego Freddy. – Zamknij ryj.

– Skrzywił się, jakby ugryzł cytrynę. – Dobra? Zamknij ryj.

137

– E, Freddy – odparł Byner. – Chcesz wyjść na solo? Zobaczymy, czy zdołasz mi zamknąć ryj. Spróbujemy się. Chcesz?

– Dość – przerwał im Dion. Upił łyk drinka. – Chryste... – Wskazał szklanką Joego i Rica. – Rzecz sprowadza się do was dwóch. Co już wiem o ulicach Brown Town?

Joe był przekonany, że wszyscy odparowali mu w myślach: „A co ty w ogóle wiesz o ulicach jakiejkolwiek części Tampy?". Ale ostatni gość, który zasugerował Dionowi, że wypuszcza sprawy miasta z rąk, poczuł te ręce na swoim gardle i czuł je tak długo, aż pękła mu tchawica. Joe zerknął więc na Rica, oddając mu pole. Ten otrzepał dłonie z okruchów orzeszków i pochylił się do przodu.

– Chciałbym znaleźć inne rozwiązanie, ale go nie widzę. Dix musi zniknąć. I jego syn także – żeby ograniczyć akcje odwetowe do minimum. Posadzimy na tronie Lamara, a jeśli okaże się zbyt świrnięty, do tego czasu znajdziemy już jego następcę. Albo będziemy blisko. A straty w okresie przejściowym aż nadto zrekompensuje nam fakt, że przejmiemy interesy Montootha. Ta loteria, w którą tam grają, to dla nich jak religia. – Sięgnął po nową garść orzeszków. – Jak już wspomniałem, żałuję, że nie istnieje inny sposób. Ale tak to wygląda.

Wszyscy spojrzeli na Joego, który zgasił papierosa.

– Nie sądzę, że poradzimy sobie z Lamarem. Jest zbyt zwichrowany. Ale wiem, że Breezy Dix nie da rady przejąć rządów po ojcu i w dodatku walczyć z Małym Lamarem. Uważam więc, że poniesiemy większe straty, niż szacuje Rico. Montooth jest niezawodny i wszyscy w Brown Town go szanują. Od lat dwudziestych w czarnym Ybor panuje spokój – dzięki Dixowi. Proponuję więc, żeby Freddy dostał to, czego chce – niech przejmie interesy Montootha, zrobi go swoim podkomendnym. Dix się zgodzi, bo wie, że w przeciwnym razie czeka go śmierć.

Joe zamilkł i usiadł wygodniej na sofie. Dion przez chwilę wodził spojrzeniem po zebranych. Wszyscy milczeli. Wstał więc i podszedł z drinkiem i cygarem do ogromnego okrągłego okna, z którego rozciągał się widok na żurawie, silosy z ziarnem i leniwe wody kanału. Odwrócił się i Joe zobaczył w jego oczach odpowiedź.

– Trzeba zlikwidować czarnucha. – Wzruszył ramionami. – Nie może się rozejść, że pozwoliliśmy mu zabić dwóch naszych.

– To nie będzie łatwe – zauważył kapitan Byner. – Zabarykadował się w tej swojej fortecy. Ma zapasy. Jego żołnierze stoją przy wszystkich oknach i drzwiach. Plus kilku na dachu. W tej chwili to niezdobyta twierdza.

– To go spalmy – rzucił Freddy.

– Chryste Panie. – Rico pokręcił głową. – Co z tobą, do kurwy nędzy?

– Co?

– Przecież on ma tam trzy żony.

– I sześcioro dzieci – dodał Joe.

– No i?

Nawet Dion, który rozlał więcej krwi niż którykolwiek szef w ostatnich czasach, spojrzał na Freddy'ego ze zgrozą.

– No więc może sfajczymy mu jakąś żonę czy dziecko, ale to wojna – dodał ten. – Na wojnie różne rzeczy się zdarzają. Nie mam racji?

– Widzisz w tym pokoju pawiany? Jebane szakale? – poinformował się Dion. – Nie jesteśmy zwierzętami.

139

– Ja mówię tylko, że…

– Jak jeszcze raz usłyszę, że proponujesz zabicie dziecka – odezwał się cicho Joe – to wiesz co, Freddy? Zabiję cię własnymi rękami. – Odwrócił się z uśmiechem, żeby Freddy zobaczył wyraz jego oczu.

– Ej, ej! – Rico uniósł ręce. – Pozwólcie, że zaprowadzę trochę spokoju, dobrze? Freddy, nikt nie będzie zabijał dzieci i, Joe, nikt nie zabije Freddy'ego. *Capice?* – Odwrócił się do Diona. – Po prostu wydaj rozkaz, szefie.

– Postawcie strzelców przed budynkiem. Jak czarnuch wystawi łeb, to mu go odstrzelcie. Jak nie wystawi, to nie wytrzyma tam dłużej niż tydzień. I wtedy go zabijemy. Tymczasem zacznijcie organizować sprawy, żeby zmiana na stanowisku przeszła jak najłagodniej. Ma to sens?

– Dlatego jesteś szefem. – Rico skinął głową z promiennym uśmiechem na chłopięcej twarzy.

ROZDZIAŁ JEDENASTY
NIESKOŃCZONE MOŻLIWOŚCI

Duncan Jefferts właśnie zamykał drzwi biura lekarza sądowego hrabstwa Hillsborough, kiedy zza najbliższej karetki wyłonił się człowiek, którego nie spodziewał się nigdy więcej zobaczyć.

– Dobry wieczór – usłyszał.

Jefferts stał na rampie i patrzył, jak Joe Coughlin niespiesznie podchodzi do niego. Gangster, rzekomo na emeryturze, miał na sobie kremowy garnitur, taką samą panamę, sztywno wykrochmaloną białą koszulę, idealnie zawiązany krawat i wypolerowane buty, w których odbijał się blask lamp. Twarz miał nieco bardziej wymiętą niż siedem lat temu, ale oczy pozostały tak samo chłopięce, niemal niewinne. W ich źrenicach płonął blask – blask obiecujący wspaniałości, jeśli się zbliżysz. Jefferts widział, jak to światło gaśnie w dniu, w którym poznał Joego Coughlina – w dniu śmierci jego żony. Przez całą wieczność Coughlin wpatrywał się w niego bez życia i Duncan przypomniał sobie to nieracjonalne przekonanie, że gangster zaraz poderżnie mu gardło. Ale śmierć znikła z oczu mężczyzny i zastąpiła ją wdzięczność za troskę. Joe

Coughlin uścisnął ramię Jeffertsowi, potrząsnął jego dłonią i odszedł z synem z przystani.

Jefferts rzadko wspominał o tym spotkaniu. Raz usiłował opowiedzieć o nim żonie, ale plótł coś chaotycznie, próbując wyjaśnić sprawę chyba zbyt pogmatwaną, żeby można ją było wyrazić słowami. Podczas tego przelotnego spotkania poczuł tak silną rozpacz, miłość, siłę, charyzmę i potencjalne zło bijące od tego człowieka jak nigdy przedtem ani potem od nikogo innego. Charakterystyczną cechą Joego Coughlina, usiłował wyjaśnić żonie, były jego nieskończone możliwości. „Możliwości do czego?" – spytała. „Do wszystkiego" – odpowiedział.

Joe stanął obok niego i wyciągnął rękę.

– Pamięta mnie pan?

Jefferts uścisnął mu dłoń.

– Tak. Pan Coughlin, importer.

– Doktor Jefferts, lekarz sądowy.

Stali w jaskrawym świetle lampy nad drzwiami i uśmiechali się do siebie ze skrępowaniem.

– Hm...

– Tak?

– Mogę panu w czymś pomóc?

– Nie wiem. Może pan?

– Nie jestem pewien...

– Czego?

– ...dlaczego zjawia się tu pan o tej porze?

– O jakiej porze?

– O drugiej nad ranem.

– Z powodu mojej żony.

Jefferts poczuł na sobie przeszywający wzrok gangstera, który zsunął nieco kapelusz z czoła.

– A konkretnie?

– To pan zrobił jej sekcję, prawda?

– Wiedział pan o tym.

– Nie, nie wiedziałem. Widziałem, jak zabrał pan jej ciało. Musiałem założyć, że macie innych lekarzy. Ale to pan osobiście ją zrobił.

– Tak.

Joe przysiadł na żelaznej balustradzie biegnącej wzdłuż rampy. Zapalił papierosa i podsunął paczkę Jeffertsowi, który się poczęstował. Kiedy pochylił się po ogień, Coughlin powiedział:

– Teraz pan też jest żonaty.

Jefferts nigdy nie nosił w pracy obrączki, ponieważ kiedyś zgubił ją w zwłokach. Odzyskanie jej zabrało mu godzinę, a cztery kolejne – naprawienie szkód, jakich narobił.

– Skąd pan wie?

– Wygląda pan schludniej. Niechluje nie robią się porządniejsi, jeśli pozostają kawalerami.

– Wspomnę o tym żonie. Ucieszy się.

Joe skinął głową i wypluł strzępek tytoniu, który przywarł mu do języka.

– Była w ciąży?

– Słucham?

– Moja żona. Graciela Corrales Coughlin, zmarła dwudziestego dziewiątego września trzydziestego piątego roku. – Uśmiechał się, ale błękitne oczy mu poszarzały. – Była w ciąży?

Jefferts przez jakiś czas spoglądał na parking. Usiłował ocenić, czy istnieją jakieś moralne przeciwwskazania, ale nie potrafił ich znaleźć.

– Tak – powiedział.

– Płeć?

Pokręcił głową.

– Upłynęło siedem lat. Wydaje się pan cholernie pewny siebie.

– Bo... – Jefferts westchnął i wyrzucił papierosa.

– Bo co?

– To była moja pierwsza sekcja. – Odwrócił się i napotkał spojrzenie Joego. – Pamiętam każdą jej chwilę. Płód był bardzo mały. Nie miał więcej niż sześć tygodni. Guzek płciowy – to coś, z czego wykształci się penis albo łechtaczka – był jeszcze za mało rozwinięty, żeby określić płeć.

Joe dopalił papierosa i rzucił go w mrok. Przeskoczył przez balustradę rampy i znowu wyciągnął rękę.

– Dziękuję, doktorze.

Jefferts skinął głową i uścisnął mu dłoń. Joe dotarł już do parkingu, kiedy usłyszał jego głos:

– Dlaczego przejmuje się pan płcią nienarodzonego płodu?

Coughlin odwrócił się z rękami w kieszeniach i patrzył na niego długo. Potem wzruszył ramionami i odszedł w noc.

ROZDZIAŁ DWUNASTY

DOLINA KOŚCI

Na spotkanie z Królem Luciusem pojechali na południe trasą 5 aż do trasy 32, a potem skierowali się na wschód przez podmokłe tereny pod niebem tak fioletowym, że wydawało się niemal czarne. Dalej na wschodzie kłębiły się siąpiące deszczowe chmury – mniejsze siniaki krwawiące w obrębie większego. Gdy deszcz do nich dotrze – a dotrze, to tylko kwestia czasu – będzie ciepły. Ciepły i gęsty jak pot bogów.

Był ranek, a oni jechali z włączonymi światłami. Pogoda na Florydzie jest ogłupiająco monotonna – aż nadchodzi przełom i wtedy rozpętuje się piekło: błyskawice rozpruwają niebo, wicher wyje jak armia upiorów, słońce staje się tak białe i okrutne, że jesienne pola stają w ogniu. Ta pogoda przypominała Joemu, że jest tylko człowiekiem. Choćby dał się omamić złudzeniu potęgi, nigdy nie stanie się niczym więcej.

Jakieś pół godziny po wyruszeniu z Tampy Rico spytał, czy ma przejąć kierownicę.

– Nie – powiedział Joe. – Na razie sobie radzę.

Rico osunął się w fotelu i przykrył czoło fedorą.

– Dobrze, że mamy czas pogadać.

– Tak?

– Tak. Wiem, że nie zgadzasz się z usunięciem Montootha, a nigdy nie zapomniałem, że jesteś najbardziej moralnym gangsterem świata.

Joe zmarszczył brwi.

– To nie moralność, tylko etyka. Montooth zareagował słusznie, kiedy Freddy wepchnął się na jego teren. A teraz chcecie go posłać do piachu, bo – bez urazy – Freddy jest pojebem.

Rico westchnął.

– Wiem, wiem. To mój brat, a przy tym pojeb i gnojek. Ale… co ja mam zrobić, Joe?

Przez chwilę żaden z nich się nie odzywał.

– Moim zdaniem jednak – powiedział w końcu Rico – Montooth to w tej chwili najmniejszy z naszych problemów.

– Są większe?

– Przede wszystkim mamy w organizacji kapusia. Napady na nasze transporty zdarzają się dwa razy częściej niż na inne. I nie napadają na nie inni gangsterzy, tylko federalni i miejscowa policja. Jakiś czas wytrzymamy, bo jesteśmy zamożną rodziną. Zgarniamy wszystko. No i mamy ciebie.

Joe zerknął na niego.

– I ciebie.

Rico zaczął protestować, ale potem wzruszył ramionami.

– No dobrze. Jasne. Rzeczywiście przynoszę zyski.

– Rico, twoje zyski to dwadzieścia procent dochodu rodziny.

Rico odsunął kapelusz z czoła i nieco się wyprostował.

– W tej chwili krąży wiele strasznych opowieści. Naprawdę wiele.

146

– O kapusiu?

– O całej organizacji. Wyglądamy na słabych. Wyglądamy jak gotowy do zgarnięcia tłusty kąsek.

– Do zgarnięcia przez kogo?

– Skąd mam zacząć? Na przykład przez chłopaków Santa.

Z tym Joe nie zamierzał dyskutować. Santo wyrósł już z Włoskiego Klubu Społecznego na Seventh Avenue i ostatnio wyglądał na bardzo wygłodniałego. Wygłodniałego i w złym humorze, co zawsze stanowi kiepską kombinację.

– Ktoś jeszcze?

Rico zapalił papierosa i wyrzucił zapałkę przez okno.

– Ten skurwiel, jak mu tam, no, ten z Miami... – Strzelił palcami.

– Anthony Crowe?

Rico wycelował palcem w Joego.

– Nick Pisano wie, że musi mu oddać wykurwiście wielki kawał terytorium, i to na dniach, bo Anthony po niego przyjdzie. Mógł powiedzieć Anthony'emu, żeby sobie wziął kawałek naszego.

– Crowe nie jest Włochem czystej krwi. Nie może przejąć naszego terenu.

– Przykro mi to mówić, ale jest. Jego rodzice zmienili nazwisko po przyjeździe do Ameryki. Nazywali się Crochetti czy jakoś tam. W każdym razie ten skurwiel może się pochwalić linią sięgającą aż na Sycylię. Jest cwany, wredny i już go nie zadowala jego miejsce przy stole. Chce zagarnąć całą jadalnię.

Joe zastanowił się nad tym.

– Nie jesteśmy aż tak słabi. Dobra, może trochę rozluźniliśmy chwyt. Jak wszyscy. Dochody spadły z powodu tego niemieckiego kurdupla z głupim wąsem i całej tej pierdolonej

147

wojny. Ale nadal kontrolujemy najbogatsze porty w tym kraju, narkotyki w połowie kraju, hazard w jednej czwartej i transport w prawie całej Ameryce.

– Ale w naszych szeregach panuje chaos. I wszyscy o tym wiedzą.

Joe zapalił papierosa. Nie spieszył się. I niespiesznie uchylił okno, żeby wypuścić dym.

– Mówisz o przewrocie, Rico?

– Co?

– Mówisz o usunięciu szefa?

Rico bardzo długo wpatrywał się w niego, a potem uniósł ręce.

– Nie. Pojebało cię? Dion jest szefem i to się nie zmieni.

– To się nie zmieni.

– Wiem.

– Ale?

– Ale ktoś powinien z nim pogadać. Ktoś, z kim Dion się liczy. Ktoś musi…

– Co?

– Skłonić go, żeby znowu wziął wszystkich za mordę. Jak przejął władzę, wszyscy go kochali. Nadal go kochają, ale on już nie prowadzi interesów jak dawniej. Na jego temat krąży wiele plotek, tyle ci powiem.

– Na przykład?

Rico zastanawiał się przez chwilę.

– Wszyscy wiedzą, że szef ma problem z kartami. I końmi. I z ruletką.

– Zgadza się.

– A to, że przez ostatnie lata tak schudł… Ludzie uważają, że jest chory. No wiesz, umierający.

– Dion nie umiera. To coś innego.

– Ja coś o tym wiem. – Rico zmrużył znacząco oko. – Ale inni spoza rodziny nie. I zresztą co mam powiedzieć ludziom: „On nie umiera, tylko bierze"? – Rico znowu uniósł ręce. – Joe, mówię to tylko tobie, i to z całym szacunkiem.

Joe przez jakiś czas prowadził w milczeniu, bawiąc się dyskomfortem Rica.

– Owszem, możesz mieć rację – powiedział w końcu. – Ale nie masz prawa tak mówić.

– Myślisz, że nie wiem? – Rico wyrzucił papierosa przez okno i odetchnął przeciągle. – Kocham tę branżę. Wiesz? Normalnie, kurwa, ją kocham. Co dzień znajdujemy nowy sposób rozpierdalania systemu. Nie klękamy przed nikim, przed nikim nie stajemy na baczność. To my – dźgnął palcem wskazującym w stronę deski rozdzielczej – decydujemy o naszym życiu, zasadach, obyczajach. Normalnie, kurwa, kocham być gangsterem.

Joe roześmiał się cicho.

– Co?

– Nic.

– Ale co?

Joe spojrzał na Rica.

– Też tak uważam.

– No to… – Rico nabrał tchu. – Odważyłem się powiedzieć ci o, no wiesz, problemach z…

– Przewidywanych problemach.

– Racja. Odważyłem się powiedzieć ci o przewidywanych problemach z szefem, bo nie chcę stracić tej branży. Nie chcę skończyć z kulką we łbie, nie chcę przekiblować tyle czasu, że jak wyjdę, nikt mnie nie będzie znać i będę musiał znaleźć normalną robotę. W życiu nie zarobiłem uczciwie dolara i nie chcę się tego uczyć.

Joe skinął głową i nie odzywał się, dopóki nie minęli Sarasoty.

– Pogadam z Dionem – oznajmił. – Zasugeruję mu, że musimy znaleźć tego kapusia i uporządkować nasze sprawy.

– A on się zgodzi.

Joe wzruszył ramionami.

– Nie wykluczam.

– Zgodzi się – powiedział Rico – bo usłyszy to od ciebie. Chyba nadal cię podziwia.

– A spadaj.

– Nie, naprawdę.

– Coś ci powiem o Dionie. Był szefem naszego gangu, kiedy mieliśmy po kilka lat. Największym i najstraszniejszym z nas wszystkich. Przyjmował rozkazy ode mnie tylko z powodu pewnego nieudanego skoku na bank. Dion uciekł, a ja zyskałem ważnych przyjaciół. Jeśli nie liczyć tego krótkiego okresu, to on był moim szefem, nie odwrotnie.

– Może i tak – zgodził się Rico – ale jesteś jedynym facetem, z którego zdaniem Dion się liczy.

Joe nie odpowiedział. Przez jakiś czas jechali upiorną szosą pod chorym śliwkowym niebem.

– Tomas – odezwał się Rico. – Chłopak rośnie jak na drożdżach. Nie wierzyłem własnym oczom.

– Mnie to mówisz? Jego matka była wysoka. Wujowie też.

– Ty też nie jesteś karłem.

– Ale pewnego dnia będę tak przy nim wyglądać.

– I jak ci się to podoba? – spytał Rico trochę poważniejszym tonem.

– Bycie ojcem?

– No.

– Bardzo. Znaczy, na ogół zawalam. I tracę panowanie nad sobą częściej, niż się spodziewałem.

– Nigdy nie słyszałem, żebyś choć podniósł głos.

– Wiem, wiem. – Joe pokręcił głową. – Prawie nikt nie słyszał. A mój syn tyle razy, że teraz, jak się drę, to tylko przewraca oczami. Dzieci załażą za skórę. Nie, no w sumie to świetny chłopak, ale nadal odwala takie numery jak wejście na stodołę, choć wie, że dach jest zniszczony i wymaga naprawy. W ten sposób złamał sobie rękę na naszej farmie na Kubie w zeszłym roku. Kiedy jeszcze raczkował, nieustannie starał się połykać małe ostre kamyki. Albo podczas kąpieli wystarczyło, że na chwilę się odwróciłem, a on już stał i usiłował tańczyć. I raptem plach! Leży jak długi. A ty myślisz: „Mam obowiązek dopilnować, żebyś się nie zabił. Chronić cię przed kolejnym złamaniem ręki albo wybiciem oka. Więc, z łaski swojej, przestań, kurwa, tańczyć w tej kurewskiej wannie".

Rico parsknął śmiechem. Joe dołączył do niego.

– Teraz możesz mi nie wierzyć – dodał – ale jak i tobie się urodzi, to się trzymaj, brachu.

– Już jest w drodze.

Joe spojrzał na Rica, który poruszył brwiami, i palnął go pięścią w ramię.

– Ej, no. – Rico roztarł mięsień.

– Co to za jedna?

– Kathryn Contarino. Wszyscy mówią do niej „Kat".

– Z południowej Tampy?

Dumny, chłopięcy uśmiech.

– Tak.

151

– Piękna dziewczyna. Gratulacje.

– Dzięki. No tak, wiesz… tak. – Rico wyjrzał przez okno. – Mam szczęście.

– A to co? Miłość?

Rico przewrócił oczami, a potem skinął głową.

– Szczerze mówiąc, będzie ślub.

– Co? – Joe lekko szarpnął kierownicą, samochodem zarzuciło.

– Co się tak bulwersujesz? Małżeństwo jest dla ludzi.

– Nie sądziłem, że jesteś taki.

– Tylko nie „taki". – Rico wsunął w spodnie koszulę, która pofałdowała się podczas jazdy. – Bezczelny typ. Spójrz na siebie.

Joe parsknął śmiechem.

– Nie, ale serio. Nikt od siedmiu lat nie widział, żebyś pokazywał się dłużej z jedną dziewczyną. Masz jakąś na boku?

– Nie.

– Na pewno?

– Przecież gdybym miał, tobym ci nie powiedział – oznajmił Joe z kamienną twarzą.

Rico pokazał mu palec.

– Już prawie nie chodzisz na dziwki. A te, do których chodzisz, mówią, że zabierasz je na kolację i kupujesz ładne sukienki, w połowie przypadków bez bzykania.

– Mam jedną na stałe na Kubie – powiedział Joe na odczepnego. – Nie w Hawanie. Wiejską dziewczynę z zachodu, koło mojego gospodarstwa. Dobrze gotuje, jest bardzo ładna, daje mi swobodę. To nie prawdziwa miłość, ale też jest dobrze.

– No to się cieszę. Teraz musimy tylko znaleźć dziewczynę dla mojego brata.

152

To będzie musiała być bardzo młoda dziewczyna, uznał Joe. Albo chłopiec.

– Tak, pomyślę o tym – powiedział.

Jakieś pół godziny na zachód od Zolfo Springs Rico znowu przerwał milczenie:

– Jesteśmy na to gotowi?

– Na Luciusa?

Rico skinął. Usta miał rozchylone, oczy trochę większe niż zwykle.

– Obaj już mieliśmy z nim do czynienia.

– Ale nie na jego łodzi. Byłeś kiedyś na jego łodzi?

Joe pokręcił głową.

– Czasem ci, którzy na nią wejdą, już z niej nie schodzą. Słyszałeś o tych antropologach czy jak im tam?

– Androfagach – poprawił Joe. Była to gwardia przyboczna Luciusa, dwudziestu mężczyzn, których należało minąć, by dostać się do ich chlebodawcy.

– Podobno nikt nie znajduje ciał, bo je zjadają.

Joe zmusił się do uśmiechu.

– No tak, tacy właśnie są androfagowie.

Rico spojrzał na niego.

– To znaczy?

– To ludożercy.

– Kurwa... – Rico przeciągnął to słowo tak, że zabrzmiało, jakby miało ze cztery sylaby. – Skąd ty wiesz takie rzeczy?

– Jezuickie liceum. Dużo uczą o greckiej mitologii.

– W Grecji żyli kanibale?

Joe pokręcił głową.

– Androfagowie byli prywatnym wojskiem. Niektórzy uważają, że pochodzili z Afryki, inni – że to Finowie lub Rosjanie.

153

W każdym razie pomogli Dariuszowi Wielkiemu w najeździe na południowe rejony Rosji. I podobno czasem... hm... zjadali ludzi. – Musiał się wysilić, żeby zabrzmiało to beztrosko. – Więc Lucius nazywa swoich chłopaków androfagami, żeby wszyscy srali w gacie ze strachu.

– To mu się udało – mruknął Rico.

Dwa kilometry dalej Joe dodał:

– Nie musisz wchodzić ze mną. Tylko na mnie poczekaj. Wystarczy, że cię zobaczą.

Rico pokręcił głową z krzywym uśmiechem.

– Gadam, żeby uspokoić nerwy. Ale to nie znaczy, że jestem jakimś gnojkiem, który zostawi kumpla w potrzebie. No, kurwa, Joe, przecież we dwóch damy radę batalionowi tych zasranych antropologów...

– Androfagów.

– Androfiutów złamanych. Słyszysz? Trzeba by całego batalionu, żeby dali radę takim dwóm twardym skurkowańcom jak my. – Rico wyjął piersiówkę i podał ją Joemu. – Wypijmy za to.

Joe uniósł piersiówkę.

– Cieszę się, że ze mną pojechałeś.

Wypił i oddał Ricowi.

– Ja też się cieszę. – Rico pociągnął spory łyk. – Jak spróbują coś odpierdolić, pokażemy tym wsiokom, co i jak.

Deszcz dogonił ich kilka kilometrów przed Zolfo Springs. Bicze wody smagały samochód i spływały po asfalcie jak kaskady. Joe i Rico opuścili wcześniej szyby, żeby zapalić, ale teraz je podnieśli. Krople bębniły o dach, rozplaskiwały się na drodze, a pontiac kołysał się od nieprzewidywalnych powiewów wichru.

Dotarli do Zolfo Springs, zjechali z szosy i od tej pory Rico musiał odczytywać wskazówki z kartki leżącej między siedzeniami. Tu w prawo, następna w lewo, nie, druga w lewo, przepraszam. Nisko wiszące niebo i gnące się palmy tworzyły tunel nad samochodem. Deszcz osłabł, ale krople stały się większe. Jechali jak w gęstej zupie. Sam Charlie Luciano powiedział kiedyś, że nigdy nie chciałby znaleźć się diabła bliżej niż tamtego dnia, gdy spotkał się z jego odźwiernym, Królem Luciusem. Meyer nie zgadzał się na spotkania z Luciusem i nawet Joe wszelkimi dostępnymi śmiertelnikom sposobami unikał go od piętnastu lat.

Król Lucius pojawił się na scenie w 1923 roku, gdy ceny ziemi na Florydzie poszybowały pod niebo. Niektórzy twierdzili, że przybył z Rosji przez Nowy Orlean. Jego akcent był niemożliwy do zidentyfikowania, bo irytująco słaby. Mógł wskazywać na Rosjanina, Czarnogórca czy nawet Albańczyka, z całą pewnością arystokratę, co zdradzała także troska, z jaką pielęgnował brwi i paznokcie. Z czasem Lucius i jego ludzie zgarnęli więcej lukratywnych kąsków w całym kraju niż ktokolwiek inny. Ale gdziekolwiek uderzał – od Santa Barbara przez Kalifornię po Key West – zawsze płacił haracz temu, na czyim terenie rozpoczynał działalność. Płacił rodzinie Bartolo w Tampie, Pisano w Miami i braciom Nicolo w Jacksonville. Oczywiście nie za każdą robotę – straciliby szacunek do kogoś tak uczciwego – ale za jakieś dziewięćdziesiąt procent. Dzięki niemu trzy florydzkie rodziny zarobiły dość, żeby darować mu karę. I tak się stało.

Gdy w 1936 roku ktoś wspomniał, że Eliot Fergs wyraził opinię na temat gustu Luciusa w doborze kobiet, Lucius

155

osobiście pobił Eliota na śmierć na zapleczu jego własnej stacji benzynowej. Późną jesienią 1938 roku nakarmił aligatory Jeremym Kayem. Gdy niespełna miesiąc później zjawił się brat Jeremy'ego, kilka osób widziało go, jak wchodził na pokład łodzi Króla Luciusa. Od tej pory ślad po nim zaginął.

Gdyby ktoś inny zlikwidował trzech członków rodziny, sam zostałby zlikwidowany. Fakt, że Król Lucius nie został nawet powołany przed Komisję, świadczył o jego potędze, choć tuż po zniknięciu brata Jeremy'ego Kaya Joe osobiście wybrał się na Florydę, by powiedzieć Królowi Luciusowi, że dostał trzy gratisy. Czwartego nie będzie.

Król Lucius był przede wszystkim królem fosforytów. Jego królestwo rozciągało się na sto kilometrów od rzeki Peace w Fort Meade do Port Charlotte. Przez całe lata inwestował swoje nieuczciwie zarobione pieniądze w osuszenie ziem i prace wydobywcze w Dolinie Kości we Florydzie centralnej. Miał większościowy pakiet akcji w Zakładzie Produkcji Nawozów Dolina Kości i nawet wykorzystywał firmy krzaki do kupowania udziałów w innych dwunastu koncernach na brzegach rzeki Peace, związanych z wydobyciem fosforytów, z których robiono nawozy lub też – od wybuchu wojny – amunicję. Joe był wraz z Dionem Bartolo i Rikiem DiGiacomo właścicielem części akcji Zakładu Produkcji Nawozów. Nie mieli pakietu większościowego, ale nie musieli mieć; jeśli chodzi o fosforyty, połowa roboty polegała na ich wydobyciu, a reszta – na transporcie. Gdy w początkach lat trzydziestych prohibicja się skończyła, Joe i ludzie jemu podobni zostali z krępującym nadmiarem ciężarówek, łodzi i czasem nawet wodolotów, których nie było komu sprzedać i którymi nie było czego przewozić. W 1935 roku Joe, Esteban Suarez,

Dion Bartolo i Rico – który był wtedy tylko inteligentnym młodziakiem o buzi dziecka – połączyli siły i utworzyli Firmę Transportową Bay Area. I po dziesięciu latach pod kierownictwem Joego z pomocą Rica DiGiacomo ani jeden kamyk nie ruszył się znad rzeki Peace, jeśli nie przewoziła go ich firma.

Działka Króla Luciusa, aczkolwiek spora, ograniczała się do Zakładu Produkcji Nawozów. Lucius nie miał ani jednego udziału w firmie transportowej i to wymuszało równowagę w ich relacji. Mógł wydobywać dowolną ilość fosforytów, ale jeśli nie zdołał ich dotaskać do linii kolejowej ani przerzucić na drugi brzeg oceanu, to pozostawało mu je spuścić w wychodku. Król Lucius miał apartament w hotelu Commodore w Naples i kolejny w Vinoy w Saint Petersburgu, ale przeważnie przebywał na swojej mieszkalnej łodzi, która przemierzała rzekę. Łódź miała dwie kondygnacje i została sprowadzona z Indii. Zbudowano ją jakieś sto lat temu w regionie Kerala z drewna *anjili*, gładkiego i ciemnego jak zamrożone toffi. Desek nie łączono śrubami ani gwoździami, lecz węzłami z włókna kokosowego, gotowanego w żywicy nerkowca. Łódź miała wygięty dach z bambusa i liści palmy, sześć sypialni, a na piętrze jadalnię na czternaście osób. Stanowiła imponujący widok na srebrzonej powierzchni rzeki Peace. Każdy obserwator miał wrażenie, że znalazł się na brzegu Gangesu.

Joe i Rico zatrzymali samochód na parkingu wysypanym muszelkami i wpatrywali się w łódź majaczącą za strugami deszczu, aż Al Butters wyłonił się z tego, co zostało z dżungli za ich plecami. Ścięli tak wiele drzew i spalili jeszcze więcej – cyprysy i figowce, które stały tu od wieków, w czasach, gdy człowiek jeszcze nie potrafił ich nazwać ani nie miał narzędzi, by je powalić. Al przyjechał tym samym bladozielonym packardem, którym odwiózł Joego podczas ostatniego spotkania. Zatrzymał się z maską skierowaną w stronę ich bagażnika, żeby jego okno znalazło się tuż koło okna kierowcy. Deszcz ustał. Jakby ktoś zakręcił kran. Al Butters opuścił szybę. Joe zrobił to samo. Na pokład statku wyszedł Ogden Semple, wieloletni adiutant Króla Luciusa. Spojrzał w ich stronę.

– Powinienem z wami pójść – w głosie Ala nie było zachwytu.

– E, nie. – Joe poruszył językiem w ustach, usiłując wydobyć z nich trochę wilgoci. – Jakbyśmy nie wrócili, w bagażniku jest karabin maszynowy.

– I co mam z nim zrobić? Ruszyć na odsiecz?

– Nie. – Joe czuł jakieś łaskotanie głęboko w gardle. Jakby utkwił mu w nim chrząszcz. – Ostrzeliwać statek, aż zabijesz tego, kto zabił nas. Obok znajdziesz kanister benzyny. Podpal łajbę i patrz, jak tonie. – Zerknął na Ala. – Zrobisz to dla nas?

– Skurwiel ma tam całą armię.

Rico pochylił się do niego.

– A ty masz karabin maszynowy. Jak zginiemy, podejmiesz odpowiednie kroki. Jasne?

Al skinął niechętnie głową. Wargi mu drgały, oczy zrobiły się ogromne.

– No co? – rzucił Joe. – Wykrztuś to.

– Nie można zabić diabła.

– To nie diabeł – oznajmił Joe. – Diabeł jest czarujący.

Wysiadł wraz z Rikiem z samochodu, jednym ruchem poprawił krawat i garnitur. Zdjął słomkową fedorę z czarną jedwabną wstążką i uniósł ku atłasowemu niebu, promieniejącemu blaskiem niewidocznego słońca. Ukrywało się za tymi ołowianymi chmurami. Na drugim brzegu rzeki, na spalonym spustoszonym terenie mignęło światełko – raz, drugi i na tym koniec. Rico też je zobaczył.

– Ilu ludzi?

– Sześciu – powiedział Joe. – Zawodowcy ze strzelbami dalekiego zasięgu. Jeśli na łodzi zdejmę krawat, bądź gotów paść na pokład.

– To za mało. – Rico też poprawił kapelusz.

– Nawet w przybliżeniu. Ale przynajmniej zabierzemy kilku z sobą. Pieprzyć to. Idziemy.

– Jak rozkażesz.

Joe włożył kapelusz i ruszyli trapem na statek. Ogden Semple wyszedł im na spotkanie. Ogden jakieś dziesięć lat temu stracił oko w walce na noże, więc zaszyto mu powieki na stałe. Drugie oko było zamglone, blade i bardzo skupione. Ogden patrzył na wszystko jak przez mikroskop. Joe podał mu swój automatyczny savage kalibru 32 milimetry i sprężynowiec z kieszeni na przodzie. Rico oddał smitha&wessona kalibru 38 milimetrów.

– Mam nadzieję, że się zarazicie – oznajmił Ogden.

Spojrzeli na niego zaskoczeni.

– Czym?

– Przeziębieniem. Powinien leżeć i wypoczywać, ale musiał wstać, bo uparliście się na spotkanie. Teraz rozchoruje się jeszcze bardziej.

Wrzucił ich broń do skórzanej torby, którą przyniósł specjalnie na tę okazję.

– Obyście się zarazili i rozchorowali bardziej niż on.

Wielu uważało Ogdena za kochanka Króla Luciusa, ale Joe wiedział, że jednooki kocha pewną dziwkę z burdelu

Joego w Tampie. Miała na imię Matilda i Ogden lubił jej czytać bajki i szorować ją do czysta podczas długich kąpieli. Matilda zaraportowała Joemu, że Ogden jest delikatnym, uważnym kochankiem, wyposażonym w sprzęt wielkości młota pneumatycznego. Jedynym jego dziwactwem było nazywanie jej Ruth. Matilda nie miała na to dowodu, ale uważała, że Ruth jest od dawna nieżyjącą siostrą lub córką Ogdena. Kiedy to powiedziała, jej oczy się zaszkliły, a kiedy wychodził z jej pokoju, rzuciła za nim:

– Czy już wszystkich porąbało?

Joe obejrzał się i powiedział zgodnie z prawdą:

– W dużej mierze.

Na łodzi Ogden dał im znak, żeby weszli po drabince na drugi pokład. Sam został na dole z ich bronią u stóp, wpatrując się w Ala Buttersa na parkingu. Łódź odbiła od brzegu i popłynęła w dół rzeki.

ROZDZIAŁ TRZYNASTY

NIECHOROBA

Na górnym pokładzie drogę w głąb statku zagrodziło im dwudziestu mężczyzn. Dwaj wystąpili z szeregu, żeby ich zrewidować. Reszta trwała bez ruchu pod bladobrązowym baldachimem. Większość była wysoka, z martwym spojrzeniem. Żaden nie nosił koszuli, dzięki czemu widać było podłużne zasinienia po wkłuciach na ich ramionach, czarne jak wtopione w asfalt glisty, i żebra rysujące się pod skórą. Pochodzili z różnych krajów – Turcy, Rosjanie, dwaj Azjaci, trzej lub czterej wyglądający jak amerykański biały margines. Ten, który obszukiwał Joego, miał skórę w kolorze karmelu, żółte jak słoma krótkie włosy i zajęczą wargę. Na biodrze nosił skórzaną pochwę z zakrzywionym nożem o rękojeści z kości słoniowej. Mężczyzna rewidujący Rica miał ostre słowiańskie rysy i włosy ciemne jak dzisiejsze niebo. Obaj nosili długie paznokcie. Joe powiódł wzrokiem po pozostałej osiemnastce i stwierdził, że wszyscy hołdują tej samej modzie. Kilku nawet spiłowało paznokcie jak szpony. Większość zatknęła noże za paski złachmanionych spodni. Ci, którzy nie mieli noży, zastąpili je pistoletami.

Kiedy rewizja dobiegła końca, mur się rozstąpił, ukazując siedzącego z boku w mahoniowym fotelu Luciusa. Joe słyszał, jak pewien gość z Hawany twierdził, iż Król Lucius waży „ze sto pięćdziesiąt kilo. Ogromna głowa, łysa jak jajo". A jakiś barman z Tampy opowiadał trzem pijakom, że Lucius jest „chudszy od Śmierci i wyższy od Boga". Joe znał Luciusa od prawie piętnastu lat i ciągle zaskakiwał go jego niepozorny wygląd. Luciusowi brakowało z siedmiu centymetrów do metra osiemdziesięciu – tak jak Joemu – głowę miał w kształcie brzoskwini, z zaczerwienionymi policzkami i uszami, włosy jasne, rzednące. Jego pełne wargi u kobiety wydawałyby się zmysłowe, drobne ząbki miały szary odcień. Jasnozielone oczy patrzyły z permanentnym łagodnym zdziwieniem. Nawet kiedy spoglądały w jeden punkt, jakoś zdawały się ruszać. Joe zawsze czuł na sobie to ścigające spojrzenie. Lucius miał na sobie za dużą kubańską koszulę wypuszczoną na płócienne spodnie, a na różowych stopach – sandały. Wyglądał jak najzwyczajniejszy człowiek pod słońcem.

Nieopodal na szezlongu twarzą w dół leżała dziewczyna. Lucius klepnął ją lekko w tyłek, wstając z fotela.

– Zbieraj się, Vidalio, mamy plany.

Dziewczyna dźwignęła się z posłania, a Król Lucius podszedł do Joego i Rica, wyciągając rękę.

– Panowie...

Dziewczyna powlokła się ku nim, otumaniona snem lub narkotykiem.

– Przywitaj się z moimi przyjaciółmi, Vidalio.

– Witajcie, przyjaciele – wymamrotała dziewczyna, zbliżając się do nich.

Miała na sobie rozpięty szlafrok z białego jedwabiu, narzucony na czarny strój kąpielowy.

– Podaj im rękę.

Gdyby Lucius nie wymienił imienia dziewczyny, Joe by jej nie skojarzył. Ale przez całe swoje życie spotkał tylko jedną Vidalię – zeszłoroczną dziewczynę Bobby'ego O – i uświadomił sobie, że to ta sama. Ta świadomość go zasmuciła. Vidalia Langston jakiś rok temu była – jak wszystkie panny Bobby'ego O – nieletnia. Niedawno sprowadzona z Iowy czy Idaho, jeśli dobrze pamiętał. Maturzystka z liceum w Hillsborough, cheerleaderka i klasowa skarbniczka, bo – jak wyznała Joemu – była trochę zbyt dzika, żeby pozwolono jej kandydować na przewodniczącą klasy. Tamta Vidalia Langston była nieokiełznana we wszystkim, co robiła – jeśli się śmiała, to ryczała, jeśli tańczyła w klubie, to kołysała biodrami jak szalona, miotając czarnymi, opadającymi na jedno oko włosami. Dała Bobby'emu O tak do wiwatu, że chyba wyleczyła go z zamiłowania do lolitek; po niej zaczął się spotykać z kelnerkami w średnim wieku. Ale nawet Joe, który nigdy nie dostrzegał powabu sypiania z dziewczynkami, których rozum dojrzewał o wiele wolniej niż ciało, kilka razy poczuł w towarzystwie Vidalii przyjemny niepokój.

Ale teraz, kiedy uścisnęła mu dłoń, miała ręce jak stara kobieta. Oblizała wargi, jakby męczyła ją suchość ust, i lekko się zachwiała. Może go nie rozpoznała. Opuściła ręce i poszła na drugi pokład, żeby położyć się na szezlongu poza baldachimem. Kiedy zsunęła z ramion jedwabny szlafrok, Joe dostrzegł żebra rysujące się jej pod skórą. Jej włosy sięgały niemal do pasa. Lucius gustował właśnie w takim typie – młodziutka dziewczyna z długimi, bujnymi włosami. Na początku.

163

Pod koniec zawsze wyglądały inaczej. Do tego – Joe żałował, że nie powiedział tego Vidalii przed rokiem – często prowadzą nieposkromione marzenia: do nieodwracalnego niszczącego ujarzmienia.

Lucius zaprowadził ich pod baldachim. Wskazał im krzesła po swojej prawej i lewej stronie. Kiedy wszyscy usiedli, klasnął w dłonie, jakby osiągnęli harmonię.

– Moi wspólnicy…

Joe skinął głową.

– Miło cię znowu zobaczyć.

– I wzajemnie, Joe.

– Jak się czujesz? – spytał Rico.

– Doskonale, Enrico. Bo co?

– Słyszałem, że się lekko zaziębiłeś.

– Kto ci to powiedział?

Rico, który już się zorientował, że palnął gafę, usiłował się wycofać.

– Mam nadzieję, że szybko ci przejdzie. Te letnie przeziębienia są najgorsze.

– Nie przeziębiłem się.

Na stoliku obok stały gorąca herbata, cytryna i pudełko chusteczek. Król Lucius patrzył na nich jak wcielenie niewinności.

– No, w każdym razie wyglądasz świetnie – skończył Rico.

– To cię dziwi?

– Nie.

– Czy ktoś inny sugerował, że jestem chory?

– Nie – powiedział Rico.

– Słaby, podupadający na zdrowiu, zżerany przez chorobę?

164

– Nie. Zauważyłem tylko, że dobrze wyglądasz.

– Ty też. – Lucius odwrócił się i przyjrzał się uważnie Joemu. – A ty wyglądasz jak psu z gardła wyjęty.

– Nie mam pojęcia dlaczego.

– Dobrze sypiasz?

– Jak kamień.

– No tak. Wszyscy wyglądamy tak dobrze, że musielibyśmy się wykupywać z wojska. – Król Lucius błysnął szarymi zębami. – Co was sprowadza? Twierdziłeś, że to pilne.

Joe zaczął opowiadać o spotkaniu z Theresą Del Fresco i jej obawach o bezpieczeństwo, a tymczasem kolejni androfagowie ustawili między nim a Luciusem duży stolik do kawy i położyli na nim podkładki, talerze i sztućce, następnie kieliszki, lniane serwetki, dzbanek z wodą i butelkę białego wina w kubełku z lodem. Lucius wysłuchał Joego, lekko unosząc jedną brew i czasem otwierając usta z zaskoczenia. Skinął na swojego człowieka, który nalał im po kieliszku wina. Gdy opowieść dobiegła końca, oznajmił:

– Pogubiłem się. Czy Theresa uważa, że mam coś wspólnego z tymi zamachami na jej życie? Ty tak sądzisz?

– W życiu.

– W życiu. – Lucius uśmiechnął się do Rica. – Zauważyłem, że ludzie mają największą skłonność do przesady, kiedy chcą coś sprzedać. – Znowu odwrócił się do Joego. – Bo po co byś mi to mówił, gdybyś nie sądził, że mam coś wspólnego z tymi niewybaczalnymi aktami?

– Bo jesteś w tej okolicy jedynym człowiekiem, który może zapobiec dalszym aktom.

– Masz przyjaciół u władzy. Sam też masz władzę.

– Mój zasięg ma swoje ograniczenia.

– A mój nie?

– Nie w tym hrabstwie.

Lucius sięgnął po wino i dał im znak, żeby zrobili to samo. Uniósł kieliszek.

– Za dalszą współpracę.

Rico i Joe skinęli głowami i spełnili toast. Androfagowie wrócili z jedzeniem: dwa pieczone kurczaki, gotowane ziemniaki, kolby kukurydzy przygotowanej na parze. Jeden pokroił drób nożem długim jak promień światła wpadający do jaskini. Po chwili na talerzu na środku stołu spiętrzyła się piramida mięsa, a ogołocone szkielety wyniesiono.

– Więc przybyłeś, żeby kupić ochronę dla Theresy Del Fresco?

– Tak.

– Dlaczego? – Lucius nałożył sobie trochę kurczaka i rzucił, nie dając Joemu dojść do słowa: – Śmiało, częstujcie się. Rico, weź sobie kukurydzę. Joe, ziemniaki.

Nałożyli sobie jedzenie. Vidalia przekuśtykała obok nich. Powiedziała Luciusowi, że teraz się zdrzemnie, rzuciła Joemu i Ricowi mglisty, rozczarowany uśmiech, a Luciusowi lekko pomachała. Joe odprowadził ją wzrokiem, gdy szła ku schodom, i nie po raz pierwszy zastanowił się, czy mężczyźni z jego branży zawsze szmacą kobiety, którym stają na drodze, czy też pewne kobiety do nich lgną, bo chcą być zeszmacone. Tego mglistego uśmiechu Vidalia nie miała w repertuarze rok temu; wtedy był w nim jakiś nieuchwytny błysk. Teraz pewnie ona sama o nim nie pamiętała.

– Dlaczego do ciebie przyszedłem? – spytał Luciusa. – Tak brzmi twoje pytanie?

– Dlaczego pomagasz kobiecie, której prawie nie znasz?

– Bo mnie poprosiła. Zwrócenie się do wspólnika wydawało mi się drobną przysługą.

Lucius kilka razy odkaszlnął w zwiniętą rękę. Był to mokry, rzężący kaszel i dopóki nie ustał, Król Lucius unosił rękę. Potem przez chwilę siedział, przyciskając dłoń do piersi. Spojrzał przytomniej i odchrząknął.

– I zapewne zaofiarowała coś w zamian?

– Tak.

– A co zaofiarowała?

– Twierdzi, że posiada informację kluczową dla mojego przetrwania.

– Jak to?

– Utrzymuje, że ktoś zlecił moje zabójstwo. – Joe skosztował kurczaka.

Lucius spojrzał na Rica, potem na Joego, potem na talerz. Łódź sunęła leniwie w dół rzeki. Na brzegach wznosiły się hałdy fosfogipsu jak góry wilgotnego popiołu. Za nimi majaczyły suche drzewa i sterty zwiniętych jak ślimaki, poczerniałych palmowych liści. Białe słońce powróciło i prażyło to wszystko. Lucius sięgnął po wino i obserwował Joego znad krawędzi kieliszka.

– Rzekłbym, że to dziwne.

– Dlaczego? To brutalna branża.

– Nie dla takich cudownych chłopców, którzy nikomu nie zagrażają. Nie kusi cię już władza. Nie słyszałem też, żebyś miał wybuchowy temperament czy problem z hazardem. Nie dymasz cudzych żon, przynajmniej żon mężczyzn z naszej branży. A swoich ostatnich wrogów załatwiłeś w jeden dzień, więc nikt cię nie lekceważy. – Król Lucius pociągnął łyk wina i pochylił się do przodu. – Uważasz się za nikczemnika?

– Nigdy się nad tym nie zastanawiałem.

– Ciągniesz zyski z prostytucji, narkotyków, lichwy, nielegalnego hazardu...

– Na Kubie prawo nie zakazuje wielu z tych rzeczy.

– To, co legalne, nie staje się automatycznie moralne.

Joe skinął głową.

– Kierując się tą samą logiką: nie staje się też niemoralne.

Lucius uśmiechnął się lekko.

– Czy kilka lat temu nie przeprowadziłeś przez Hawanę do Tampy nielegalnych emigrantów z Chin? Setki, jeśli nie tysiące?

Joe skinął głową.

– Ja też – odezwał się Rico. – To było wspólne przedsięwzięcie.

Lucius zlekceważył go. Nie oderwał wzroku od Joego.

– Czy kilku z nich nie umarło?

Joe obserwował przez chwilę brodźce śmigające po mokrym brzegu. Potem wrócił spojrzeniem do Luciusa.

– Tak, był taki kurs.

– Kobiety? Dzieci? Jeśli pamiętam, jednolatek ugotował się w ładowni jak świąteczna szynka.

Joe przytaknął.

– Zatem dodajemy do twoich akt handel żywym towarem. I oczywiście zabijałeś. Zabiłeś własnego mistrza. Kazałeś zlikwidować jego syna i kilku jego ludzi tego samego dnia.

– Bo zabili kilku moich.

Blady uśmiech. Kolejne spojrzenie znad krawędzi szklanki.

– Ale nie jesteś złym człowiekiem?

– Mam pewne kłopoty z nadążaniem za kierunkiem tej rozmowy.

168

Lucius spojrzał na rzekę.

– Myślisz, że wyrzuty sumienia robią z ciebie dobrego człowieka. Ktoś mógłby uznać takie złudzenia za godne pogardy.
– Znowu spojrzał na Joego i Rica. – I może moje odruchowe
niedowierzanie na wieść, że ktoś ma na ciebie zlecenie...
zakładam, że ty też tak zareagowałeś, Rico?

– Zdecydowanie – oznajmił Rico.

– Może to niedowierzanie jest dowodem naiwności. Sporo
nagrzeszyłeś na tym świecie, Josephie. Może wiatr zmienił
kierunek. Może ludzie tacy jak my na zawsze poświęcają spokój ducha, by stać się tym, czym się staliśmy.

– Może i tak – zgodził się Joe. – Chętnie przemyślę tę teorię
w wolnym czasie w przyszłym miesiącu, jeśli pozostanę przy życiu.

Lucius splótł dłonie i pochylił się ku niemu.

– Zacznijmy od logiki. Od kogo się dowiedziałeś, że ktoś
kazał cię zlikwidować?

– Od Theresy.

– Dlaczego podzieliła się z tobą tą informacją? Theresa
nigdy w życiu nie zrobiła niczego, z czego by nie miała zysku.

– Żebym poprosił cię o jej ochronę.

– I poprosiłeś.

Milczący człowiek Luciusa zamienił pustą butelkę po
winie na pełną.

– Co Theresa mi proponuje?

– Dziewięćdziesiąt procent jej udziału w tym niemieckim
statku, który twoi ludzie przejęli w Key West.

– Dziewięćdziesiąt.

Joe skinął głową.

– Pozostałe dziesięć procent ma być przekazane mnie,
bym mógł umieścić te pieniądze na koncie syna Theresy. Jej

matka będzie mogła z nich korzystać podczas pobytu córki w więzieniu.

– Dziewięćdziesiąt procent – powtórzył jeszcze raz Lucius.

– Za pełną ochronę jej życia przez cały wyrok.

– Mamy drobny problem. – Król Lucius rozparł się w fotelu i założył nogę na nogę.

– Jaki?

– Theresa daje mi pieniądze, które już mam, a ty nie dajesz mi niczego. Nie jestem przekonany, że coś zyskam na dalszej rozmowie.

– Jesteśmy wspólnikami – oznajmił Joe. – Możesz wydobywać fosforyty, ale nie możesz ich przewieźć bez mojego udziału.

– To nie całkiem prawda – zauważył Lucius. – Gdyby – Boże, uchowaj – spadło na ciebie jakieś nieszczęście, twoi współpracownicy musieliby zapomnieć o swej niewątpliwej rozpaczy i żyć dalej. Czy uważasz nasze obecne warunki za uczciwe?

– Bardzo – powiedział Joe.

Lucius parsknął śmiechem.

– Oczywiście! Bo dobrze na nich wychodzisz. Ale co, jeśli uważam twoje stawki za lichwiarskie?

– A uważasz? – spytał Rico.

– Powiedzmy, że kilka razy źle przez nie spałem.

– Płacisz stawkę o wiele niższą od obowiązującej – oświadczył Joe. – Za korzystanie z naszych ciężarówek liczymy ci… – spojrzał na Rica.

– …czterdzieści centów od kilograma, dwa dolary za kilometr.

– To cena promocyjna – dodał Joe.

– Dwadzieścia centów za kilogram – rzucił Lucius.

– Dwadzieścia pięć.

– I dolar za kilometr.

– Chyba śnisz.

– Dolar i dwadzieścia pięć centów.

– Masz pojęcie, ile ostatnio kosztuje benzyna? Dolar siedemdziesiąt pięć.

– Dolar pięćdziesiąt.

– Dolar sześćdziesiąt pięć.

Lucius spuścił wzrok na talerz i przez jakiś czas przeżuwał jedzenie. Potem spojrzał na Rica z promiennym uśmiechem. Wycelował w Joego nożem.

– Młody, ucz się od niego. Zawsze był bardzo inteligentnym chłopcem.

Opuścił nóż i wyciągnął rękę nad stołem. Joe musiał się pochylić, żeby ją uścisnąć.

– Mam nadzieję, że pozostaniesz wśród żywych, Joe, co najmniej tak długo jak ja.

Rozłączyli dłonie.

Na brzegu kilka czarnych dzieci łowiło ryby w wodzie mlecznej od fosforytowych odpadków. Za nimi zielonożółtą dżunglę usiały małe chatki. Za chatkami wznosił się biały krzyż miejscowego kościoła, który nie wydawał się o wiele większy czy solidniejszy od nich. Na drugim brzegu wszystkie drzewa wycięto, a równoległą do rzeki drogą zasuwał, łatwo rozpoznawalny, samochód Ala Buttersa.

– A co z tobą? – spytał Lucius Rica.

– Co ze mną?

– Czy jesteś stróżem brata swego?

– Nic mi o tym nie wiadomo.

– To co tu robisz?

Rico uśmiechnął się do Luciusa z zażenowaniem.

– Chciałem się na jeden dzień wyrwać z miasta, zobaczyć trochę zieleni. Wiesz, jak to jest.

– Właściwie nie. – Lucius się nie uśmiechał. – Jesteś szefem ekipy, tak?

– Aha.

– Najmłodszy w organizacji?

– Chyba tak.

– Cudowne dziecko, jak kiedyś twój mistrz.

– Zwyczajny facet, który zajmuje się swoją robotą.

– Więc to robota? Przybyłeś w sprawie pracy?

Rico zapalił papierosa, ze wszystkich sił starając się nie zdradzać zdenerwowania.

– Nie. Przybyłem jako wsparcie.

Lucius wskazał Joego.

– Wsparcie dla niego?

– Tak.

– A dlaczego potrzeba mu wsparcia?

– Nie potrzeba.

– To co tu robisz?

– Mówiłem.

– Powiedz jeszcze raz.

– Miałem ochotę na przejażdżkę.

Lucius skamieniał.

– A może chciałeś być świadkiem?

– Czego?

– Tego, co się tu dzisiaj wydarzy.

Rico lekko się wyprostował, a oczy mu się zwęziły.

– Wydarzy się tyle, że paru wspólników odbędzie spotkanie.

– I jeden z nich wręczy łapówkę drugiemu za bezpieczeństwo pewnej osoby.

– To też.

Lucius nalał sobie trzeci kieliszek wina.

– Sądzę, że masz być świadkiem moich obietnic, co oznacza, że zakładacie, iż za jakiś czas mogę się z nich wycofać. Bądź też przybyłeś tu w płonnej nadziei, że ochronisz swojego przyjaciela, a to znaczy, że bierzesz mnie za człowieka, który częstuje swoich gości jedzeniem i winem, zapewnia im osłonę przed słońcem, a potem robi im krzywdę. Co byłoby pomówieniem. Jakkolwiek na to patrzeć, Enrico, twoja obecność tutaj jest dla mnie obelgą. – Spojrzał na Joego. – A ty... ty jesteś jeszcze gorszy. Myślisz, że nie zauważyłem tych snajperów na drzewach? To moje drzewa. Moja rzeka. Avilka!

Blondwłosy androfag zbliżył się do nich. Ukłąkł przy Luciusie, który szepnął mu coś do ucha, a potem kilka razy skinął głową i wstał. Poszedł na niższy pokład. Lucius uśmiechnął się do Joego.

– Przysłałeś jakiegoś pokurcza z tej zasranej mafii Bunsforda, żeby mnie pilnował? Gdzie szacunek, Joe? Zwykła uprzejmość...

– Nie okazałem ci braku szacunku. Okazałem szacunek Bunsfordom, bo w zeszłym tygodniu wylądowałem na ich terytorium.

– A potem przywlokłeś ich smród na mój teren?

Lucius pociągnął kolejny łyk. Mięśnie szczęk mu drgały, oczy łypały na boki, na wodę, do wewnątrz.

– Na szczęście dla ciebie nie obrażam się o byle co.

Na dziobie pojawił się Ogden Semple i Avilka. Ogden zbliżył się do stołu z dużą kopertą, którą podał Luciusowi. Lucius rzucił ją na kolana Joego.

– Jej dziesięć procent. Przelicz, jeśli chcesz.

– Nie ma potrzeby – powiedział Joe.

Łódź obróciła się w stronę brzegu, po czym zawróciła. Potężne silniki zaczęły pracować głośniej.

– Nie robisz ze mnie idioty, prawda, Joe?

– Nie potrafię sobie nawet wyobrazić, jak by to było możliwe.

– Byli tacy, co próbowali. To cię dziwi?

– Tak.

Lucius otworzył papierośnicę i zanim zdążył unieść papierosa do ust, Ogden Semple już trzymał pod nim zapalniczkę.

– A ciebie, Ogden?

Ogden zamknął zapalniczkę.

– Bardzo.

– A to dlaczego?

– Bo nikt nie robi z pana idioty.

– Dlaczego?

– Bo jest pan królem.

Lucius skinął głową. Joe początkowo sądził, że to zwykłe przytaknięcie, ale potem dwaj androfagowie wystąpili z grupy i jeden dźgnął Ogdena w plecy, a drugi w pierś. Działali szybko – szesnaście czy siedemnaście ciosów w tyle samo sekund. Ogden wydawał ostre wrzaski, potem ciche stęknięcia. Gdy zabójcy odstąpili od niego, mieli piersi obryzgane jego krwią. Ogden padł na kolana. Spojrzał w oszołomieniu na Luciusa, jedną ręką usiłując podtrzymać to, co ciągle wyślizgiwało się z dziur w jego brzuchu.

– Nigdy – w tym czy następnym życiu – nie mów nikomu, że jestem niezdrów.

Ogden chciał odpowiedzieć, ale Avilka ukląkł za nim i poderżnął mu gardło zakrzywionym nożem. Zawartość gardła wylała się na tę rąbankę, która kiedyś była ciałem, a Ogden osunął się na pokład i zamknął swoje jedyne oko.

Na rzece biała czapla zatrzepotała wielkimi skrzydłami i przemknęła obok łodzi.

Lucius spojrzał Joemu prosto w oczy i wskazał zwłoki.

– Jak sądzisz, jakie emocje to we mnie obudziło? Dobre czy złe?

– Nie wiem.

– Zgadnij.

– Złe.

– Dlaczego?

– Od dawna dla ciebie pracował.

Lucius wzruszył ramionami.

– Prawda wygląda tak, że nic nie czuję. Do niego. Do jakiegokolwiek żywego stworzenia. I nie pamiętam, kiedy ostatnio coś czułem. I tak sobie żyję pod czujnym okiem Boga – powiedział, spoglądając zmrużonymi oczami w słońce.

ROZDZIAŁ CZTERNASTY
PRZEZ CELOWNIK

Myślisz, że go zjedli? – spytał Rico, jadąc na zachód szosą 32.
– Nie mam zdania na ten temat.

Joe pociągnął łyk żytniówki, którą kupili na przydrożnym
straganie z owocami, obsługiwanym przez dwoje indiańskich
dzieci i starą kobietę. Podał butelkę Ricowi, który też się
napił.

– Co z tym gościem jest nie tak?

– To kolejna rzecz, której nie potrafię zgadnąć.

Przez jakiś czas jechali w milczeniu. Tyle razy podali sobie
butelkę, że otaczająca ich flora stała się wyraźniejsza i zie-
leńsza.

– No wiesz, jasne, sam też zabijałem – powiedział Rico
– ale nigdy kobiety ani dziecka.

Joe spojrzał na niego.

– Nie z premedytacją – dodał Rico. – Ten mały Chińczyk
to wypadek przy pracy. Ty też zabijałeś, nie?

– Pewnie.

– Ale miałeś powód.

– Wtedy tak myślałem.

– Tutaj nie było żadnego powodu. Ten gościu wygadał się, że jego szef jest przeziębiony, i za to go skasowali? Co to za obyczaje?

Joe czuł tę łódź emanującą z porów. Miał ochotę się wyszorować, żeby pozbyć się jej odoru.

– Ja tę dziewczynę gdzieś widziałem – gadał Rico. – Czy to nie ona prowadzała się z Georgiem B?

Joe pokręcił głową.

– Z Bobbym O.

Rico strzelił palcami.

– Jasne, jasne.

– Przychodziła do klubu Calypso.

– No nie, tak, teraz ją pamiętam. Cholera. Robiła niezłe wrażenie.

– To już przeszłość.

– To już przeszłość.

Rico gwizdnął cicho, przeciągle.

– Dziewczyna miała moc.

Joe skinął głową, spojrzeli na siebie i powiedzieli jednocześnie:

– To już przeszłość.

– Dziewczyny myślą, że mają moc między nogami, i może czasem mają – przez chwilę. My uważamy, że mamy ją w jajach i mięśniach. I może mamy. Przez chwilę. – Rico pokręcił głową markotnie. – Przez bardzo krótką chwilę.

Joe przytaknął. Ta moc – przynajmniej na ogół – była muchą uważającą się za jastrzębia. Wywierała wpływ tylko na tych, którzy decydowali się nazywać ją jastrzębiem, a nie muchą, tygrysem, a nie kotem, królem, a nie człowiekiem.

Jechali parującą białą drogą pod białym słońcem szpalerem falujących, osypujących się i więdnących cyprysów. Nikt jeszcze nie zagospodarował tej części stanu. Kłębiły się w nim dżungla, aligatory, pantery i gęste bagna, lśniące przez cienką warstewkę zielonej mgiełki.

– Do Środy Popielcowej zostało ile? Tydzień? – odezwał się Rico.

– Aha.

– Chryste, Joe. Chryste.

– Co?

– Nic.

– Nie, gadaj.

– Obraziłbym twoją inteligencję.

– A obrażaj.

Rico zastanawiał się przez chwilę, wpatrzony w drogę.

– Nie wierzyłem, dopóki znowu nie zobaczyłem Luciusa i nie przypomniałem sobie, jaki z niego chory skurwiel. Gdyby dziś nie zabił Ogdena, zabiłby Ala Buttersa. Albo tę dziewczynę. Albo któregoś z nas. Po prostu musiał dzisiaj kogoś zabić. Tak bez żadnej przyczyny. Jeśli więc to on ma coś wspólnego z tym zleceniem na ciebie, musisz zniknąć, dopóki sytuacja się nie uspokoi. Cholera jasna, przyczaj się na swojej farmie na kilka tygodni. Ja i moi chłopcy dowiemy się, kto wystawił na ciebie zlecenie i dlaczego, a potem je podrzemy. – Spojrzał na Joego. – To będzie dla mnie przyjemność, uwierz.

– Doceniam ofertę.

Rico uderzył kierownicę.

– Tylko nie mów „ale". Nie rób mi tego.

– Ale mam sprawy do załatwienia.

– Poczekają. – Rico spojrzał Joemu w oczy. – Mam jakieś niemiłe przeczucie. Tylko tyle ci powiem. Całe życie w tym siedzę. Wyrobiłem sobie całkiem niezły instynkt, który teraz wrzeszczy, że masz się przyczaić.

Joe wyjrzał przez okno.

– Nie ma się czego wstydzić, Joe. Nie uciekasz. Robisz sobie wakacje.

– Zobaczymy – oznajmił Joe. – Zobaczymy, ile trzeba będzie, żeby uporządkować moje sprawy.

– Dobrze, w takim razie coś mi obiecaj. Pozwól, żebym ja albo Dion, jak wolisz, postawił ochronę przed twoim domem.

– Przed moim domem – zgodził się Joe. – Jeśli ja będę chciał się przejść bez ochroniarza, to się przejdę. Umowa stoi?

– Stoi. Świetnie. – Rico zerknął na Joego z uśmieszkiem.

– Co?

– Teraz już wiem na pewno, że posuwasz kogoś w mieście. Co to za jedna?

– Jedź, dobra?

– Dobrze, dobrze. – Rico roześmiał się cicho. – Wiedziałem!

Przez jakiś czas jechali, nie odzywając się do siebie. Potem Rico westchnął, wydymając usta, i Joe zgadł, o co chodzi.

– No nie mogę. – Palce Rica tak mocno ściskały kierownicę, że pobielały. – Przecież ja też zabijałem. Ale ten gość? Jakiś, kurwa, dzikus.

Joe wpatrywał się przez okno w prehistoryczną roślinność i pomyślał, że dokładnie to go niepokoi, właśnie to dręczy jego duszę – ta różnica między nim a dzikusem. Powiedział sobie – a potem przysiągł – że ta różnica istnieje.

I istniała.

Istniała.

Jeszcze parę łyków żytniówki i prawie w to uwierzył.

W Raiford Rico zaczekał w samochodzie, a Joe znowu uścisnął dłoń strażnikowi na ścieżce biegnącej wokół więzienia. Mężczyzna stanął na straży, Joe wspiął się na wzgórze do ogrodzenia. Gdy Theresa zbliżyła się do siatki, Joe pokazał jej zawartość koperty.

– Masz swoje dziesięć procent. Rano wpłacę do banku.

Theresa skinęła głową i przyjrzała mu się przez siatkę.

– Jesteś pijany?

– Skąd to wrażenie?

– Bo szedłeś tu tak ostrożnie.

– Trochę wypiłem. – Joe zapalił papierosa. – Dobrze, przejdźmy do rzeczy.

Theresa wsunęła palce w oczka siatki.

– Billy Kovich. I ma to zrobić w Ybor. Zakładam, że w twoim domu.

– Nigdy nie wpuściłbym go za próg.

– Wtedy strzeli z karabinka. Jest cholernie dobrym snajperem. Podobno wprawił się na poprzedniej wojnie.

Dawno przeminęły te dni, kiedy Joe siadywał w swoim gabinecie przy oknie.

– Albo – dodała Theresa – zdejmie cię na ulicy, może koło tej kawiarni, którą lubisz, albo gdzieś, gdzie regularnie chodzisz. A jeśli przestaniesz tam bywać, zorientuje się, że wiesz.

– I odejdzie?

Theresa roześmiała się ostro i zimno.

– Zagęści ruchy. Przynajmniej ja bym tak zrobiła.

Joe skinął głową. Spuścił wzrok i zauważył, że zniszczył sobie buty na tym zadupiu.

– Dlaczego nie wyjedziesz na wakacje? – spytała Theresa.

Joe patrzył na nią przez chwilę.

– Bo uważam, że ktoś chce się mnie pozbyć z miasta. I wszystko za łatwo się układa.

– Więc nie wierzysz w ten zamach na ciebie?

– Z racjonalnego punktu widzenia szanse są jak dwa do jednego.

– I to cię uspokaja?

– Żartujesz? Sram po nogach ze strachu.

– Więc uciekaj.

Joe wzruszył ramionami.

– Całe życie kierowałem się przekonaniem, że mój mózg jest bardziej użyteczny niż jaja. Ale teraz po raz pierwszy nie wiem, czym podjąłem decyzję.

– Więc zostaniesz…

Joe skinął głową.

– No, to było miło cię poznać. – Theresa wskazała kopertę. – Z łaski swojej nie zwlekaj z wpłaceniem tej kasy.

– Zrobię to z samego rana – powiedział Joe z uśmiechem.

– Do widzenia, Joe.

– Do widzenia, Thereso.

Joe zszedł ze wzgórza, wyobrażając sobie swoje plecy, pierś, czoło widziane przez celownik optyczny karabinu.

Nie zastał Vanessy w pokoju 107. Siedziała na pomoście, który skrzypnął pod jego stopami. Joe rozejrzał się, szukając chłopca, który poprzednio czekał tu na niego, ale nie zwolnił i nie przestał się uśmiechać, siadając naprzeciwko Vanessy.

– Czy obraziłbyś się, gdybym powiedziała, że nie mam dziś ochoty? – spytała.

– Nie – powiedział i z zaskoczeniem stwierdził, że to prawda.

– Ale możesz przy mnie usiąść. – Klepnęła w pomost obok siebie.

Przysunął się tak, że ich biodra się zetknęły. Wziął ją za rękę i oboje spojrzeli na wodę.

– Coś cię trapi? – spytał Joe.

– Ach, wszystko i nic.

– Chcesz o tym porozmawiać?

Pokręciła głową.

– Jakoś nieszczególnie. A ty?

– Hmm?

– Chcesz pogadać o swoich problemach?

– Kto mówi, że je mam?

Vanessa roześmiała się cicho i uścisnęła jego dłoń.

– Więc tylko posiedźmy w milczeniu.

I tak zrobili.

– Miło – odezwał się Joe po chwili.

– Miło – przyznała ze smutnym zaskoczeniem. – Prawda?

ROZDZIAŁ PIĘTNASTY

WYLECZ SIĘ SAM

Tej nocy nie spał.

Kiedy tylko zamykał oczy, widział androfagów idących ku niemu z zakrzywionymi nożami. Albo widział pocisk o zaostrzonym czubku lecący w mroku prosto w jego czoło.

Otworzył oczy, wsłuchał się w trzeszczenie domu, jęki ścian, skrzypienie schodów jakby pod czyimiś stopami. Drzewa na zewnątrz szeleściły. Zegar w jadalni wybił drugą. Joe otworzył oczy – nie zauważył, kiedy je zamknął – i zobaczył w drzwiach swojego pokoju jasnowłosego chłopca z palcem na ustach. Wskazał coś. Joe sądził, że jego, ale potem uświadomił sobie, że nie, chłopiec pokazuje mu coś za nim. Obejrzał się na kominek.

Chłopiec stał obok niego: pusta twarz, niewidzące oczy. Miał na sobie białą koszulę nocną, a jego bose stopy pokrywały fioletowożółte siniaki. Jeszcze raz coś wskazał i Joe odwrócił się w stronę drzwi.

Puste.

Obejrzał się na kominek.

Nikogo.

– Proszę wodzić wzrokiem za moim palcem.

Doktor Ned Lenox uniósł palec wskazujący przed twarzą Joego i przesunął nim z prawa na lewo i z lewa na prawo.

Ned Lenox był lekarzem rodziny Bartolo, od kiedy Joe zarządzał interesem. Krążyło mnóstwo plotek o tym, z jakiego powodu zrezygnował z obiecującej kariery w Saint Louis – operowanie po pijaku, zaniedbanie, które doprowadziło do śmierci syna ważnego obywatela Missouri, romans z kobietą, romans z mężczyzną, romans z dzieckiem, kradzież i nielegalna sprzedaż leków – ale żadna z tych tak zróżnicowanych plotek nie trafiała w sedno.

– Dobrze, dobrze. Proszę pokazać tę rękę.

Joe wyciągnął lewe ramię i kruchy, delikatny doktor ujął je w miażdżący chwyt tuż nad łokciem. Odwrócił je wnętrzem do góry. Uderzył młoteczkiem w ścięgno w miejscu, gdzie przedramię przechodzi w łokieć. To samo zrobił z drugą ręką i oboma kolanami.

Ned Lenox nie został wypędzony z Saint Louis; sam opuścił to miasto, a miał tak dobrą reputację, że do dziś tamtejsi starsi lekarze zastanawiają się głośno, dlaczego wyjechał jesienią 1919 roku i co się z nim stało. Owszem, było jakieś zamieszanie z jego młodą żoną, która zmarła podczas porodu, ale ten przypadek sprawdziła sama Stanowa Rada Medycyny i doktor Lenox, niezmordowany bohater z czasów epidemii hiszpanki, został uznany za całkowicie niewinnego w tej kwestii. Stan przedrzucawkowy miał wiele objawów podobnych do grypy. Zanim biedak zorientował się, co naprawdę dolega młodej mężatce, było już zdecydowanie za późno. W tamtych czasach umierało piętnaście osób dziennie, a trzydzieści procent miasta się zaraziło. Nawet doktor nie mógł sprawić, żeby w szpitalu odebrano jego telefon bądź też by któryś z jego kolegów złożył wizytę domową. Dlatego Ned Lenox był sam w domu ze swoją ukochaną żoną w dniu jej śmierci. Zakładano, że nigdy nie zdoła przeżyć tej okrutnej ironii losu: on, doktor cieszący się najwyższym poważaniem, nie potrafił jej uratować. Najprawdopodobniej na jego miejscu nie poradziłby sobie nawet cały zespół specjalistów położników.

– Jak często bolała pana głowa w minionym tygodniu? – spytał Ned.

– Raz.

– Bardzo?

– Nie.

– Potrafi pan wskazać przyczynę?

– Odpalam jednego od drugiego.

– Wymyślili na to jedno sprytne lekarstwo.

– Tak?

– Nie odpalać jednego od drugiego.

– Najwyraźniej skończył pan jakąś prestiżową szkołę.

W 1933 roku po bardzo długiej nocy poświęconej na zszywanie żołnierzy po jednej z paskudniejszych strzelanin w wojnie rumowej Ned opowiedział Joemu kolejną wersję swojej historii. Joe pomagał mu w pustej hotelowej sali balowej, którą przerobili na prowizoryczną salę operacyjną. Potem, rano, gdy siedzieli na brzegu i patrzyli, jak łodzie z rybakami i z transportem rumu wypływają na pełne morze, Ned wyznał Joemu, że jego żona pochodziła z biednej rodziny. Nazywała się Greta Farland i mieszkała nad Gravois Creek w wynajętej chałupie

wraz z matką o kamiennej twarzy i ojcem o twarzy mordercy
oraz czterema braćmi, na ogół o twarzach morderców. Wszyscy
z wyjątkiem Grety mieli barki zgarbione jak kraby, spiczaste
brody, czoła wysokie i surowe jak ściany kanału burzowego
oraz ponure, złaknione oczy. Ale Greta miała pełne biodra,
piersi i wargi. Jej mlecznobiała skóra lśniła w świetle ulicznych
latarni, a jej uśmiech, choć pojawiał się rzadko, był uśmiechem
dziewczyny, w której właśnie przebudziły się kobiece apetyty.

– Zeskakuj ze stołu, młodzieńcze.

Joe posłuchał.

– Przejdź się.

– Co?

– Idź. Stopa za stopą. Od ściany do ściany.

Joe posłuchał.

– I z powrotem.

Joe znowu przeszedł przez pokój.

Greta nie odwzajemniła miłości Neda, choć on miał na-
dzieję, że tak się stanie, kiedy pokaże jej, o ile lepsze stanie się
jej życie. Okres narzeczeństwa był krótki; jej ojciec wiedział,
że dziewczynie z marginesu mężczyzna taki jak Ned zdarza się
tylko raz, jeśli w ogóle. Greta wyszła więc za Neda i wkrótce
poczuła się na tyle pewnie w nowym otoczeniu, że zaczęła od-
różniać widelec obiadowy od widelca do sałaty i nawet czasem
biła pokojówkę. Niekiedy bywała miła dla Neda przez całe trzy
czy cztery dni, po czym wracały ataki jej mrocznego nastroju.
To dzięki tym dobrym dniom Ned ciągle miał nadzieję, że jego
żona wkrótce się ocknie i uświadomi sobie, że to, w co nie
chciała wierzyć, jest prawdziwe – że nigdy nie zabraknie jej

jedzenia, schronienia czy miłości przyzwoitego i cenionego męż-
czyzny, a wówczas jej paskudne nastroje wyparują. Jej cyniczny
pogląd na ludzkość zastąpi empatia.

Ned poprawił okulary i zanotował coś w karcie pacjenta przypiętej do tekturowej podkładki.

– Proszę się rozluźnić.

– Mogę opuścić rękawy? – spytał Joe.

– Proszę bardzo. – Znowu drapnięcie pióra. – Żadnego bólu uszu, zadyszki, obfitych krwotoków z nosa?

– Nie, nie i nie.

Doktor Lenox obrzucił go przelotnym spojrzeniem.

– Stracił pan na wadze.

– To źle?

Doktor pokręcił głową.

– Przydałoby się panu stracić parę kilo.

Joe burknął coś i zapalił papierosa. Podsunął paczkę doktorowi, który pokręcił głową, ale wyjął własną i też zapalił.

Kiedy Greta zaszła w ciążę, Ned nabrał pewności, że po-
zytywna przemiana jest już o krok. Tymczasem żona stała się
jeszcze bardziej wybuchowa. Najszczęśliwsza była – bezna-
dziejnym gorzkim szczęściem – kiedy przebywała wśród krew-
nych, bo Farlandowie w ogóle najbardziej lubili brak nadziei
i rozgoryczenie. Po ich wizytach z domu znikały pamiątki ro-
dzinne i zastawa stołowa, a Ned czuł, że nienawidzą go za to,
że posiada te wszystkie przedmioty, których oni pożądali, lecz
po latach obywania się bez nich nawet nie wiedzieli, co z nimi
zrobić.

Ned wydmuchnął strugę dymu i schował paczkę do kieszeni na piersiach.

– Proszę to jeszcze raz opowiedzieć.

– Nie chcę tego powtarzać.

– Ma pan wizje.

Joe poczuł, że oblewa się rumieńcem. Łypnął na doktora spode łba.

– Mam guza mózgu czy nie?

– Nie ma pan objawów guza mózgu.

– To nie znaczy, że go nie mam.

– Owszem, ale prawdopodobieństwo jest wyjątkowo małe.

– Jak małe?

– Jak piorun z jasnego nieba na plantacji kauczuku.

Ned nie był zaskoczony – może wstrząśnięty, ale nie zaskoczony – kiedy pewnego dnia zjawił się w domu o nietypowej porze i zastał Gretę – w czwartym miesiącu ciąży – w łóżku z ojcem, który posuwał ją od tyłu. Oboje rżnęli się jak świnie na łóżku, które należało do rodziny Lenoxów od trzech pokoleń. Nawet nie przestali, kiedy zobaczyli jego odbicie w lustrze toaletki, zaręczynowego prezentu dla Grety.

– Porozmawiajmy o tym, jak pan śpi. Wysypia się pan?

– Nie bardzo.

Doktor znowu coś zapisał.

– O czym świadczą te wory pod pańskimi oczami.

– Wielkie dzięki. Czy również łysieję?

Lenox spojrzał na niego nad okularami.

– Tak, ale to nie ma nic wspólnego z dzisiejszym tematem.

– Którym jest?

188

– Kiedy ostatnio ujrzał pan tę... hm, wizję?

– Kilka dni temu.

– Gdzie?

– W moim domu.

– Co się działo wtedy w pańskim życiu?

– Nic. No...

– Co?

– Nic takiego.

– Przyszedł pan do mnie nie bez powodu. Proszę powiedzieć.

– Dotarła do mnie plotka, że mój współpracownik może mieć do mnie jakąś urazę.

– Dlaczego?

– Nie wiem.

– Czy ten współpracownik słucha głosu rozsądku?

– Tego także nie wiem. Nie wiem, kim jest.

– A w pańskiej branży – powiedział doktor Lenox ostrożnie – urażeni współpracownicy nie zawsze rozwiązują konflikty w... – urwał, szukając słów.

– ...oględny sposób.

Doktor skinął głową.

– Dokładnie.

Kilka minut później ojciec Grety, Ezekiel „Easy" Farland, dołączył do Neda w salonie. Usiadł naprzeciwko zięcia i wgryzł się w brzoskwinię, którą zgarnął ze stołu.

– Wiem, że masz mi wiele do powiedzenia – oznajmił – ale to nie ma żadnego znaczenia dla mnie ani moich. Mamy swoje zwyczaje. A ty się nauczysz je szanować.

– Nie będę szanować czegoś takiego. – Głos Neda był drżący i piszczący jak u kobiety. – Nigdy. Wyrzucę twoją córkę z tego...

Easy przyłożył czubek noża do moszny Neda, a drugą ręką chwycił go za gardło.

– Jak się nie dostosujesz, zerżnę cię w dupę, aż poczujesz mój smak w ustach. Wezwę moich chłopców i każdy z nich zrobi to samo, jeden po drugim. Jasne? Teraz należysz do mojej rodziny. Jesteś jednym z nas. Taką umowę zawarłeś.

I żeby zaakcentować swoje słowa, zrobił czyste nacięcie w kroczu Neda, tuż nad jądrami i na prawo od penisa.

– Jesteś doktorem. – Wytarł ostrze o koszulę Neda. – Wylecz się sam.

Joe przełożył spinkę przez dziurki w prawym mankiecie.

– Więc uważa pan, że te wizje mają związek z…?

– Ze stresem.

– Kurwa – powiedział Joe, kiedy spinka upadła na podłogę. – Kurwa, kurwa, kurwa. – Pochylił się po nią. – Naprawdę?

– Czy naprawdę uważam, że przeżywa pan stres? Czy też czy uważam, że to stres sprawia, że widzi pan te rzeczy? Mogę mówić szczerze?

Joe znowu zaczął się zmagać z mankietem.

– Jasne.

– Jakaś nieznana osoba lub osoby może lub mogą chcieć zrobić panu krzywdę, wychowuje pan samotnie syna po gwałtownej śmierci żony, zbyt dużo pan podróżuje, za dużo pan pali, prawdopodobnie także za dużo pije i nie wysypia się wystarczająco. Dziwię się, że nie widuje pan armii duchów.

Przez następny miesiąc Ned chodził, jadł, pracował, ale robił to jak automat, bez jednej świadomej myśli. Przez następne trzydzieści dni, jeśli dobrze pamiętał, jego kończyny

działały same. Jedzenie – smakowało jak mokry popiół – tra-
fiało do jego ust nie w wyniku decyzji, lecz nawyku. Poza tym
w mieście wybuchła pandemia grypy. W każdej sporej rodzinie
znajdował się co najmniej jeden chory, a połowa z nich umiera-
ła. Ned opiekował się najbardziej chorymi, doprowadził niektó-
rych do pełnego wyzdrowienia, w przypadku innych oficjalnie
stwierdzał zgon. I żadnej z tych osób nie zapamiętał. Co wieczór
wracał do domu. Co rano z niego wychodził.

Podczas badania, któremu co rano poddawał żonę, zauwa-
żył, że jej ciśnienie skoczyło pod niebo. Postanowił nie myśleć
o tym i poszedł do pracy. Gdy wrócił, zastał Gretę w gorszym
stanie. Zbadał jej mocz; wyniki wskazywały jasno na dysfunk-
cję nerek. Zapewnił żonę, że wszystko w porządku. Zbadał jej
serce, które galopowało, zbadał płuca i usłyszał przelewający
się w nich płyn. Wziął Gretę za rękę i zapewnił, że to wszystko
normalne objawy u kobiety w drugim trymestrze.

– Więc to stres? – spytał Joe.

– To stres.

– Nie czuję się zestresowany.

Doktor westchnął przeciągle.

– No, znaczy bardziej niż zwykle – dodał Joe. – Zdecydowanie nie tak jak... no, nie wiem, dziesięć lat temu.

– Kiedy przemycał pan alkohol podczas wojny rumowej.

– Rzekomo – podkreślił Joe.

– Nie miał pan wtedy dziecka, którego byt zależał od pana.
No i był pan dziesięć lat młodszy.

– Młodsi mężczyźni nie boją się śmierci?

– Niektórzy się boją, ale większość nie wierzy, że im się
przydarzy.

Doktor zgasił papierosa.

– Co może mi pan powiedzieć o tym chłopcu, który się panu przywiduje?

Joe zawahał się, szukając choćby najdrobniejszego śladu rozbawienia w oczach Lenoxa. Zobaczył w nich jednak tylko żywą ciekawość. Nigdy by tego nie przyznał, ale szansa na porozmawianie o tym chłopcu nagle sprawiła mu wielką ulgę. Zapiął drugi mankiet i usiadł naprzeciwko Lenoxa.

– Przeważnie jego twarz wygląda jak wytarta gumką. Ma nos, usta, oczy, ale tak naprawdę ich nie widzę i nie potrafię wyjaśnić dlaczego. Po prostu nie widzę. Ale raz zobaczyłem go z profilu i wyglądał jak mój krewny.

– Krewny? – Lenox zapalił następnego papierosa. – Jak pański syn?

Joe pokręcił głową.

– Nie, jak mój ojciec albo jakiś kuzyn, którego przelotnie poznałem. Jak zdjęcie mojego brata, kiedy był mały.

– Pański brat żyje?

– Tak. Mieszka w Hollywood, pisze scenariusze.

– Więc może to pański ojciec?

– Myślałem o tym – przyznał Joe – ale coś mi się tu nie zgadza. Mój ojciec należał do tych ludzi, co urodzili się już dorośli. Zna pan ten typ?

– Ale pański umysł podpowiada panu co innego.

– Nie rozumiem.

– Wierzy pan w duchy?

– Do tej pory nie wierzyłem.

Lenox machnął ręką z papierosem.

– Nie poszedł pan ze swoim problemem do wróżki czy jakiegoś medium. Przyszedł pan do mnie, lekarza medycyny.

Cokolwiek pan wymyślił, ma to jakieś znaczenie. Niezależnie od tego, czy pański ojciec uważał się za chłopca, czy nie, pan uznał za stosowne wyobrazić sobie jego chłopięcą wersję. A może dawno temu coś wydarzyło się z tym kuzynem, o którym pan wspomniał, i nie może się pan z tym pogodzić.

– A może – dodał Joe – to prawdziwy duch.

– W tym przypadku jest i pociecha: Bóg istnieje.

Joe zmarszczył brwi.

– Słucham?

– Jeśli istnieją duchy, to znaczy, że istnieje także życie po życiu. Jakiś jego rodzaj. A skoro istnieje życie po życiu, to wydaje się prawdopodobne, że istnieje także jakaś siła wyższa. A zatem duchy są dowodem na obecność Boga.

– Myślałem, że pan nie wierzy w duchy.

– Nie wierzę. A zatem nie wierzę w Boga.

Kiedy Greta zaczęła krzyczeć zbyt głośno, Ned założył jej knebel. Przywiązał ją do łóżka, związał nogi w kostkach. Miała już gorączkę, traciła kontakt z rzeczywistością i bełkotała, a on wycierał jej czoło, szeptał do ucha o swojej nienawiści i wyliczał zapamiętane na studiach dane statystyczne o procentowej możliwości wystąpienia opóźnienia umysłowego, mongolizmu, tendencji samobójczych i głębokiej depresji u dzieci pochodzących z kazirodztwa.

– Tę linię trzeba przerwać – szeptał, skubiąc zębami płatek jej ucha. Miętosił jej rozdęte piersi, bił ją po twarzy lub szczypał w szyję, żeby nie straciła przytomności, kiedy pojawił się pierwszy atak rzucawki. I był pewien, że nigdy nie widział piękniejszej kobiety od tej, która zmarła po trzech godzinach i jedenastu minutach porodu. Jej dziecko, owoc grzechu tak

przeklętego, że tylko jego zakazuje każda znana cywilizacja na tej ziemi, przyszło na świat martwe, z mocno zaciśniętymi oczami, jakby nie chciało patrzeć na czekające je okropieństwa.

Lenox odchylił się na stołku i wygładził spodnie na kolanach.

– Oto dlaczego nie wierzę w duchy: to nudne.

– Słucham?

– To nudne. Być duchem. No, bo czym taki duch wypełnia sobie czas? Snuje się o trzeciej nad ranem po miejscach, w których nie powinno go być, doprowadza do zawału serca kota czy, no nie wiem, jakąś babinę, a potem znika w ścianie. Ile to zajmuje? Góra minutę. A potem? Bo, jak pan powiedział, jeśli wierzy się w duchy, to wierzy się w życie pozagrobowe. Nie ma wyjścia. Te dwie rzeczy występują w pakiecie. Nie ma życia pozagrobowego, nie ma duchów. Wszyscy jesteśmy tylko rozkładającą się karmą dla robactwa. Ale skoro duchy, to i życie pozagrobowe, świat duchowy. A muszę założyć, że to, co się dzieje w świecie duchowym – w niebie, czyśćcu czy gdzie tam się wyląduje – jest co najmniej trochę bardziej interesujące niż włóczenie się po domu przez cały dzień i czekanie, aż ktoś do niego wróci, żeby gapić się na ciebie bez słowa.

Joe zachichotał.

– No, skoro pan to tak ujmuje…

Lenox zapisał coś na recepcie.

– Proszę to dać temu aptekarzowi z Seventh.

Joe schował kartkę.

– I już?

– Wodzian chloralu w kroplach. Proszę nie przesadzić z ilością, bo będzie pan spał przez miesiąc. Ale pomaga w nocy.

– A co w dzień?

– Jeśli będzie pan dobrze wypoczęty, nie będzie pan miał wizji, za dnia czy w nocy. – Okulary zjechały doktorowi z nosa. – Jeśli wizje lub bezsenność będą się utrzymywać, proszę do mnie zadzwonić, a zapiszę coś mocniejszego.

– Dobrze – powiedział Joe. – Tak zrobię. Dzięki.

– Nie ma za co.

Po wyjściu Joego Ned Lenox zapalił papierosa i zauważył – nie po raz pierwszy – jak bardzo pożółkła mu od nikotyny skóra na palcu wskazującym i środkowym prawej dłoni. Paznokcie też. Nie zwrócił uwagi na dziecko, które kuliło się, drżąc, pod leżanką. Dziewczynka siedziała tam przez całą wizytę Joego Coughlina, kołysząc się i dygocząc nawet wtedy, gdy jej ojciec kłamał o tym, że życie pozagrobowe to zbyt nudne miejsce dla ducha. Inaczej jednak niż za życia miała otwarte oczy i wygładzoną twarz. Trochę przypominała matkę, głównie linią szczęki, ale reszta wyglądała jak skóra zdarta z Lenoxa.

Ned Lenox usiadł na podłodze naprzeciwko dziewczynki, bo nie wiedział, jak długo zostanie, a lubił jej towarzystwo. Przez pierwsze lata po tym, jak zabił ją i jej matkę, mała przychodziła do niego w nocy, pełznąc po podłodze, łóżku i kilka razy nawet po ścianach. Przez pierwszy rok się nie odzywała. W drugim zaczęła skrzeczeć, wydawać cienkie, łakome wrzaski. Ned zaczął się zapracowywać na śmierć, żeby tylko nie wracać do domu: chodził z wizytami prywatnymi i w końcu zajął się zdrowiem rodziny Bartolo i jej przyjaciół z półświatka. To mu się spodobało najbardziej. Nie miał żadnych romantycznych złudzeń co do ludzi takich jak Joe Coughlin i życia, jakie wiedli – było unurzane w chciwości i zemście. Umierali gwałtowną śmiercią lub też sprowadzali ją na innych. Nie mieli żadnych zasad ani kodeksu moralnego – z wyjątkiem reguł, które służyły ich interesom, choć mogły stwarzać iluzję czegoś dokładnie przeciwnego – że wszystko robi się dla dobra rodziny. Mimo to Ned znalazł w tym świecie uczciwość, której brakowało mu w innych miejscach. Wszyscy mężczyźni, których w nim poznał, byli więźniami swoich grzechów, zakładnikami własnych pobudek. Nie zostaje się Joem Coughlinem, Dionem Bartolo czy Enrikiem DiGiacomo, kiedy się ma nieskalaną duszę i czyste serce. Wchodzisz do tego świata, ponieważ twoje grzechy i smutki tak się rozmnożyły, że nie pasujesz już do żadnego innego życia.

W ten najbardziej krwawy dzień wojny rumowej w Tampie, 15 marca 1933 roku, zginęło dwudziestu pięciu mężczyzn. Niektórych zastrzelono, innych powieszono, dźgnięto czy przejechano. Byli żołnierzami, tak, dorosłymi, którzy świadomie żyli tak, jak żyli, ale niektórzy umierali z krzykiem, a inni błagali, by ich oszczędzono ze względu na żony i dzieci. Dwunastu zmasakrowano na łodzi w Zatoce Meksykańskiej, a potem wrzucono do wody na pastwę rekinów. Kiedy Ned Lenox o tym usłyszał, modlił się, żeby cała dwunastka już nie żyła, zanim znalazła się pod wodą. Śmierć tych ludzi zlecił Joe Coughlin. Ten sam rozsądny Joe Coughlin o życzliwym spojrzeniu i nieskazitelnie skrojonym garniturze, który przyszedł do jego gabinetu, skarżąc się na wizje.

Ned wiedział, że jeśli grzech jest wystarczająco wielki, wyrzuty sumienia nie ustępują. Stają się silniejsze. Przyjmują różne postaci. Czasem, gdy wściekłość rodzi wściekłość odpowiednio często, zagraża to tkance wszechświata i wszechświat daje temu odpór.

Ned siedział po turecku, patrząc na dziecko, które patrzyło na niego, zdeformowany, złośliwy prawie noworodek. Nie zdziwił się, gdy otworzyło bezzębne usta i przemówiło po raz pierwszy od dwudziestu czterech lat. Nie zdziwił się także, że mówiło głosem matki.

– Jestem w twoich płucach – powiedziała dziewczynka.

ROZDZIAŁ SZESNASTY
TYM RAZEM

Po zakończeniu zmiany w dyspozytorni firmy taksówkowej Bay Palms Billy Kovich wstąpił do Tiny Tap na Morrison na szota z piwem. Szot zawsze zawierał Old Thompsona, piwo było zawsze marki Schlitz, a Billy Kovich nigdy nie ograniczał się do jednej kolejki. Z baru pojechał do szkoły podstawowej i odebrał swojego syna Waltera po próbie orkiestry. Walter grał na bębnie tenorowym, nie tak dobrze, żeby dostać stypendium, ale i nie tak źle, żeby ktokolwiek chciał go zastąpić. Syn, dwunastoletni i krótkowzroczny, był największą niespodzianką w życiu Billy'ego Kovicha. Dwoje jego pozostałych dzieci, Ethel i Willie, chodziło już do liceum, kiedy żona ponownie zaszła w ciążę. Miała czterdzieści dwa lata i Billy oraz lekarze martwili się, jak kobieta tak drobna i krucha poradzi sobie z porodem w tym wieku. Jeden lekarz uprzedził też po cichu Billy'ego, że dziecko prawdopodobnie urodzi się przed terminem. Ale okazało się, że minęło dziewięć miesięcy, a poród przebiegł gładko. Gdyby jednak Walter urodził się dwa miesiące później, prawdopodobnie odkryto by raka na jajniku jego matki. Zmarła, kiedy Walter skończył rok i ledwie zaczynał chodzić, chwiejąc się na boki jak pijany Indianin. Już wtedy był milczący, nie tyle introwertyczny, ile izolujący się od świata. Ale inteligentny jak cholera. Przeskoczył jedną klasę – trzecią – a tegoroczny wychowawca, młody mężczyzna, niejaki Artemis Gayle, dopiero co przybyły z Vanderbilt, powiedział Billy'emu, że na jesieni mógłby wysłać chłopca do katolickiego liceum w Tampie, jeśli uzna, że Walter jest do tego gotowy. Intelektualnie niczego mu nie brakuje, zapewnił Gayle, pytanie tylko, czy chłopiec wytrzyma to przeniesienie emocjonalnie.

– On nie okazuje emocji – oznajmił Billy. – Od zawsze.

– No, my go już nie mamy czego uczyć.

Wracając do domu – budynku w holenderskim stylu na Obispo, gdzie dorastały wszystkie jego dzieci – Billy spytał Waltera, co sądzi o pójściu na jesieni do liceum. Syn podniósł wzrok znad książki, leżącej na kolanach, i poprawił okulary.

– To by było świetnie, Billy.

Walter przestał nazywać Billy'ego ojcem w wieku dziewięciu lat. Przeprowadził idealnie logiczny dowód, że sugerowane zwierzchnictwo ojca ma negatywny wpływ na psychikę dziecka. Gdyby Ethel czy Willie powtórzyli jego rozumowanie, usłyszeliby, że mają go nazywać ojcem do końca życia, i to z radością, bo dostaną w skórę. Ale te groźby nigdy nie działały na Waltera. Gdy jeden jedyny raz oberwał lanie, na jego twarzy pojawił się wyraz zaskoczonej furii, a potem pełnej niedowierzania pogardy, które nadal prześladowały Billy'ego o wiele bardziej niż twarze tych wszystkich ludzi, jakich zabił.

Zatrzymali się na parkingu przed domem na Obispo i weszli do środka. Walter zaniósł bęben i książki na piętro, a tymczasem Billy usmażył wątróbkę z cebulką, którą podał z fasolką szparagową i talarkami z ziemniaków. Billy uwielbiał gotować już od czasów wojska. Wstąpił do niego w 1916 roku i w pierwszych latach przydzielono go do kuchni w Camp Custer, ale potem wybuchła wojna i wysłano go do Francji, gdzie dowódca oddziału przekonał się, jak dobrze idzie kapralowi Williamowi Kovichowi zabijanie ludzi snajperskim karabinem. Po wojnie Billy zawędrował do Nowego Orleanu, gdzie podczas bójki w barze zabił kciukiem mężczyznę. Był to taki bar, w którym często lała się krew, choć on sam zabił kogoś po raz pierwszy od sześciu lat. Gdy przybyła policja, wszyscy klienci lokalu powiedzieli, że mordercą biednego Delsona Mitchelsona był walnięty gość z Luizjany o nazwisku Boudreaux, który natychmiast po tym uciekł, prawdopodobnie do Algieru. Billy dowiedział się później, że niejaki Phillippe Boudreaux rzeczywiście zginął kilka miesięcy wcześniej. Chłopcy nakarmili nim nocą aligatory, gdyż podczas gry w karty przyłapali go z piątym waletem w rękawie. Od tego czasu zrzucano na niego odpowiedzialność za wszystkie zabójstwa w dzielnicy i za dwa inne w Storyville. Właściciel baru siedział tego wieczora przy stoliku w kącie; przedstawił się jako Lucius Brozjuola ("Przyjaciele nazywają mnie Królem Luciusem"). Powiedział Billy'emu, że w kraju wkrótce zapanuje prohibicja i że ma pomysł, jak zarobić parę groszy trochę dalej na południu, w Tampie. Szukał ludzi, którzy wiedzą, co i jak.

I tak Billy wylądował w Tampie, gdzie wiódł życie cichego i uczciwego obywatela – z wyjątkiem tych momentów, kiedy dostawał zlecenie na zabicie człowieka. Za zarobione pieniądze kupował ziemię, w którą inwestował od czasu boomu na Florydzie we wczesnych latach dwudziestych. Ale gdy inni nabywali trzęsawiska i tereny brzegowe, Billy'ego interesowały wyłącznie działki w centrum Tampy, Saint Petersburgu i Clearwater. Zawsze w pobliżu sądów, posterunków policji i szpitali, ponieważ zauważył, że właśnie tam koncentruje się życie. W pewnym momencie społeczność zacznie się rozrastać i będzie musiała kupić którąś z małych działek Billy'ego Kovicha, które zwykle czekały, niezabudowane, choć zadbane, aż ktoś złoży ofertę. Billy nigdy nie dyktował morderczych cen na te tereny, choć zawsze przyzwoicie na nich zarabiał – dzięki czemu mógł uzasadnić, w jaki sposób dyspozytora z firmy taksówkarskiej stać na Hunter Teachers College w Miami dla córki, Emory University dla syna i nowego dodge'a co trzy lata dla siebie. Nikt z miast, w których Billy dokonywał zakupów, nie zamierzał zbyt wnikliwie sprawdzać finansów człowieka dającego spory upust na kawałek dobrej ziemi.

Po kolacji Billy i Walter pozmywali i porozmawiali – jak wszyscy – o wojnie i o tym, jak daleko jeszcze do zwycięstwa.

– A jeśli nie wygramy? – spytał Walter, wycierając ostatni talerz.

Ten faszystowski kurdupel ugrzązł w Związku Radzieckim na dobre i Billy nie przypuszczał, żeby naziści mogli wytrzymać dłużej niż kilka lat. To prosta kwestia benzyny – im więcej zużyją jej w Związku Radzieckim, tym gorzej będą ochraniać jej zapasy w Afryce Północnej i Rumunii. Wyjaśnił to młodemu, a ten to starannie przeanalizował, tak jak robił z każdym tematem.

– Ale jeśli Hitler zabierze sowieckie pola naftowe w Baku?

– A, to wtedy tak – przyznał Billy. – Sowieci przegrają i Europa prawdopodobnie upadnie. Ale co nas to obchodzi? Raczej tu nie przyjdą.

– Dlaczego? – spytał syn.

Na to Billy nie znalazł odpowiedzi. Czy tego więc obecnie bali się mali chłopcy? Czarnego luda Adolfa, który ruszył w drogę i zamierzał w końcu przemierzyć ocean?

Billy uścisnął lekko kark Waltera.

– No, jeśli do tego dojdzie, to nie będzie za wesoło, ale to wielkie „jeśli", a ty musisz odrobić lekcje.

Razem weszli na górę. Chłopiec skierował się do swojego pokoju, prosto do biurka, na którym leżał otwarty podręcznik, a obok trzy inne, ułożone jeden na drugim.

– Nie czytaj do późna – polecił Billy, a jego syn skinął głową w sposób wskazujący, że zignoruje jego słowa.

Billy poszedł korytarzem do sypialni, w której zostały poczęte wszystkie jego dzieci i gdzie Penelope oddała ostatnie tchnienie. Związek Billy'ego ze śmiercią był o wiele głębszy niż w przypadku większości ludzi. Z rachunków wychodziło mu, że zabił dwudziestu ośmiu mężczyzn, a może nawet pięćdziesięciu, jeśli nie wnikać, które pociski wyleciały z jego broni, a które z broni innych członków kompanii podczas czterodniowej krwawej łaźni w Soissons. Tuzin razy widział, jak z oczu innych mężczyzn znika światło. Widział, jak znika z oczu jego żony. I wszystko, co mógł powiedzieć o śmierci, to to, że mądrze jest się jej bać. Nie dostrzegł żadnych oznak na istnienie innego świata. Nigdy nie widział, żeby w oczach konających pojawiły się spokój czy ulga świadczące o tym, że wątpliwości zostały rozstrzygnięte. Widział tylko koniec. Zawsze zbyt szybki, zawsze będący zaskoczeniem i ponurym potwierdzeniem podejrzeń całego życia.

W sypialni przebrał się w starą bluzę z obciętymi rękawami i pobrudzone farbą spodnie i wyszedł na zewnątrz, żeby poboksować. Worek zwisał na łańcuchu tuż za parkingiem i Billy zdzielił go pięścią bez żadnej finezji, choć dość płynnie. Nie uderzał szczególnie mocno czy wyjątkowo szybko, ale po półgodzinie ramiona ciążyły mu jak wypełnione mokrym piaskiem, serce łomotało dziko w piersi, a bluza była przemoczona.

Wziął szybki prysznic – w tych czasach innych się nie brało – i przebrał się w piżamę. Zajrzał do Waltera, który ślęczał nad podręcznikiem do geografii i zapewnił go, że wkrótce się położy, a potem zszedł na dół na dwa piwa, na które pozwalał sobie po ćwiczeniach z workiem.

W jego kuchni siedział Joe Coughlin z pistoletem w ręku. Pistolet miał tłumik maxima. Joe wyjął dwa piwa z lodówki i postawił je wraz z otwieraczem na stole przed pustym krzesłem, żeby Billy nie tylko wiedział, gdzie usiąść, ale także uświadomił sobie, że Joe poznał jego wieczorne obyczaje. Joe zerknął na krzesło, więc Billy je zajął.

– Otwórz piwo – polecił Joe.

Billy zrobił dziurę w puszce, a potem drugą naprzeciwko, żeby usprawnić przepływ, i pociągnął łyk.

– Nie musimy chyba bawić się w tę grę, w której spytasz, co tu robię, prawda? – spytał Joe Coughlin.

Billy zastanowił się i pokręcił głową. Tuż nad jego prawym kolanem, przymocowany od spodu do blatu, znajdował się nóż. Nie na wiele mu się przyda w tym miejscu, ale gdyby wsunął go w rękaw, a po kilku minutach lekkiej rozmowy zdołał się zbliżyć, mógłby mieć szansę.

– Przyszedłem, bo wiem, że zaproponowano ci zlecenie na mnie – oznajmił Joe.

– Nie zaproponowano mi – odparł Billy. – Ale o nim słyszałem.

– Jeśli nie tobie, to komu?

– Jeśli mam zgadywać, to Mankowi.

– Siedzi u czubków w Pensacoli.

– Czyli to nie on.

– Nie wygląda na to.

– Dlaczego ja?

– Chcieli kogoś, kto zdoła się do mnie zbliżyć.

Billy prychnął.

– Nikt się do pana nie zbliży. Raczej by pan nabrał podejrzeń, gdybym ni z tego, ni z owego zajrzał do pańskiej firmy albo spotkał się z panem w pańskiej ulubionej kawiarni w Ybor, nie? Nie należy pan do obiektów, które załatwia się z bliska. Jest pan obiektem na odległość.

– Ale ty masz doświadczenia ze snajperką, Billy, prawda?

Z góry dobiegło ich ciche szurnięcie; Walter zmienił pozycję na krześle. Kiedy obaj spojrzeli w górę, Billy wsunął prawą rękę pod stół.

– Mój syn.

– Wiem – powiedział Joe.

– A jeśli zejdzie po szklankę mleka czy coś? Pomyślał pan o tym?

Joe skinął głową.

– Usłyszymy go na schodach. Skrzypią, zwłaszcza na górze. Co jeszcze wie, skoro wie tyle o domu?

– A jeśli usłyszy pan, że nadchodzi?

Joe lekko wzruszył ramionami.

– Jeśli uznam, że nadal stanowisz niebezpieczeństwo, strzelę ci w twarz i wyjdę bocznymi drzwiami.

– A jeśli nie?

– Wtedy twój syn zejdzie tutaj i zobaczy dwóch rozmawiających z sobą facetów.

– O czym?

– O życiu taksówkarza.

– Ma pan na sobie garnitur za osiemdziesiąt dolarów.

– Sto dziesięć. Powiemy, że jestem właścicielem firmy.

Znowu szurnięcie i kroki. Usłyszeli piśnięcie drzwi Waltera, który wyszedł ze swojego pokoju. Potem kroki przeniosły się na korytarz, w stronę schodów.

Billy sięgnął po nóż.

Walter wszedł do łazienki i zamknął za sobą drzwi.

Billy namacał pod blatem tylko drewno. Wyjął rękę i wziął w nią piwo. Podniósł wzrok i napotkał spojrzenie swojego gościa.

– Jest w twojej szopie. – Joe oparł kostkę na kolanie. – Podobnie jak dwudziestkadwójka zza lodówki, druga z półki z talerzami, trzydziestkaósemka spod kanapy, trzydziestkadwójka z twojej sypialni i springfield z szafy.

Na górze zaszumiała spuszczana woda.

– Jeśli zapomniałem wspomnieć o jakiejś broni – dodał Joe – zastanów się, czy nie zrobiłem tego celowo. W każdym razie uważam, że pójdzie nam o wiele szybciej, jeśli przestaniesz myśleć o wytrząśnięciu skądś gnata lub noża i po prostu odpowiesz na moje pytania.

Billy pociągnął łyk piwa, słuchając, jak Walter wychodzi z łazienki i mija schody. Znowu skrzypnięcie drzwi, tym razem zamykanych, i szurnięcie krzesła.

– Może pan pytać do woli – powiedział.

– Joe.

– Pytaj do woli, Joe.

– Kto cię wynajął?

– Powiedziałem, że nikt. Słyszałem tylko o tym zleceniu. To o Manka powinieneś się martwić.

205

– Kto jest zleceniodawcą?

– Król Lucius, ale podejrzewam, że robi to w czyimś imieniu.

– Czyim?

– Nie mam pojęcia.

– I miałeś to zrobić w środę?

Billy przechylił głowę.

– Nie? – spytał Joe.

– Nie. Po pierwsze, nie przyjąłem tego zlecenia. Nawet mi go nie zaproponowano. Po drugie, z jakiego powodu miałbyś dowiedzieć się o dacie?

– Pojęcia nie mam. Ale słyszałem, że zlecenie ma być wykonane w Środę Popielcową.

Billy roześmiał się i upił kolejny łyk piwa.

– Co cię tak śmieszy?

– Nic. – Billy wzruszył ramionami. – To idiotyczne. Środa Popielcowa? Czemu nie Niedziela Palmowa albo Święto Pracy? Chcemy kogoś zabić, to go zabijamy w śmiercionośną środę albo w pożegnalny poniedziałek. Chryste, Joe, przecież siedzisz w Komisji. Wiesz, jak to działa.

Joe patrzył, jak Billy Kovich dopija pierwszego schlitza i otwiera drugiego. Strasznie szczerą gębulę miał ten Billy. Na widok takiej gębuli człowiek się od razu rozluźniał. Była jednocześnie chłopięca i sponiewierana. Facjata solidnego robociarza, który pomoże ci zmienić oponę, pójdzie z tobą na dziękczynne piwo i za drugą czy trzecią kolejkę zapłaci z własnej kieszeni. Gdyby oznajmił, że jest trenerem futbolu w liceum albo miejskim mechanikiem czy też właścicielem sklepu z artykułami żelaznymi, pokiwałbyś głową i pomyślałbyś „oczywiście".

Kiedy w 1937 roku Król Lucius zapragnął wykonać symboliczny gest, Billy Kovich wziął Edwina Musante'a na łódź, związał mu ręce na plecach, skrępował nogi, ponacinał je i brzuch brzytwą, a potem opasał go łańcuchem. Następnie w pełni przytomnego wrzucił do wody, rozwinął łańcuch i zaczął powoli płynąć przez zatokę. Tego dnia na łodzi był także Paudric Dean, który pięć lat później sam stał się ofiarą Billy'ego. O tym, co się stało, gdy pojawiły się dwa pierwsze rekiny, opowiadał głosem zdławionym ze zgrozy. Początkowo kąsały nieśmiało, zbite z tropu przeraźliwością wrzasków Edwina Musante'a. Ale gdy jakieś sto metrów dalej pojawiły się trzy kolejne, dwa pierwsze zaczęły wyszarpywać większe kęsy. Gdy cała piątka opadła ofiarę, Billy spokojnie odczepił łańcuch od łodzi i wrócił do portu.

Joe przyglądał mu się teraz, jak pije piwo – wcielenie poczciwości.

– Nie przyszło ci do głowy, że chodzi właśnie o tę plotkę? – spytał Billy.

– Nie rozumiem.

– Na pewno rozumiesz.

– Ktoś chce mi wmówić, że jest na mnie zlecenie?

– No.

– Dlaczego?

– Zastanów się, przetrzep wspomnienia.

– I co mam znaleźć?

– A skąd ja mam to, kurwa, wiedzieć? – Billy wzruszył ramionami. – Nikt mnie nie zaprasza do gabinetu rady i nie wyjaśnia, jak się sprawy mają. Jestem zwykłym robolem. – Podniósł pustą puszkę. – I to spragnionym. Mogę wziąć następną?

Marston, prywatny detektyw, któremu Joe kazał obserwować dom przez kilka dni, doniósł, że Billy pija co wieczór dokładnie dwa piwa. Nigdy trzy. Joe wspomniał o tym. Billy skinął głową.

– Normalnie to tak, wypiłbym dwa. Ale kiedy w moim własnym domu jakiś gość siada naprzeciwko mnie, mierząc do mnie z broni, a mój syn uczy się na górze? Gość, który uważa, że zlecono mi go zdjąć? Można zapomnieć o rutynie. Chcesz jedno?

– Pewnie – powiedział Joe.

Billy podszedł do lodówki i pogrzebał w niej.

– Wyglądasz, jakbyś trochę przytył. To prawda?

– Może parę kilo, nie wiem. Nie mam wagi.

– Do twarzy ci. Zawsze byłeś za chudy. Teraz wyglądasz dobrze.

Billy wyciągnął obie dłonie z lodówki. Trzymał w nich puszki z piwem. Postawił je na stole, zamknął lodówkę. Sięgnął po otwieracz.

– Ile lat ma twój syn? – spytał.

– Dziewięć – powiedział Joe.

Pierwsza puszka syknęła, przebita.

– Niewiele młodszy od mojego.

– Słyszałem, że Walter ma łeb.

Rozpromieniony z dumy Billy przysunął puszkę Joemu.

– Chcą, żeby pominął ósmą klasę i poszedł od razu do liceum, tego katolickiego w Tampie. Uwierzyłbyś?

– Gratulacje.

Billy zrobił dwa otwory w swojej puszce i uniósł ją w toaście.

– Za nasze dzieci.

– Za nasze dzieci.

Joe wypił. Billy też.

– Zauważyłeś, że ich charakter jest ustalony od pierwszego dnia? – spytał Billy.

Joe przytaknął. Billy uśmiechnął się lekko i pokręcił głową.

– Mówią ci, żebyś nie robił tego czy tego, bo dziecko stanie się takie i takie. Prawda jest taka, że już w łonie są tym, kim mają być.

Joe przyznał mu rację i wypili. Milczenie, które zapadło potem, nie przeszkadzało żadnemu z nich.

– Było mi przykro z powodu twojej żony – odezwał się Joe. – Wiesz, wtedy.

– Pamiętam, że przyszedłeś na czuwanie. Dziękuję. A mnie było przykro z powodu twojej. Przyszedłbym na pogrzeb, ale przebywałem poza miastem.

– Rozumiem. Twój wieniec był piękny.

– Z kwiaciarni w Temple Terrace. Nieźle im to wychodzi.

– Fakt.

– Mogę zapalić?

– Nie wiedziałem, że palisz.

– Nie przy synu. Podobno dym szkodzi mu na astmę, a on w dodatku nie znosi tego zapachu. Ale od czasu do czasu, kiedy jestem, no, trochę spięty – Billy zaśmiał się i Joe też do niego dołączył – lubię sobie zapalić lucky strike'a.

Joe sięgnął do wewnętrznej kieszeni i wyjął paczkę dunhilli i srebrną zapalniczkę.

– Masz popielniczkę?

– Jasne. – Billy wstał i podszedł do środkowej szuflady kredensu. – Mogę?

Joe skinął głową.

Billy otworzył szufladę. Sięgnął do niej, odwrócony plecami do Joego, a potem odwrócił się z małą szklaną popielniczką. Położył ją na stole. Zamknął szufladę.

– Nikt nie chce twojej śmierci, Joe. To nie ma sensu.

– Więc wracasz do teorii, że ktoś chce mi namieszać w głowie.

– Tak, na pewno coś miesza.

Billy znowu usiadł przy stole i uśmiechnął się do Joego, który otworzył paczkę dunhilli i podał ją Billy'emu.

– Co to?

– Dunhille. Angielskie.

– Lepszy towar.

– Możliwe.

– Wolę lucky striki. Od zawsze.

Joe nie odpowiedział. Paczka papierosów nadal znajdowała się między nimi.

– Mogę?

– Co?

– Wziąć moją paczkę lucky strike'ów?

– Bardzo proszę.

Na górze rozległo się ciche szurnięcie krzesła. Billy podszedł do wiszącej szafki. Otworzył ją, obejrzał się przez ramię na Joego. Joe nie zobaczył nic oprócz salaterek i kilku kubków.

– Chowam je, żeby mały się nie dowiedział – wyjaśnił Billy.
– Muszę sięgnąć w głąb.

Joe skinął głową.

– Nikt nie ma powodu, Joe. – Billy sięgnął głęboko w prawy kąt szafki.

– Żeby co?

– Żeby cię zabić.

– Zatem to zapewne głupia plotka. – Joe przechylił się lekko w bok.

– Tak bym obstawiał.

Billy wyjął rękę z szafki o wiele szybciej, niż ją włożył. Światło błysnęło w czymś metalowym w jego dłoni i Joe strzelił mu w pierś. No, celował w pierś, ale przestrzelił i pocisk trafił w jabłko Adama. Billy osunął się po kredensie i usiadł na podłodze. Powieki trzepotały mu jak szalone, oczy patrzyły gorączkowo, łapczywie. Joe spojrzał na srebrną papierośnicę w jego ręku. Billy otworzył ją kciukiem, by pokazać mu rząd krótkich, grubych lucky strike'ów.

– Akurat tym razem – powiedział Joe.

Powieki Billy'ego przestały trzepotać, usta otworzyły się, broda opadła na rozdartą szyję. Joe wylał piwo do zlewu i wypłukał puszkę, po czym schował ją do kieszeni płaszcza. Wytarł kurek ścierką do naczyń i okręcił nią dłoń, którą nacisnął klamkę drzwi kuchennych. Włożył ścierkę do drugiej kieszeni i opuścił dom.

Przeszedł przez ulicę do samochodu. Rzucił płaszcz na tylne siedzenie. Zdjął kapelusz i położył go na fotelu dla pasażera. Zamknął samochód i wrócił przez Obispo chodnikiem po przeciwnej stronie. Oparł się o słup telefoniczny i patrzył na światło w pokoju Waltera Kovicha.

Po kilku minutach zapalił papierosa. Wiedział, że zachowuje się jak wariat, w dodatku dziko nieostrożny. Powinien znaleźć się o dwadzieścia, trzydzieści kilometrów stąd. Pomyślał o wszystkich dzieciach, które wychowają się bez ojców tylko dlatego, że na świecie istnieją ludzie tacy jak on i jemu podobni. Jego syn stracił matkę ze względu na to, czym zajmował się Joe. Dziesięć lat temu, w najkrwawszym dniu w historii mafii z Tampy, od południa do północy zostało zlikwidowanych dwudziestu pięciu mężczyzn. Z tych dwudziestu co najmniej dziesięciu miało dzieci. A jeśli Joe zginie jutro lub pojutrze, jego syn także zostanie sierotą. W tej branży istniała zasada: nigdy nie wciągać w sprawy rodziny. Święte prawo, ważniejsze od wszystkich z wyjątkiem jednego: by zarabiać, ile się da. Dzięki niemu mogli wierzyć, że czymś różnią się od zwierząt. Że mają kodeks moralny. Że ich okrucieństwo i egoizm mają granice. Że szanują rodzinę. Ale prawda wyglądała inaczej. Nie zabijali rodzin. Tylko je okaleczali.

Joe czekał, aż w pokoju Waltera Kovicha zgaśnie światło, ponieważ chciał mieć pewność, że chłopak spędzi jeszcze jedną, ostatnią spokojną noc. Kiedy znajdzie w kuchni zwłoki ojca, spokój stanie się dla niego na jakiś czas nieosiągalny, podobnie jak sen. Jutro rano Walter Kovich, dwunastoletni i tak zdolny, że miał ominąć ósmą klasę, zejdzie na parter i znajdzie w kuchni siedzącego na podłodze ojca z rozszarpanym gardłem. Rozbryzgane kałuże krwi staną się czarne i gumowate. Pojawią się muchy. Walter nie pójdzie do szkoły. Jutro wieczorem jego łóżko wyda mu się obce. Dom zmieni się w dziwne, przerażające miejsce. Walter nie będzie czuć smaku jedzenia. Już nigdy nie porozmawia z ojcem, prawdopodobnie nigdy się nie dowie, dlaczego go stracił. Czy Walter Kovich ma jakąś ciotkę czy wujka? Dziadka? Joe nie miał pojęcia.

Znowu spojrzał w okno. Światło nadal się paliło. Było późno. Chłopak musiał zasnąć przy biurku z policzkiem przytulonym do strony podręcznika.

Joe wrócił do samochodu. Kiedy odjeżdżał, na ulicy panowała zupełna cisza. Nie żegnało go nawet szczekanie psa.

ROZDZIAŁ SIEDEMNASTY

ARCHIPELAGI

Poniedziałek 8 marca, na dwa dni przed Środą Popielcową. Billy Kovich leżał już w kostnicy, a Joe z zaskoczeniem stwierdził po przebudzeniu, że czuje się mniej, nie bardziej bezpieczny. Dlatego kiedy zadzwonił Dion i zaczął go przekonywać, że choćby wynajął nie wiadomo ilu ochroniarzy Rica, i tak nie mieszka w twierdzy, Joe stawił mniejszy opór, niż spodziewał się jego przyjaciel. Godzinę później wyjechał z Tomasem z Ybor do domu Diona. Tomas rozłożył poranną gazetę, której górna połowa oparła się o deskę rozdzielczą, a dolna – o jego kolana. Nad zagięciem – bitwa na Morzu Bismarcka. Poniżej, w prawym dolnym rogu – śmierć Billy'ego Kovicha, dyspozytora z przedsiębiorstwa taksówkowego podejrzewanego o kontakty ze światem przestępczym.

– Co to jest arszipelag?

Joe spojrzał na syna.

– Co to jest co?

Tomas wskazał głową gazetę.

– Arczipelag?

– Archipelag – powiedział Joe.

213

– No.

– Spróbuj.

Powolne „archipelag".

– Za pierwszym razem. – Joe lekko uderzył pięścią w kolano syna. – Dobra robota. Tak nazywają grupę wysp.

– To dlaczego nie mówią „grupa wysp"?

Joe uśmiechnął się do Tomasa.

– A dlaczego nazywają dwanaście tuzinem? Albo kury drobiem?

– Albo ziemię glebą?

– Albo kobietę panią?

Mogli tak przez wieczność, a Joe był już prawie spóźniony. Na szczęście Tomas zmienił temat.

– Nowa Guineja?

– Nowa Gwinea.

Tomas powtórzył to i trafił za pierwszym razem.

Wszystkie gazety od dwóch dni pisały tylko o tym: o połączonych siłach powietrznych amerykańskich i australijskich ostrzeliwujących jak jasna cholera konwój statków w pobliżu Archipelagu Bismarcka. A dzisiaj doniesiono o nowej bitwie, która właśnie wybuchła nieopodal Bougainville na Wyspach Salomona.

– Dają im do wiwatu, co?

– Kiedyś chcę zostać żołnierzem.

Joe omal nie najechał na krawężnik.

– Naprawdę? – rzucił lekko.

– No.

– Dlaczego?

– Będę walczył za kraj.

– A czy kraj walczyłby za ciebie?

– Nie rozumiem.

– Wiesz, dlaczego mieszkamy w Ybor?

– Bo mamy tu ładny dom.

– No tak. Ale także dlatego, że tylko tu Kubańczycy nie czują się jak ludzie drugiej kategorii. Wiesz, co to ludzie drugiej kategorii, prawda?

Tomas skinął głową.

– Nie dość dobrzy.

– Dokładnie. Więc twoja matka tu mieszkała i traktowano ją jak osobę drugiej kategorii. Nie wpuszczano jej do wielu restauracji i hoteli. A gdyby poszła do kina w centrum, musiałaby pić wodę z kranu dla kolorowych.

Na samą myśl o tym Joe czuł ściskanie w gardle.

– No i? – spytał Tomas.

– No i ten kraj nigdy nie traktował dobrze twojej matki.

– Wiem o tym – powiedział chłopiec, choć widać było, że właśnie to sobie uświadomił. Joe nigdy nie opowiadał mu o tym kranie dla kolorowych.

– Naprawdę?

Oczy Tomasa stały się ogromne, przez co malujący się w nich ból był jeszcze bardziej widoczny. Joe postanowił zmienić taktykę.

– Zaraz… właściwie o jaki kraj chodzi?

– Jak to?

– O ten czy o Kubę?

Tomas bardzo długo wyglądał przez okno – tak długo, że zdążyli dotrzeć do domu Diona, minąć strażników przy bramie frontowej i przejechać aleją w szpalerach palm i wysokich magnolii. Dopiero wtedy znowu się odezwał. Tego pytania Joe zawsze się wystrzegał, bo bał się odpowiedzi.

215

Graciela była Kubanką czystej krwi. Jej babka i ciotki pochodziły z Kuby, Tomas chodził do pierwszej i drugiej szkoły podstawowej w Hawanie. Mówił po hiszpańsku równie płynnie jak po angielsku.

– O ten – powiedział chłopiec. – O Amerykę.

Odpowiedź tak zaskoczyła Joego, że prawie zapomniał wcisnąć sprzęgło, gdy parkował przed domem Diona, i samochód przez chwilę warkotał, zanim silnik zgasł.

– Ameryka jest twoim domem? – spytał Joe. – Myślałem...

Tomas pokręcił głową.

– Moim domem jest Kuba.

– Nic nie rozumiem.

Jego syn sięgnął do klamki z miną świadczącą o tym, że dla niego to ma idealny sens.

– Ale za Amerykę warto umrzeć.

– Właśnie ci powiedziałem, jak Ameryka traktowała twoją matkę.

– Wiem. Ale, tato... – Tomas usiłował to sobie poukładać w głowie. Jego ręce poruszały się bardziej niż zwykle.

– No co? – spytał w końcu Joe.

– Nikt nie jest idealny – powiedział syn i otworzył drzwi.

Kiedy chłopiec opuścił samochód, Dion – o ósmej rano już z cygarem zwisającym z kącika ust – otworzył drzwi wejściowe, bez słowa wziął Tomasa pod pachę i poniósł go jak bochenek chleba.

– Słyszałem, że byłeś chory.

– Postaw mnie, wujku.

– Nie wyglądasz mi na chorego.

– Bo nie jestem. Miałem ospę.

– Słyszałem, że wyglądasz jak dziwoląg z cyrku.

– Nieprawda.

Joe poszedł za nimi; ich przekomarzanie niemal zagłuszyło grozę, która narastała w nim przez cały ranek, może nawet przez cały miesiąc, jeśli się dobrze zastanowić. Nie chodziło tylko – choć w dużej mierze – o zabójcę, który mógł się gdzieś czaić. Ani o ducha chłopca, choć Joe bał się kolejnej wizyty tej pieprzonej zjawy bardziej, niż chciał się do tego przyznać. Chodziło o znacznie większy strach, bardziej nieogarniony. Wrażenie to nie opuszczało go od kilku miesięcy – wrażenie, że cały świat tworzy się na nowo, że demony-niewolnicy niezmordowanie pracują dniem i nocą, przekształcając, modelując. Te demony działają w ognistych czeluściach bez chwili snu. Joe czuł, że całe połacie gruntu poruszają mu się pod stopami, ale kiedy spoglądał pod nogi, ziemia wyglądała na nieruchomą.

– Wstępujesz do cyrku? – spytał Dion Tomasa.

– Nie wstępuję do cyrku.

– Mógłbyś mieć własną małpkę.

– Nie wstępuję do…

– Albo małego słonika. To by było fajne!

– Nie mógłbym mieć małego słonika.

– Dlaczego?

– Bo wyrósłby na wielkiego słonia.

– A, boisz się, że musiałbyś sprzątać jego kupy.

– Nie.

– Nie? To wielkie kupy.

– Byłby za duży, żeby trzymać go w domu.

– No tak, ale masz tę farmę na Kubie. – Dion mocniej chwycił Tomasa, a drugą ręką poprawił cygaro w ustach.

– Ale pewnie musiałbyś odejść z cyrku. Słonie wymagają

bardzo dużo uwagi. – W kuchni postawił Tomasa na podłodze. – Mam coś dla ciebie. – Sięgnął do zlewu i wyjął z niego piłkę do koszykówki. Rzucił ją Tomasowi.

– Super. – Tomas obrócił ją w rękach. – Co mam z nią zrobić?

– Wrzucić do kosza.

Zmarszczenie brwi.

– Wiem. Ale tu nie ma kosza.

– Nie było – powiedział Dion i zastygł z uniesioną brwią, aż chłopiec zrozumiał.

– Jezu – mruknął Joe.

Dion rzucił mu spojrzenie wcielonej niewinności.

– No co?

– Gdzie? Gdzie? – Tomas podskakiwał w miejscu.

Dion wskazał głową rozsuwane szklane drzwi.

– Na zewnątrz. Nad basenem.

Tomas ruszył pędem.

– Ej! – zawołał Joe.

Chłopiec stanął.

– Co się mówi?

– Dzięki, wujku!

– Cała przyjemność po mojej stronie.

Tomas wybiegł na dwór. Joe spojrzał na drugi brzeg basenu.

– No, kurwa, boisko do kosza?

– Nie całe boisko. Sam kosz. Zasypałem staw z rybkami i wyciąłem krzak róży. – Dion wzruszył ramionami. – Ryby i kwiaty… I tak tylko umierają. Nie ma sprawy.

– Rozpieszczasz chłopaka jak jedynego wnuka.

– Nie jestem tak stary, żeby być dziadkiem, ty gnojku.

Dion nalał sobie soku pomarańczowego do kieliszka do szampana. Uniósł go.

– Chcesz?

Joe pokręcił głową i przeszli do salonu, gdzie Joe przywitał się z czekającymi tam mężczyznami – Geoffem Finem i Granitowym Mikiem Aubreyem.

Fin był świetnym żołnierzem, jeśli nie pił, co ostatnio zdarzało mu się coraz rzadziej. Aubrey się nie liczył. Nazywano go Granitowym Mikiem, ponieważ wyglądał jak wyciosany z granitu. W podnoszeniu ciężarów nie miał sobie równych. Umiał opowiadać kawały i szybko przypalał papierosa albo cygaro, ale składał się z samych mięśni bez mózgu. Co gorsza, z samych mięśni bez jaj. Wzdrygał się przy każdym strzale gaźnika. Ale Dion otaczał się takimi ludźmi, bo rozśmieszali go i potrafili wypić tyle samo drinków i zjeść tyle samo steków co on.

Według Joego jednak za bardzo się z nimi spoufalał. Kiedy musiał któregoś przywołać do porządku albo dać mu reprymendę, ten odbierał to osobiście i reagował urazą. Ale jeśli Dion widział na twarzy swoich ludzi urazę, odbierał to jako zdradę lub niewdzięczność, co z kolei wpędzało go w furię. A furii Diona nikt nie chciał doświadczyć dwukrotnie. Większość zresztą nie dożyła drugiego razu.

– Wiem, że w tej chwili masz dużo na głowie, ale czy robimy postępy w sprawie tego kapusia w naszym domu? – Dion napił się soku.

– Wiem tyle, ile ty.

– Wiesz tyle, ile ja – powtórzył Dion. – To może byś coś z tym zrobił?

– Nie jestem twoim przybocznym, tylko doradcą.

– Pracujesz dla mnie, nie musisz się zasłaniać ograniczonymi kompetencjami.

Poszli do pokoju bilardowego, usiedli i spojrzeli na pusty stół.

– Z całym szacunkiem… – zaczął Joe.

– Oho, zaraz mi się dostanie.

– Od miesięcy wiedziałeś, że kapuś znajduje się tutaj.

– Albo na północy. U Donniego.

– Ale Donnie rządzi Bostonem dla ciebie. To znaczy, że kapuś jest w twoim domu. I nie chowa się już w piwnicy. Dobrał się do spiżarni.

– Więc łap za miotłę i go przetrzep.

– Nie działam na ulicy. Jestem w Hawanie, w Bostonie, w Nowym Jorku, wszędzie. Jestem na pokaz, D. Prowadzę legalne sklepy i hazard. Na ulicy działasz ty.

– Ale w domu jest kapuś.

– Tak, ale skądś się tam wziął.

Dion ścisnął skórę między brwiami i westchnął.

– Myślisz, że potrzebuję żony?

– Co?

Dion spojrzał na ogród.

– No wiesz, kogoś, kto by gotował i urodził mi dzieci…

Joe wielokrotnie był świadkiem, jak Dion radośnie buszuje wśród tłumów ekspedientek, tancerek i dziewczyn sprzedających papierosy od czasów, gdy wagarowali na ulicach Bostonu tuż po pierwszej wojnie światowej. I nigdy nie został z tą samą dziewczyną dłużej niż kilka tygodni.

– Kobiety są zbyt upierdliwe – powiedział Joe – żeby z jakąś zamieszkać, jeśli się jej nie kocha.

– Ty zamieszkałeś.

– No, ale wiesz. Ja ją kochałem.

Dion zaciągnął się cygarem. Słyszeli, jak Tomas odbija piłkę na dworze.

– Rozważałeś kiedyś zamieszkanie z inną?

Joe rozejrzał się po monstrualnie wielkim domu. Dion mieszkał sam, ale jego ochroniarze musieli gdzieś spać, więc kupił ten ogromny budynek, a kuchni używał tylko dlatego, że w zlewie można było ukryć piłkę.

– Nie – powiedział Joe.

– Odeszła siedem lat temu.

– Rozmawiamy w tej chwili jako przyjaciele czy jako szef i doradca?

– Przyjaciele.

– Wiem, że odeszła siedem pierdolonych lat temu. Liczyłem je. Przeżyłem je.

– W porządku, w porządku.

– Dzień po dniu.

– Powiedziałem „w porządku".

Przez jakiś czas siedzieli w milczeniu. Potem Dion jęknął głośno.

– Akurat potrzeba nam takiego gówna – powiedział. – Wally Grimes wącha kwiatki od spodu, Montooth Dix zabarykadował się w tej swojej fortecy, ja mam znowu kłopoty ze związkami zawodowymi w Ybor, trzy moje burdele są zarażone jakąś grypą żołądkową, a wojna zabrała połowę moich najlepszych klientów.

– To trudna branża. – Joe chwycił się za serce teatralnym gestem. – Idę się zdrzemnąć. Nie spałem od wielu nocy.

– I tak wyglądasz.

– Pierdol się.

– Najpierw buzi, kochanie.

Z drzemki nic nie wyszło. Jeśli Joe nie martwił się o czyhającego na niego snajpera, dobijała go myśl o kapusiu w organizacji. A kiedy nie dobijała go myśl o kapusiu w organizacji, to wykańczało go zastanawianie się, jak jego syn poradzi sobie, jeśli coś spotka jego ojca. Co znowu prowadziło do czyhającego na niego snajpera. Żeby zmienić temat, usiłował myśleć o Vanessie, ale to też nie przyniosło mu takiej ulgi jak kiedyś. Coś się między nimi zmieniło. A może tylko w niej. Z babami nigdy nie wiadomo. Ale na pomoście siedział już z inną Vanessą. Tę nową otaczała aura żalu i może przerażenia – nie przelotnego, lecz stałego. Siedzieli na pomoście, trzymali się ze ręce i prawie się nie odzywali przez bitą godzinę. Ale kiedy Vanessa wstała, żeby pójść do samochodu, wydawało się, że odbyła na tym pomoście całą podróż, trasę od A do Z. Pożegnała go, lekko dotknąwszy jego policzka, a jej spojrzenie przesuwało się po jego twarzy, szukając czegoś tu i tam. Ale czego? Nie miał pojęcia.

A potem odjechała.

I tak ta ominięta drzemka sprawiła, że Joe do końca dnia snuł się jak bliski śpiączki, rozedrgany i nerwowy. Trochę oprzytomniał po kolacji. Razem z Dionem napił się brandy w gabinecie i po raz pierwszy porozmawiał o Billym Kovichu. Tomas spał w sypialni na piętrze.

Dion nalał im po sporym kieliszku i rzucił do Joego:

– Jaki miałeś wybór?

– Ale on naprawdę sięgał po papierosy. – Joe skrzywił się i pociągnął długi łyk.

– Tym razem – przypomniał mu Dion.

– Tak, tak. Wiem, wiem.

Dion uchylił okno za biurkiem i obejrzał się na Joego.

– Mogę?

– Hm? – Joe spojrzał na przyjaciela, a potem na ciemne listowie za oknem. – Tak, jasne. Już nie martwię się o siebie. Nie chcę tylko, żeby Tomas oberwał, stojąc za blisko mnie.

Dion otworzył okno. Wietrzyk, który ich owiał, był przyjemnie chłodny jak na marzec na Florydzie zachodniej. Kiedy zakołysał palmowymi liśćmi, wydawało się, że to małe dziewczynki szepczą w ciemnościach.

– Nikt nie tknie Tomasa – oznajmił Dion – i nikt nie tknie ciebie. W czwartek rano obudzisz się i będziesz się dziwić, że w ogóle się na to nabrałeś. Ta suka cię zbajerowała, żebyś wstawił się za nią u Luciusa. Co tam, sam Lucius mógł to obmyślić – ma przecież łeb – żeby móc zatrzymać te dziewięćdziesiąt koła, a jej wmówić, że sama tak postanowiła. Tymczasem ty nie śpisz od tygodnia…

– Od dwóch.

– Od dwóch. Chudniesz, robią ci się wory pod oczami, kurwa, nawet zacząłeś łysieć. I dlaczego? Bo jeden bogaty diabeł chciał się jeszcze bardziej wzbogacić i uratować swoją morderczynię od śmierci, na którą, nawiasem mówiąc, zasłużyła.

– Naprawdę uważasz, że to o to chodzi?

Dion usiadł na skraju biurka i zakołysał kieliszkiem.

– A o co innego może chodzić? Nikt – pochylił się i dotknął kieliszkiem kolana Joego – ale to, kurwa, nikt nie chce twojej śmierci. Więc po co to robić, jeśli nie po to, żebyś ty zaczął się uganiać za własnym cieniem, a ten ktoś mógł zrobić, co chce?

Joe usiadł wygodnie. Postawił drinka na stoliku i znalazł papierosy. Zapalił jednego. Czuł na twarzy dotyk nocy

223

i słyszał, jak coś szybkiego i energicznego – może wiewiórka lub szczur – przemyka po drzewie.

– No, jeśli dożyję do dwunastej w południe w czwartek, odszczekam każde swoje słowo, i to na całe gardło. Ale na razie gdziekolwiek pójdę, słyszę za sobą kroki.

– To zrozumiałe.

Dion dolał brandy do obu kieliszków.

– A może jutro zrobisz sobie przerwę od tych rozmyślań?

– W jaki sposób?

– Montooth Dix. – Dion brzęknął kieliszkiem o kieliszek Joego.

– Co z nim?

– Jest martwym mięsem i dobrze o tym wiesz. – Dion otworzył stojący na biurku humidor. – Musimy z nim skończyć. Przez niego wychodzę na łajzę. On nadal żyje, schowany w tym swoim zamczysku, a dwóch moich ludzi poszło do piachu.

– Ale, jak powiedziałeś, schował się. Nie mogę do niego dotrzeć.

Dion zapalił cygaro, pykając tak długo, aż tytoń się rozżarzył.

– W Brown Town masz poważanie jak wszędzie w mieście. Możesz wejść do niego frontowymi drzwiami. Znam cię. Wejdziesz tam, powiesz, żeby wyszedł na świeże powietrze, i dalej będzie z górki. Nawet nie poczuje.

– A jak nie wyjdzie?

– To, kurwa, ja po niego przyjdę. Nie mogę tego dłużej tolerować. Za bardzo tracę twarz. Jak nie wyjdzie, zaatakuję ten jego dom jak szkopy Leningrad. A to, że tam są jego dzieci i żony? Nie mój zasrany problem. Zrównam ten cały budynek z ziemią.

Joe przez jakiś czas nie odpowiadał. Pił brandy, słuchał szelestu liści i szemrania wody w fontannie, która znajdowała się w północno-zachodnim rogu dziedzińca.

– Porozmawiam z nim – powiedział w końcu. – Zrobię, co się da.

We wtorek Joe, którego łomot serca zagłuszył tykanie zegara w jego głowie, wisiał na telefonie, rozmawiając z ludźmi Montootha tak długo, aż ustawił spotkanie na następny ranek.

Tej nocy prawie nie zmrużył oka. Zapadał w drzemkę na kwadrans i znowu się budził, natychmiast oprzytomniały, ze wzrokiem wbitym w sufit. Czekał na wizytę jasnowłosego chłopca, ale ten się nie pojawiał. Joe uświadomił sobie, że ta nieregularność odwiedzin ducha – czasem dzieliły je tygodnie, czasem powtarzały się dwa razy w tym samym dniu – szarpie jego nerwami niemal tak samo jak same odwiedziny. Chłopiec był nieprzewidywalny. A jeśli usiłował mu przekazać jakąś wiadomość z tamtej strony, to Joe za cholerę nie mógł jej zrozumieć.

Joe zszedł do pokoju Tomasa. Usiadł na jego łóżku i obserwował pierś śpiącego syna – tak drobną i kruchą – unoszącą się i opadającą. Wygładził jego wicherek mokrą dłonią, przysunął nos do szyi młodego i dmuchnął na nią. Tomas ani drgnął, a Joe musiał opanować chęć, by go obudzić i spytać, czy był dobrym ojcem. Położył się, patrząc w twarz synowi, i na chwilę zdrzemnął. W półśnie zobaczył królika, który przeskoczył przez płot, choć Joe nie widział, przed czym tak uciekał. Potem królik zniknął, a on spojrzał, całkowicie przytomny, na swojego śpiącego syna.

Następnego ranka zawiózł Tomasa do Świętego Serca i stanęli w kolejce z ośmiuset wiernymi. Ojciec Ruttle zanurzył kciuk w kielichu z mokrym popiołem i nakreślił krzyż na ich czołach.

Przed kościołem kręciło się mniej ludzi niż w niedzielę, ale wszyscy wyglądali dość przerażająco. Ojciec Ruttle miał masywny kciuk i krzyże na ich czołach były grube. Z niektórych w tym upale już ciekły czarne strużki.

Po powrocie do domu Diona Joe odświeżył się i wszedł do kuchni, gdzie gospodarz i Tomas jedli przy stole płatki. Joe przykucnął przy synu.

– Wrócę za parę godzin.

Tomas spojrzał na niego bacznie, całkiem jak matka.

– Za parę, czyli dwie? Czy za pięć?

Joe uśmiechnął się, czując się jak winowajca.

– Bądź grzeczny dla Diona.

Tomas skinął głową z udawaną powagą.

– Nie obżeraj się słodyczami. Wiesz, że Dion chce cię zabrać do piekarni.

– Do piekarni? – spytał Dion. – Do jakiej piekarni?

– Tomas? – Joe spojrzał synowi w oczy.

Chłopiec skinął głową.

– Nie będę się obżerał słodyczami.

Joe klepnął go po ramieniu.

– To na razie.

– Skąd wiesz, że chcę go zabrać do piekarni? – spytał Dion z pełnymi ustami.

– Jest środa. To nie ten dzień, kiedy odbierasz babkę?

– To nie jest babka, ty ignorancie. To *torta al cappuccino*. – Dion odłożył łyżkę i uniósł palec, żeby zaakcentować swoje słowa. – Biszkopt nasączony cappuccino i przekładany ricottą, a potem ozdobiony bitą śmietaną. I nie robią go w każdą środę, bo jest ta pieprzona wojna. Robią go w jedną środę miesiąca. Tę środę.

– No i fajnie. Nie dawaj jej za dużo mojemu synowi. Ma irlandzki żołądek.

– Myślałem, że jestem Kubańczykiem.

– Jesteś kundlem – wyjaśnił Joe.

– Dam kundelkowi troszkę *sfogliatelle* i na tym koniec. – Dion wycelował łyżką w Tomasa. – Pogramy w kosza dla zaostrzenia apetytu?

Chłopiec rozpromienił się ze szczęścia.

– Zdecydowanie.

Joe ostatni raz pocałował go w głowę i wyszedł.

ROZDZIAŁ OSIEMNASTY
MĘŻCZYŹNI ODCHODZĄ

Zgodnie z umową ochroniarze Diona zostali za granicami czarnej dzielnicy Ybor City. Gdyby ktoś zobaczył dwa samochody pełne białych osiłków jadące na południe od Eleventh, uznałby, że rozejm jest zerwany, i wszystkich by wystrzelał. Dlatego tych kilka ostatnich przecznic Joe pokonał sam.

A im dłużej jechał, tym bardziej go gniewało to, jak potraktowano Montootha. Może dlatego, że szczerze go lubił. A może po prostu dlatego, że rozumiał każdego, kto żył w cieniu swojej szubienicy. Miał przekonać Montootha, żeby wyszedł na otwarty teren i dał się zabić, choć on sam rozpaczliwie starał się odwlec swój Sąd Ostateczny. A w ogóle jakąż to zbrodnię popełnił Montooth? Bronił się przed ludźmi, którzy chcieli go zastrzelić na jego własnym terenie. Joe nie uważał się za ostoję moralności, ale potrafił rozpoznać czyste zło. A to, co robiono Montoothowi, podpadało pod tę kategorię.

Montooth Dix mieszkał z rodziną nad swoim salonem bilardowym na Fifth. Budynek miał cztery kondygnacje i ciągnął się przez całą przecznicę. Montooth, jego dziewięcioro dzieci, trzy żony i falanga ochroniarzy zajmowali trzy górne piętra – tak obszerne, że nigdy nie czuli ścisku. Przy takiej przestrzeni i tak małej ilości światła można się tam było zgubić; Montooth miał zamiłowanie do mięsistych ciemnych kotar – przeważnie czerwonych i brązowych – zasłaniających okna.

Joe zaczął parkować przed salonem bilardowym. Przed drzwiami czekało na niego wolne miejsce. Człowiek Montootha właśnie usuwał z niego trzcinowy fotel, który blokował wjazd, choć Joe nie wyobrażał sobie, że jakikolwiek mieszkaniec Tampy mógłby być tak głupi, żeby zająć miejsce przed domem Montootha. Albo w ogóle gdziekolwiek w pobliżu domu, którego właściciel miał kanarkowożółtego packarda deluxe z 1931 roku – samochód wielkości niedużego jachtu, który pewnie mieścił całą dziewiątkę jego dzieci, choć pewnie nie trzy żony, które się roztyły i podobno ziały do siebie nienawiścią.

Joe zaparkował za packardem, żeby – wycofując się – przypadkiem go nie musnąć. Zauważył w jego lśniących kapslach odbicie swojego samochodu.

Człowiek Montootha machnął na Joego, nadal trzymając krzesło w ręce. Podczas gdy większość czarnych w eleganckich dzielnicach miasta ubierała się w marynarki z szerokimi ramionami, obszerne, zwężane ku dołowi spodnie z wysokim stanem, dwukolorowe buty i kapelusze o szerokich rondach, ludzie Montootha od dziesięciu lat nosili ten sam uniform: sztywne czarne garnitury, sztywne białe koszule z rozpiętym guzikiem pod szyją – jednym, nigdy dwoma – bez krawatów, z czarnymi butami wypolerowanymi na błysk przez pucybuta, który miał swoje stanowisko przed salonem bilardowym. W tej chwili na jego fotelach siedziało dwóch ludzi Montootha, czekając na swoją kolej.

Joe powoli wyłonił się zza samochodu, czując na sobie spojrzenia wszystkich obecnych – nie tylko tych przed budynkiem, ale też tych, którzy śledzili go przez wiele przecznic. W ich oczach malowało się: „Nie przynależysz tutaj, nigdy na to nie licz". Oczywiście częściowo wynikało to z faktu, że biały znalazł się w czarnej dzielnicy. Ale w Ybor rasizm nie wychodził na zdrowie. Okolicę zamieszkiwali Hiszpanie i Kubańczycy; Włosi i kolorowi zjawili się później. Żona Joego pochodziła z Kuby, przodkowie jej ojca byli Hiszpanami, ale matka wywodziła się z rodziny afrykańskich niewolników. W żyłach syna Joego płynęła więc irlandzka, hiszpańska i afrykańska krew. Dlatego Joe nic nie miał do kolorowych, ale po raz pierwszy od kilku lat od chwili opuszczenia samochodu uświadamiał sobie z dotkliwą wyrazistością, że ostatnią białą twarz widział siedem przecznic temu. Nie miał żadnej gwarancji, że chłopcy Montootha nie zaczną na zmianę tłuc łomem w jego czaszkę, aż dobiorą się do różowych zwojów, i zostawią jego wijące się w konwulsjach ciało na chodniku. Montooth i Freddy DiGiacomo zaczęli wojnę, co znaczyło, że toczyły ją wszystkie białe i czarne rodziny z kryminalnego półświatka w Tampie.

Człowiek Montootha postawił fotel pod ceglaną ścianą obok stanowiska pucybuta i podszedł do Joego, żeby go zrewidować. Kiedy prawie skończył, zerknął na jego krocze.

– Muszę obmacać twojego ptaka, stary. Słyszałem różne opowieści.

Joe niegdyś w Palmetto County przemycił derringera tak, że bracia John tego nie zauważyli. Wcisnął go pod mosznę, dziesięć minut później wyjął i wycelował nad stołem w ich ojca. Skinął więc głową.

– Tylko się streszczaj.

– A ty się postaraj, żeby pozostał w tym samym rozmiarze, słyszysz?

Jeden ze strażników siedzących na fotelu pucybuta chyba lekko się uśmiechnął, kiedy jego kolega z odwróconą i skrzywioną twarzą sięgnął między uda Joego, przesunął dłonią pod jego jądrami i obmacał krocze.

– No. – Cofnął się. – Ja się streściłem, a ty nadal masz małego.

– Może większy już nie będzie.

– W takim razie Bóg musiał być pijany, kiedy cię stworzył.

Wyrazy współczucia.

Joe obciągnął marynarkę, wygładził krawat.

– Gdzie go znajdę?

– Na górze. To on znajdzie ciebie.

Joe wszedł do budynku. Po prawej stronie znajdowały się drzwi do salonu bilardowego. Dobiegł go zapach dymu i trzask bil. Dochodziła ósma trzydzieści; to miejsce słynęło z bilardowych maratonów oraz wygranych i straconych fortun.

Joe wszedł po schodach bez obstawy. Czerwone metalowe drzwi na górze czekały uchylone na tyle szeroko, że ukazały prawie pusty pokój o podłodze z ciemnego drewna i ścianach wyłożonych taką samą boazerią. Okna zasłonięto aksamitnymi kotarami o tak głębokim odcieniu purpury, że wydawały się niemal czarne. Między nimi, w głębi, stała sosnowa szafa pomalowana na zgniłozielony wojskowy kolor. W pomieszczeniu znajdowały się też dwa krzesła i stół. A dokładnie jedno krzesło, jeden stół i tron.

Na tym tronie siedział Montooth, widoczny z daleka w białej jedwabnej piżamie, białym atłasowym szlafroku i takich samych kapciach. Palił marihuanę w fajce z kaczana kukurydzy, palił dniem i nocą, taki miał zwyczaj, i teraz także palił i obserwował, jak Joe siada naprzeciwko niego na takim samym krześle jak to, które blokowało miejsce parkingowe. Na stole stały dwie butelki alkoholu – brandy dla Montootha i rum dla Joego. Montooth pijał Hennessy Paradis, najlepszą markę na świecie, choć i na rum Joego nie poskąpił – dla niego przygotował butelkę Rhum Barbancourt Réserve du Domaine, najlepszy rum na całych Karaibach, który nie wyszedł z gorzelni Joego i Estebana Suareza.

Joe wskazał go głową.

– Mam pić produkt konkurencji?

Montooth wydmuchnął cienką strużkę dymu.

– Gdyby to zawsze było takie proste. – Znowu zaciągnął się lekko. – Dlaczego wy, biali, chodzicie po mieście z krzyżami na czołach?

– Środa Popielcowa – wyjaśnił Joe.

– Wyglądacie, jakbyście zaczęli wyznawać wudu. Tylko patrzeć, a kury zaczną znikać z ulic.

Joe uśmiechnął się i spojrzał Montoothowi w oczy – jedno miało kolor ostrygi, drugie było brązowe jak podłoga w tym pokoju. Facet nie wyglądał dobrze, nie jak ten, którego Joe znał od piętnastu lat.

– Nie dasz rady wygrać – powiedział.

Montooth leniwie wzruszył ramionami.

– Więc będzie wojna. Zacznę atakować was na ulicach, wysadzać wasze kluby. Ulice zaleje wasza...

– W jakim celu? – przerwał Joe. – Doprowadzisz tylko do śmierci wielu swoich ludzi.

– Waszych też.

– Tak, ale my ich mamy więcej. A ty tymczasem zrujnujesz całą swoją organizację, osłabisz ją tak, że nic już jej nie pomoże. A życie stracisz i tak.

– Więc jakie mam opcje? Bo nie dostrzegam żadnych.

– Wybierz się w podróż.

– Dokąd?

– Gdziekolwiek, byle daleko stąd. Niech emocje opadną.

– Nigdy nie opadną, dopóki Freddy DiGiacomo będzie żyć.

– Tego nie wiesz na pewno. Zabierz żony i wyjedź na jakiś czas.

– Zabierz żony... – Montooth zdrowo się ubawił. – Znałeś kiedyś kobietę, która lubi podróżować? A ty chcesz, żebym się zapakował na jakąś zasraną łódź z trzema wściekłymi sukami? Człowieku, jeśli życzysz mi śmierci, to nie ma lepszej metody.

– Mówię ci – powtórzył Joe – czas poznać świat.

– Chłopie, kurwa, nie wyszedłem z łona mamusi na tej ulicy. Podczas pierwszej wojny byłem w 369 pułku piechoty. Piekielni Wojownicy z Harlemu. Słyszałeś o nas? Wiesz, z czego słynęliśmy – oprócz tego, że należeliśmy do jedynych czarnuchów, którym rząd kiedykolwiek dał broń?

Joe wiedział, ale pokręcił głową, żeby Montooth mógł mu to powiedzieć.

– Równo przez pół roku znajdowaliśmy się pod ostrzałem. Straciliśmy tysiąc pięćset ludzi, ale nie oddaliśmy ani kawałka ziemi. Ani kawałka! Nigdy też nie słyszałem, żeby któryś z nas trafił do niewoli. Pomyśl o tym. Staliśmy murem dopóty, dopóki tamci mieli już dość umierania. Nie my. Oni. Buty całe we krwi. I krew w butach. Pół roku walk, braku snu i czyszczenia bagnetu z mięsa jakiegoś skurwiela. I chcesz, żebym teraz co zrobił? Przestraszył się?

Wytrząsnął popiół z fajki do popielniczki i znowu nabił ją marihuaną z brązowej urny.

– Po wojnie – podjął – mówiono nam, że wszystko się zmieni. Wrócimy do domu jako bohaterzy, będą nas traktować jak ludzi. Wiedziałem, że to tylko takie bajdy dla czarnuchów, więc prysnąłem. Obejrzałem se Paryż i Niemcy, żeby się przekonać, za co wszyscy umierali. A jak wróciłem tu w 1922? Widziałem już Włochy i w cholerę Afryki. A najśmieszniejsze z tą Afryką było to, że nikt mnie tam nie brał za tubylca. Wszyscy uważali, że tak właśnie wygląda Amerykanin, bez względu na odcień skóry. Dopiero jak wróciłem tutaj, usłyszałem, że jestem Amerykaninem najwyżej w połowie. No, więc widziałem już świat, chłopie, i wszystko, czego chcę, jest tutaj. Masz mi do zaproponowania coś więcej?

– Zastanawiam się nad tym… Nie zostawiłeś mi wiele pola do popisu.

– W dawnych czasach, kiedy to ty rządziłeś interesem, moglibyśmy się dogadać.

– Nadal możemy.

– Prędzej umrę. – Montooth powiedział to, pochylając się do Joego, żeby ten lepiej to usłyszał.

– Tak – przyznał Joe. – Prędzej umrzesz.

Montooth przetrawił to ostateczne potwierdzenie. Mógł spoglądać śmierci w oczy przez te pół roku na francuskich polach bitew, ale od tego czasu upłynęło ponad dwadzieścia lat. Dziś śmierć siedziała bliżej niż Joe. Siedziała mu na ramieniu, przeczesywała mu włosy palcami.

– Gruba ryba nadal mnie słucha – powiedział Joe.

Montooth usiadł prosto.

– Problem polega na tym, że to może nie być już ta sama gruba ryba.

Joe uśmiechnął się i skrzywił jednocześnie na myśl o takim absurdzie. Montooth także się uśmiechnął.

– A myślisz, że nadal nią jest?

– Wiem, że jest.

– Nie przyszło ci do głowy, że to, co wydarzyło się między mną i Freddym, było od początku ukartowane? – Montooth rozparł się na swoim tronie. – Który biały rządzi w tym mieście policją?

– Dion.

Montooth pokręcił głową.

– Rico DiGiacomo.

– W imieniu Diona.

– A kto rządzi portem?

– Dion.

Znowu powolny przeczący ruch głowy.

– Rico.

– W imieniu Diona.

– Oby Dionowi pasowało, że tak wiele robi się w jego imieniu, bo on sam najwyraźniej nie robi nic.

Czy to dlatego przez cały dzień strach szarpał nerwami Joego? Przez cały tydzień? Miesiąc? Czy to wyjaśniało ten ołowiany ciężar, który przepełniał mu ciało zaraz po przebudzeniu ze snów, błyskawicznie odchodzących w niepamięć? Przez ten czas, który spędził na tym padole, nauczył się pewnej prawdy dotyczącej władzy – że ci, którzy ją utracili, nie spodziewali się niczego złego, dopóki nie było za późno.

Zapalił papierosa, żeby rozjaśniło mu się w głowie.

– Masz tu tylko dwa wyjścia. Jednym z nich jest ucieczka.

– Z tego nie skorzystam. Jak wygląda drugie?

– Zdecyduj, co się stanie z tym, co po sobie zostawisz.

– Mam wybrać następcę?

Joe skinął głową.

– Albo Freddy DiGiacomo dostanie wszystko. Wszystko to, co stworzyłeś.

– Freddy i jego brat Rico.

– Nie sądzę, żeby Rico maczał w tym palce.

– O, doprawdy? Myślisz, że to Freddy jest tym mądrym bratem?

Joe nie odpowiedział. Montooth zamachał rękami.

– Gdzieś ty się, kurwa, podziewał miesiąc temu?

– Na Kubie.

– Za twoich rządów to było piękne miasto. Chodziło jak w zegarku, co już mu się nie zdarza. Dlaczego nie chcesz nim znowu rządzić?

Joe wskazał swoją piegowatą twarz.

– Niewłaściwe pochodzenie.

– Coś ci powiem. Weź wszystkich Hiszpanów i Irlandczyków i dołącz do mnie i moich czarnuchów, a przejmiemy władzę.

– Sympatyczne marzenie.

– Co ci w nim nie pasuje?

– My jesteśmy firmą krzak, oni koncernem. Wytrzymamy tydzień, góra dwa, po czym oni najadą na nas i nas zmiażdżą. Zmielą nasze kości na pył.

Montooth nalał sobie i skinął głową w stronę butelki Joego, co miało znaczyć, że jeśli Joe chce się napić, powinien się sam obsłużyć. Montooth zaczekał, aż jego gość to zrobi, i razem unieśli szklanki.

– Za co pijemy? – spytał Montooth.

– Za co chcesz.

Montooth przyjrzał się płynowi w szklance, a potem pokojowi.

– Za ocean.

– Dlaczego?

Montooth wzruszył ramionami.

– Zawsze lubiłem na niego patrzeć.

– Może być.

Stuknęli się szklankami i wypili.

– Jak się tak na niego patrzy – dodał Montooth – to się czuje, że te wszystkie kraje na drugim brzegu muszą być lepsze. Że tam na pewno byłoby się mile widzianym i traktowanym jak człowiek.

– Tylko że zawsze wychodzi inaczej – odparł Joe.

– No. Ale i tak się tak czuję. Ta cała woda – Montooth znowu się napił – wszystkie te światy, które były w zasięgu ręki, a teraz przeminęły. Pewnie jak wszystko.

– Myślałem, że skończyłeś z podróżami.

– Bo skończyłem. Już rozumiem – wszystkie te światy to ten sam świat. Ale kiedy patrzy się na ten błękit, ciągnący się w nieskończoność... – Montooth zachichotał cicho.

– Co? – spytał Joe.

Montooth machnął ręką.

– Weźmiesz mnie za wariata.

– Zaryzykuj.

Montooth wyprostował się; jego oczy nagle spojrzały przytomniej.

– Słyszałeś, że ziemię zajmuje głównie woda, nie?

Joe skinął głową.

– A ludzie uważają, że Bóg mieszka w niebie, ale to nigdy nie miało dla mnie większego sensu, bo niebo jest bardzo, bardzo daleko stąd i nie stanowi części nas, wiesz?

– Za to ocean...

– Ten jest skórą świata. I uważam, że Bóg żyje w głębinach. Przenika przez fale jak piana. Spoglądam w ocean i widzę, jak On patrzy na mnie.

– O cholera – mruknął Joe. – Za to wypiję.

Wypili i Montooth postawił na stole pustą szklankę.

– Wiesz, że na następcę wybrałbym Breezy'ego.

Joe przytaknął. Breezy, drugi syn Montootha, był cwany jak dziesięciu bankierów.

– Domyśliłem się.

– Czego mu brak?

Joe wzruszył ramionami.

– Niewiele. Tego samego, co mnie.

– Boi się krwi.

Joe skinął głową.

– Gdyby Freddy musiał się z nim rozprawić, zrobiłby to. A gdyby uważał, że zdoła go wysadzić z siodła i przejąć wszystko, mając własnego człowieka do zarządzania interesami czarnych, zrobiłby to jeszcze szybciej.

– A jego czarnuch to...?

Joe zmarszczył brwi.

– Montooth, proszę.

Montooth nalał sobie nową kolejkę. Odstawił butelkę, wziął butelkę Joego i jemu także nalał.

– Mały Lamar – powiedział.

Joe skinął głową. Niektórzy twierdzili, że Mały Lamar to czarna wersja Freddy'ego DiGiacomo. Obaj urodzili się w tej okolicy, obaj zaczynali od roboty, której nie chciał nikt inny. Mały Lamar zajął się handlem heroiną, a ostrogi zyskał na przemycaniu nielegalnych chińskich imigrantów; połowę kobiet zmienił w uzależnione od opium dziwki pracujące w burdelach na wschodniej stronie. Zanim Montooth Dix zorientował się, że Małego Lamara nie zadowala już praca dla niego, Lamar zdążył zbudować gang tak potężny, że nie można go było ruszyć. Przed trzema laty został wylany i od tego czasu zapanował bardzo chwiejny rozejm.

– Cholera – powiedział Montooth. – Freddy ukradł mi dochody, odciął mi głowę, zabrał wszystko, co zbudowałem, i odda to tej plamie po rzadkim gównie?

– Mniej więcej.

– A jak umrę, przyjdą po mojego syna?

– Tak.

– O, nie. To nie w porządku.

– Zgadzam się. Ale to brutalny świat.

– Wiem, że to kurewsko brutalny świat. Ale nie musi być zły. – Dopił drinka. – Naprawdę zabiją mojego chłopca?

Joe pociągnął łyk rumu.

– Tak sądzę, owszem. Chyba że nie pozostanie im nic innego, jak się z nim układać.

Montooth przez chwilę patrzył na niego bez słowa.

– Zachodnia Tampa nie będzie funkcjonować bez czarnych – powiedział Joe. – Dlatego Freddy musi iść z kimś na ugodę. W tej chwili prawdopodobnie ma taki plan: zabić ciebie, potem twojego syna i osadzić na tronie Małego Lamara. Ale powiedz mi, kto by objął tron, gdyby Lamar zginął, podobnie jak ty i Breezy?

– Nikt. Rozpętałby się chaos jak skurwysyn. O Jezu, ale by się krew polała.

– I towar można by spuścić w kiblu, dziwki mogłyby wziąć wolne, a ludzie przestaliby grać w bolitę, bo za bardzo by się bali.

– Dokładnie.

Joe pokiwał głową.

– I Freddy o tym wie.

– Więc jeśli wszyscy trzej zginiemy…

Joe rozłożył ręce.

– Katastrofa.

– Ale ja i tak, i tak nie żyję.

Joe skinął głową, przyznając to otwarcie.

Montooth rozparł się na tronie, wpatrując się w Joego z kamiennym wyrazem twarzy, który z każdą chwilą stawał się coraz bardziej martwy i przerażający, zanim przeistoczył go najbledszy uśmiech świata.

– Nie chodzi o to, czy ocalę życie, czy nie, tylko który sukinsyn zginie – mój syn czy Mały Lamar.

Joe splótł ręce na kolanach.

– Ktoś wie, gdzie aktualnie znajduje się Lamar?

– Tam, gdzie zawsze o tej porze.

Joe przechylił głowę w stronę okna.

– U fryzjera na Twelfth?

– Tak.

– Żadnych cywilów?

Montooth pokręcił głową.

– Fryzjer wychodzi na kawę. Mały Lamar przyjmuje meldunki od swoich chłopców, a jeden z nich go goli.

– Ilu tych chłopców?

– Trzech. Wszyscy uzbrojeni po zęby.

– No, Mały Lamar siedzi, a jeden z jego ludzi jest zajęty goleniem. Więc zostaje dwóch strzelców przy drzwiach frontowych.

Montooth poświęcił temu chwilę uwagi. W końcu skinął głową, zrozumiawszy.

– Odesłałeś żony?

– Dlaczego to mówisz?

– Normalnie usłyszałbym już co najmniej jedną.

Montooth przez chwilę gapił się na fajkę, po czym skinął głową.

– Dlaczego je odesłałeś?

– Pomyślałem, że znajdziesz sposób, żeby mnie zabić. Doszedłem do wniosku, że jeśli ktokolwiek ma to zrobić, to będziesz to ty.

– Nie zabiłem nikogo od 1933 roku – skłamał Joe.

– Aha, ale tamtego dnia zabiłeś króla. A ten król zaczął ranek ze swoimi dwudziestoma ludźmi.

– Dwudziestoma pięcioma. Teraz wiesz, że nie przyszedłem cię zabić. Chcesz znowu sprowadzić swoje kobiety?

Montooth łypnął na niego spode łba.

– Z nikim nie żegnam się więcej niż raz.

– Więc już się pożegnałeś.

– Z większością.

Na górze rozległy się ciche kroki. Montooth spojrzał na sufit. Drobne kroki, kroki dziecka.

– Za jakiś czas pożegnam się ze wszystkimi, a potem…

– Mały Lamar ma w tym tygodniu interes w Jacksonville. W południe wsiądzie do pociągu i tyleśmy go widzieli. – Joe pokręcił głową. – Jak wróci, kto wie, z której strony zawieje wiatr?

Montooth znowu spojrzał na sufit. Mięśnie jego szczęk drgały. Kroki ucichły.

– Odrobiłeś lekcje.

– Jak zawsze.

– Czyli teraz.

– Albo nigdy. – Joe usiadł prosto. – A w tym przypadku będziesz siedział do końca swoich dni, czekając na kogoś, kto przyjdzie, by je zakończyć. Nie będziesz miał na nic wpływu, żadnego wyboru.

Montooth odetchnął głęboko przez nos, a jego oczy stały się wielkie jak srebrne dolarówki. Kilka razy klepnął się po udach i wyciągnął szyję tak bardzo, że Joe usłyszał trzask. Potem wstał i podszedł do ciemnozielonej szafy. Zdjął szlafrok, powiesił go na wieszaku, wygładził zagniecenie z boku. Zdjął kapcie i włożył je do szafy, zdjął spodnie i je złożył. To samo zrobił z koszulą. Przez chwilę stał w bieliźnie, wpatrując się w szafę, jakby coś rozstrzygał.

– Wezmę brązowy – oznajmił. – Brązowy facet w brązowym garniturze jest trudniejszym celem.

Wybrał jasnobrązową koszulę, tak sztywno wykrochmaloną, że gdyby ją upuścił, sama stałaby na podłodze. Wkładając ją, obejrzał się przez ramię na Joego.

– Ile lat ma już twój syn?

– Dziewięć.

– Potrzeba mu matki.

– Tak sądzisz.

– To fakt, człowieku. Wszyscy chłopcy potrzebują mamuś. W przeciwnym razie wyrastają na wilki, traktują swoje kobiety jak szmaty, nie mają zrozumienia dla niuansów.

– Niuansów, aha.

Montooth Dix przewlekł pod kołnierzem ciemnoniebieski krawat i zaczął go zawiązywać.

– Kochasz swojego syna?

– Nade wszystko.

– To przestań myśleć o sobie i daj mu mamusię.

Wyjął z szafy brązowe spodnie i włożył nogi w nogawki.

– Pewnego dnia odejdzie. – Montooth wsunął pasek w szlufki. – Tak robią. Nawet jak będą do końca życia siedzieć w jednym pokoju z tobą, to i tak odejdą.

– Tak samo było ze mną i moim ojcem. – Joe pociągnął kolejny łyk rumu. – A z tobą?

Montooth włożył na ramiona skórzane pasy kabur.

– Mniej więcej tak. W trakcie stajesz się mężczyzną. Chłopcy czepiają się spódnicy, mężczyźni odchodzą.

Włożył do lewej kabury czterdziestkęczwórkę, a potem drugą do prawej.

– Z tym nigdzie się nie prześlizgniesz – zauważył Joe.

– Nie zamierzam się prześlizgiwać.

Montooth dodał automatyczną czterdziestkępiątkę za pasek spodni na plecach. Włożył marynarkę. Wyjął dwa kolejne pistolety i wrzucił je do kieszeni płaszcza przeciwdeszczowego, potem wziął karabin z najwyższej półki, odwrócił się i spojrzał na Joego.

243

– Jak wyglądam?

– Jak ostatni widok, jaki ukaże się Małemu Lamarowi na tej ziemi.

– Synu – powiedział Montooth Dix. – Tu masz rację jak kurwa mać.

Zeszli tylnymi schodami do zaułka na zapleczu domu. Facet, który zrewidował Joego, czekał tam z jeszcze jednym strażnikiem, a po drugiej stronie zaułka w samochodzie siedzieli dwaj inni. Wszyscy wybałuszyli oczy na widok szefa uzbrojonego jak na kolejną wojnę światową.

Montooth zawołał do faceta, który zrewidował Joego:

– Chester!

Chester nie mógł oderwać wzroku od szefa z tą wielką armatą zwisającą mu z ramienia i kolbami czterdziestekczwórek wystającymi mu z kieszeni.

– Tak, szefie.

– Co jest na końcu tego zaułka?

– Zakład Cortlana, szefie.

Montooth skinął głową. Jego ludzie wymienili dzikie, zdesperowane spojrzenia.

– Za trzy minuty zrobi się tam trochę hałasu. Jasne?

– Szefie, słuchaj...

– Pytałem, czy to jasne.

Chester zamrugał i nabrał tchu.

– Tak. To jasne.

– Dobrze. Za jakieś cztery minuty kilku z was będzie musiało wejść tam po mnie i wykończyć wszystko, co się jeszcze rusza. Słyszycie?

W oczach Chestera stanęły łzy i cholernie mało brakowało, a pociekłyby po policzkach. Ale potem rozejrzał się w prawo i lewo i jego oczy obeschły. Skinął głową.

– Nie zostawimy żywej duszy.

Montooth poklepał go po policzku i skinął głową pozostałym trzem.

– A po wszystkim słuchajcie Breezy'ego. Ma któryś problem z pracą dla mojego syna?

Mężczyźni pokręcili głowami.

– Dobrze. Mój chłopak będzie dobrze dowodzić statkiem. I wiecie, że jest sprawiedliwy.

– Ale nie jest panem – powiedział Chester.

– Cholera, chłopaku, a kto z nas przypomina swojego ojca?

Chester zwiesił głowę i zajął się sprawdzaniem magazynka. Montooth wyciągnął rękę do Joego. Ten ją uścisnął.

– Freddy się dowie, że dałeś mi tę opcję.

– Dowie się – odparł Joe – i się nie dowie.

Montooth długo patrzył mu w oczy, nie wypuszczając jego ręki.

– Pewnego dnia spotkamy się po tamtej stronie. Nauczę cię pić brandy jak cywilizowany człowiek.

– Będę na to czekać.

Montooth cofnął dłoń i odwrócił się bez słowa. Ruszył zaułkiem coraz szybszymi i dłuższymi krokami, trzymając gotową do strzału strzelbę.

ROZDZIAŁ DZIEWIĘTNASTY
PRAWO DO ŻYCIA

Joe wyjechał z Brown Town, myśląc, że chciałby pójść z Montoothem Dixem do tego salonu tylko po to, żeby zobaczyć wyraz twarzy Małego Lamara – jeśli Montooth zdoła ominąć ochroniarzy. Ale gdyby ktoś go zobaczył, Freddy DiGiacomo narobiłby hałasu i wszyscy zwróciliby się przeciwko całej rodzinie Bartolo.

Być może od samego początku o to chodziło. Tylko że Freddy nie umiał planować długoterminowo. Myślał w ograniczony sposób, od zawsze. Chciał przejąć kontrolowaną przez Montootha loterię i teraz znajdował się na najlepszej drodze do osiągnięcia celu. Gdyby miał dość rozumu, żeby sięgnąć po całe królestwo, Joe mógłby niemal szanować gnoja. Ale on zamierzał uśmiercić tuzin ludzi – co najmniej – dla jakichś groszy. Chyba że – jak podejrzewał Montooth – Freddy nie prowadził tej gry sam. Ale, o Jezu, gdyby Joe miał wskazać kogoś, kto mógłby stać za tym całym burdelem – oprócz Diona, którego uważał za prawdziwego przyjaciela – byłby to Rico. A gdyby miał wskazać kogoś, kto ma dość inteligencji i odwagi, żeby doprowadzić do upadku Montootha, byłby to również Rico. Ale wyeliminowanie Montootha było dla Rica zbyt skromnym celem. A wyeliminowanie Diona trochę za śmiałym.

Czy na pewno?

Jest za młody, rozległo się w głowie Joego. Charlie Luciano był młody, tworząc swoją organizację. Podobnie jak Meyer Lansky. Sam Joe prowadził operację w Tampie, mając dwadzieścia pięć lat. Ale to były inne czasy. Inna sytuacja.

Czasy mogły się zmienić, szepnął głos, ale ludzie się nie zmieniają. Na końcu Eleventh Joe ujrzał czekających na niego ochroniarzy Diona: Brunona Carusa i Chappiego Carpina. Zrównał się z nimi i opuścił szybę; Chappi, siedzący obok kierowcy, zrobił to samo.

– Nie byliście w dwóch samochodach? – spytał Joe.

– Mike i Fin skontaktowali się z szefem i wrócili.

– Kłopoty?

Chappi ziewnął.

– Gdzie tam. Angelo nie przyszedł, bo jest chory, więc szef doszedł do wniosku, że wolisz, żeby ochroniarze siedzieli z nim i twoim synem.

Joe przytaknął.

– I wy też tam powinniście siedzieć.

– My mamy jeździć za tobą.

Joe pokręcił powoli głową.

– Mam prywatne spotkanie. Nie możecie się na nim zjawić.

Bruno Caruso pochylił się i wyjrzał zza ramienia Chappiego.

– Mamy rozkazy.

– Bruno, widziałeś, jak prowadzę. Kiedy dodam gazu, zniknę za zakrętem, zanim zwolnisz sprzęgło. Potem musisz

zawrócić wśród tych zaparkowanych na zakładkę furgone-
tek... Naprawdę chcesz się ze mną bawić w policjantów i złodziei?

– Ale, Joe...

– Mam prywatne spotkanie, wiesz? Damsko-męskie.
W wielkiej tajemnicy. I wolałbym, żebyście poszli tam, gdzie
się na coś przydacie. Powiedz szefowi, że was sterroryzowa-
łem i że za dwie godziny widzimy się w jego domu.

Wymienili spojrzenia. Joe warknął silnikiem i rzucił im
uśmiech. Bruno przewrócił oczami.

– Zadzwonisz do szefa i mu powiesz?

– Jasne.

Joe wrzucił bieg.

– Aha – przypomniał sobie Chappi. – Szef powiedział, że
Rico chciał cię złapać. Jest w swoim biurze.

– Którym?

– W porcie.

– Dobrze. Dzięki. Z pierwszej budki telefonicznej zadzwonię do Diona i wytłumaczę was.

– Dzięki.

Joe odjechał, zanim tamci zdążyli zmienić zdanie. Skręcił
natychmiast w lewo na Tenth i przejechał przez całe miasto.
Prując boczną drogą za motelem Sundowner, nie miał pojęcia, co myśleć. Vanessa zadzwoniła do niego wczoraj wieczorem, bardzo oficjalna, i powiedziała, że ma się z nią spotkać w południe. Potem odłożyła słuchawkę. Trudno to było
zinterpretować inaczej niż jako rozkaz. Mimo ich wesołych
igraszek i przekomarzanek po stosunku nadal była kobietą
pewną swojej siły i spodziewała się, że osoby, do których zadzwoni, zjawią się bez żadnych pytań.

Zabawne, jak to jest z tą siłą. Wpływy Vanessy nie sięgały poza granice Tampy i hrabstwa Hillsborough. Ale w tej chwili znajdował się na jej terenie, więc ustępował jej znaczeniem. Władza Montootha Dixa zdawała się nie do ruszenia do momentu, kiedy w jej obronie zabił dwóch ludzi, a ci ludzie reprezentowali ośmiornicę o wiele potężniejszą od niego samego. Polska, Francja, Anglia, Rosja – wszystkie te kraje pewnie uważały, że są na tyle silne, żeby przeciwstawić się idiotycznemu tyranowi, który teraz dawał im upokarzającą lekcję, zagarnąwszy prawie cały wolny świat. Japonia uważała, że ma wystarczające siły, by zrzucić bomby na Stany Zjednoczone. Stany Zjednoczone uważały, że mają dość sił, żeby się zemścić, a potem stworzyć drugi front w Europie i trzeci w Afryce. I zawsze w takich sytuacjach jedna prawda górowała nad innymi; jedna strona musiała grubo przeliczyć się ze swoimi siłami.

Joe zapukał do drzwi pokoju 107. Nie otworzyła ich Vanessa, lecz żona burmistrza w sztywnym oficjalnym kostiumie, z surowo ściągniętymi włosami, co jeszcze bardziej eksponowało krzyż na jej czole. Twarz miała spiętą, spojrzenie pełne dystansu, jakby Joe był motelowym kelnerem, a ona uważała, że pomylił zamówienia.

– Wejdź.

Przekraczając próg, zdjął kapelusz. Stanął przy żelaznym łóżku, na którym tak często się kochali.

– Napijesz się? – spytała tonem sugerującym, że nie obchodzi jej jego odpowiedź.

– Nie, dziękuję.

I tak mu nalała, a potem dolała sobie. Podała mu drinka, uniosła swojego w toaście i stuknęła szklanką w jego szklankę.

– Za co pijemy?

– Za to, co przeminęło.

– A mianowicie?

– Za nas.

Wypiła, ale on odstawił szklankę na brzeg komody.

– To dobra szkocka – powiedziała.

– Nie wiem, co się dzieje, ale…

– Rzeczywiście. Nie wiesz.

– …ale nie zamierzam tak łatwo zrezygnować.

– Jak wolisz. Ja rezygnuję.

– Mogłaś to powiedzieć przez telefon.

– Nie pogodziłbyś się z tym. Musiałeś to zobaczyć w moich oczach.

– Co zobaczyć?

– Że nie żartuję. Że kiedy kobieta postanawia iść dalej, już się nie ogląda, a ja jestem właśnie taką kobietą.

– Skąd… – Nagle ręce jakoś zaczęły mu zawadzać. Nie potrafił znaleźć dla nich wygodnej pozycji. – Skąd ta decyzja? Co takiego zrobiłem?

– Nic nie zrobiłeś. Śniłam piękny sen. Teraz się zbudziłam.

Położył kapelusz obok szklanki i chciał wziąć Vanessę za ręce, ale się cofnęła.

– Nie rób tego – poprosił.

– Dlaczego?

– Dlaczego?

– Tak, Joe. Daj mi jeden powód, dla którego miałabym tego nie robić.

– Bo… – Z jakiegoś powodu machnął ręką w stronę ściany.

– Tak?

– Bo – powiedział, z wysiłkiem zachowując spokój – bez ciebie... bez świadomości, że mogę czekać na spotkanie z tobą... i nie, nie na seks, w każdym razie nie wyłącznie, ale na ciebie – bez tego wstawałbym rano tylko ze względu na syna. Bez ciebie wszystko jest tylko... – Wskazał ślad na jej czole.

– Krzyżem?

– Popiołem.

Dopiła drinka.

– Zakochałeś się we mnie? To chcesz mi dziś sprzedać?

– Co? Nie.

– Nie, nie zakochałeś się we mnie?

– Nie. Nie, no... nie wiem. No co?

Znowu napełniła swoją szklankę.

– Jak to sobie wyobrażasz? Będziemy się dobrze bawić, aż nas nakryją?

– Nie muszą nas...

– Muszą. To właśnie docierało do mnie przez cały dzień. Nie wiem, jak mogłam tego, kurwa, nie dostrzegać. A jeśli tak się stanie, ty sobie możesz popłynąć w cholerę na Kubę i wrócić, gdy hałas przycichnie. Tymczasem ja zostanę odstawiona do Atlanty, gdzie rodzinny interes trafi w ręce rady dyrektorów, bo nikt nie zaufa głupiej dziwce, która rżnęła się z gangsterem i przyprawiła rogi swojemu ważnemu mężowi.

– Nie tego chcę.

– A czego chcesz, Joe?

Oczywiście chciał jej. W tej chwili, na łóżku. A gdyby udało im się utrzymać to w tajemnicy – bo dlaczego nie? – chciałby nadal widywać się z nią kilka razy w miesiącu aż do czasu, gdy albo tak stracą dla siebie głowy, że następnym logicznym krokiem stanie się rozważenie jakiejś rewolucyjnej zmiany, albo też przekonają się, że ich namiętność była cieplarnianym kwiatem, który już zaczyna więdnąć.

– Nie wiem, czego chcę – powiedział.

– Brawo. Fantastycznie.

– Wiem, że nie potrafię przestać o tobie myśleć, choćbym nie wiadomo jak się starał.

– Cóż za brzemię.

– Nie, nie. Chodzi mi o to, że… no wiesz, moglibyśmy spróbować, prawda?

– Spróbować?

– Przekonać się, dokąd nas to zaprowadzi. Do tej pory się to sprawdzało.

– To? – Wskazała łóżko.

– No tak.

– Ja mam męża. Burmistrza. To doprowadzi tylko do kompromitacji.

– Może warto zaryzykować.

– Tylko jeśli czeka mnie nagroda za utratę wszystkiego, co znam.

Te baby. Chryste.

Może naprawdę się w niej zakochał. Może. Ale czy to znaczyło, że ją prosi, żeby zostawiła męża? Ten skandal nie ucichłby przez wieki. Przyprawić publicznie rogi młodemu przystojnemu burmistrzowi? Gdyby to zrobili, Joe z przestępcy stałby się trędowatym. Nie zrobiłby z nikim żadnego interesu w zachodnio-środkowej Florydzie. Może nawet w całym stanie. Na południu, już się o tym przekonał, częściej się uśmiechano, ale rzadziej przebaczano. A przed mężczyzną, który ukradł żonę bohaterowi wojennemu i synowi

252

jednej z najstarszych rodzin w Tampie, zamknięto by wszystkie drzwi. Joe musiałby znowu stać się gangsterem na pełny etat. Problem polegał na tym, że miał już trzydzieści sześć lat i był za stary na żołnierza, a zbyt irlandzki na szefa.

– Nie wiem, czego chcesz – powiedział w końcu.

Jej spojrzenie świadczyło, że ta odpowiedź coś udowodniła. Nie zdał jakiegoś egzaminu. Nie wiedział nawet, że do niego staje, ale i tak go zawalił.

Spojrzał na Vanessę i jakiś głos szepnął mu w głowie: „Nic nie mów". Nie posłuchał:

– Mam przystawić drabinę do twojego okna? Uciekniemy w nocy?

– Nie. – Palce lekko jej zadrżały. – Ale byłoby miło wiedzieć, że rozważałeś taki wariant.

– Chcesz uciec? Bo zastanawiam się, jak by na to zareagował twój mąż i jego wpływowi kolesie. Zastanawiam się.

– Przestań gadać. – Spojrzała na niego, wydymając wargi.

– No co?

– Masz rację. Zgadzam się z tobą. Nie ma o czym dyskutować. Proszę więc, przestań już gadać.

Zamrugał kilka razy, potem pociągnął łyk drinka i zamilkł, czekając na wyrok za zbrodnię, której popełnienia sobie nie przypominał.

– Jestem w ciąży – powiedziała.

Odłożył szklankę.

– W cią…

– …ży. – Skinęła głową.

– I wiesz, że to moje.

– Tak, wiem.

– Na pewno?

– Na sto procent.

– Twój mąż by się zorientował?

– Bez wątpienia.

– Mógłby się pomylić w obliczeniach. Mógłby...

– Jest impotentem.

– Co?...

Uśmiechnęła się nerwowo i jeszcze bardziej nerwowo skinęła głową.

– Od zawsze.

– Więc nigdy...

– Dwa razy. Właściwie półtora, jeśli się dobrze zastanowić. Ostatnio ponad rok temu.

– Więc co zamierzasz?

– Znam pewnego doktora – powiedziała z fałszywą pogodą. Strzeliła palcami. – I po problemie.

– Czekaj. Czekaj...

– Na co?

Wstał.

– Nie zabijesz mojego dziecka.

– To jeszcze nie jest dziecko, Joe.

– Pewnie, że jest. A ty go nie zabijesz.

– Ile razy ty zabiłeś, Josephie?

– To nie ma nic wspólnego z...

– Jeśli chociaż połowa plotek mówi prawdę, to pewnie kilku. Osobiście lub wydając rozkaz. Ale uważasz, że możesz...

Joe zbliżył się do niej tak szybko, że wstała gwałtownie, przewracając krzesło.

– Nie zrobisz tego.

– Owszem, zrobię.

– Znam w tym mieście wszystkich lekarzy, robiących aborcje. Zastraszę ich.

– Kto powiedział, że zrobię to tutaj? – Spojrzała mu w twarz. – Zechcesz łaskawie się odsunąć?

Joe uniósł ręce, odetchnął głęboko i zrobił, o co prosiła.

– Dobrze – powiedział.

– Co „dobrze"?

– Dobrze. Odejdź od męża, chodź ze mną. Razem wychowamy dziecko.

– Łap mnie, bo zaraz omdleję.

– Nie, słuchaj…

– Dlaczego miałabym zostawić męża i żyć z gangsterem? Masz nie lepsze szanse dożycia przyszłego roku niż żołnierz w Bataan.

– Nie jestem gangsterem.

– Nie? Kim jest Kelvin Beauregard?

– Kto?

– Kelvin Beauregard – powtórzyła. – Miejscowy biznesmen. Podobno w latach trzydziestych był właścicielem fabryki konserw.

Joe nie odpowiedział. Vanessa pociągnęła łyk wody.

– Podobno należał do klanu.

– No więc?

– Mój mąż spytał mnie dwa miesiące temu, czy mam z tobą romans. Nie jest głupi, rozumiesz. Odpowiedziałam: „Nie, skąd", a on na to: „Jeśli kiedykolwiek będziecie mieli, wsadzę go do więzienia do końca jego zasranego życia".

– Gadanie.

Vanessa pokręciła głową powoli, ze smutkiem.

– Ma dwa podpisane zeznania świadków, którzy widzieli cię w biurze Kelvina Beauregarda w dniu, w którym ktoś strzelił mu w głowę.

– Blefuje.

Znowu zaprzeczenie.

– Widziałam je. Zgodnie z nimi skinąłeś głową zabójcy tuż przed tym, jak nacisnął spust.

Joe usiadł na łóżku, usiłując dostrzec wyjście z tej sytuacji. Ale nie potrafił. Po chwili podniósł wzrok na Vanessę.

– Nie dam się wyrzucić z domu burmistrza i z rodziny, żeby wylądować w przytułku i tam urodzić dziecko, które swojego ojca będzie oglądać przez kraty. Oczywiście – dodała ze smutnym uśmiechem – jeśli któryś z przekupionych przez mojego męża sędziów nie skaże cię na śmierć.

Przez pięć minut siedzieli w milczeniu. Joe szukał wyjścia awaryjnego, Vanessa przyglądała się jego niepowodzeniom. W końcu mruknął:

– No, skoro tak to ujmujesz...

Skinęła głową.

– Wiedziałam, że to zrozumiesz.

Joe nie odpowiedział. Vanessa wzięła torebkę i aksamitny kapelusik. Obejrzała się na niego z ręką na klamce.

– Zauważyłam, że jak na inteligentnego człowieka masz duże kłopoty z zobaczeniem tego, co masz tuż przed nosem. Może zechcesz nad tym popracować.

Otworzyła drzwi. Kiedy podniósł wzrok, już jej nie było.

Po kilku minutach wziął szklankę z komody i usiadł na krześle pod oknem. Nie potrafił myśleć; w głowie zaległa mu szara chmura, z której wilgoć przesączała się do jego krwi. Mniej więcej rozumiał, że znajduje się w stanie szoku, ale nie potrafił rozpoznać, co konkretnie spowodowało ten paraliż: jej ciąża, zamiar aborcji, zerwanie czy to, że jej mąż był w posiadaniu obciążających go dokumentów. By rozjaśnić sobie w głowie albo przynajmniej sprawić, aby krew znowu mu do niej dotarła, wziął słuchawkę i poprosił o połączenie z miastem. Zapomniał zadzwonić do Diona i uprzedzić, że zwolnił Brunona i Chappiego. Nie zdziwiłby się, gdyby zostali przez to wylani. Taki dzień.

Dion nie odebrał; no tak, to przecież środa, dzień wyprawy do piekarni Chinettiego. Joe postanowił, że zadzwoni w jeszcze jedno miejsce i wróci. Wszyscy będą już w domu, z ciągle ciepłym ciastem.

Rozłączył się, znowu zadzwonił na centralę i podał kolejny numer, do swojego biura. Spytał Margaret, czy nikt nie zostawił dla niego wiadomości.

– Rico DiGiacomo zadzwonił dwa razy. Powiedział, żeby pan koniecznie oddzwonił.

– Dobrze. Coś jeszcze?

– Ten pan z wywiadu marynarki wojskowej.

– Matthew Biel.

– Ten sam. Zostawił dziwną wiadomość.

Margaret pracowała dla Joego od 1934 roku. Przez ten czas napatrzyła się dziwnych rzeczy do diabła i trochę.

– Mów – polecił Joe.

Odkaszlnęła i zniżyła głos.

– „To, co teraz zrobimy, już zrobiliśmy". Wie pan, co to znaczy? – dodała normalnym tonem.

– Nie całkiem. Ale te typki z rządu uwielbiają pogróżki.

Joe odłożył słuchawkę, zapalił papierosa i zrekonstruował, na ile mógł, rozmowę z Matthew Bielem. Wkrótce przypomniał sobie, że Biel zapowiedział, iż nie spodoba mu się to, co teraz zrobią. Czyli już zadziałali, cokolwiek to znaczyło. Róbcie, co musicie, pomyślał, bylebyście nie próbowali mnie posłać do piachu. A skoro o tym mowa…

Zadzwonił do biura Rica DiGiacomo. Sekretarka natychmiast go połączyła.

– Joe?

– Aha.

– Gdzieś ty, kurwa, przepadł?

– A co?

– Mank nie siedzi w wariatkowie.

– Siedzi, siedzi.

– Nie, nie siedzi. Wrócił do Tampy. I szuka cię. Widziano go przecznicę od twojego domu. Dwie godziny temu przejechał koło twojego biura. Masz zostać tam, gdzie jesteś, jasne?

Joe rozejrzał się po pokoju. Przynajmniej Vanessa zostawiła mu butelkę szkockiej.

– To da się zrobić.

– Złapiemy go. Nie ma problemu. Jeśli trzeba, skasujemy.

– Jasne.

– Siedź na tyłku, dopóki tego nie ogarniemy.

Joe pomyślał o szukającym go Manku z kaprawymi oczami i łupieżem we włosach, z oddechem cuchnącym wódą i salami. Mank nie bawił się w subtelności jak Theresa albo Billy Kovich. Taranował człowieka na pełnym gazie, masakrując go serią z karabinu.

– Dobrze – powiedział. – Będę siedział na tyłku. Zadzwoń do mnie, kiedy to się skończy.

– Jasne. Wkrótce się odezwę.

– Rico.

– Co? Co?

– Potrzebujesz numeru.

– Co?

– Żeby tu oddzwonić.

– Fakt. Oż, cholera. – Rico parsknął śmiechem. – Jasne. Czekaj, wezmę pióro. Dobra. Mów.

Joe podał mu bezpośredni numer do pokoju.

– Dobra, dobra. Będziemy w kontakcie – rzucił Rico i odłożył słuchawkę.

Zasłony w pokoju były zaciągnięte, ale Joe zauważył, że w tych w oknie wychodzącym na przystań została szpara. Położył się na brzuchu na łóżku i szarpnął zasłoną tak, że zaszła na drugą. Potem wstał, na wypadek gdyby Mank już tu był, usiłując określić jego pozycję w pokoju.

Usiadł na komodzie i spojrzał na brązowe ściany z obrazami rybaków odbijających od brzegu w strumieniach deszczu. We wszystkich pokojach w motelu znajdowała się ta sama reprodukcja. W tym wisiała trochę za nisko, a dwa tygodnie temu Vanessa przypadkiem ją przekrzywiła, opierając się o ścianę, kiedy Joe wszedł w nią od tyłu. Joe zauważył, że ramka drasnęła farbę. Przypomniał sobie także włosy Vanessy, ich mokre końce przylepione do szyi. Poczuł jej oddech pachnący alkoholem – wtedy ginem – i usłyszał plaskanie ich ciał, kiedy ich ruchy stały się gorączkowe. Zaskoczyła go wyrazistość tego wspomnienia i to, jaki ból mu sprawiło. Jeśli będzie tu siedział przez cały dzień, myśląc o niej i goląc szkocką na pusty żołądek, wyskoczy ze skóry. Musiał znaleźć sobie inny temat do rozmyślań, jakikolwiek… Na przykład… kto przyjmuje zlecenie na zlikwidowanie człowieka, a potem w połowie roboty idzie do domu wariatów? Czy to jakaś intryga, mająca odwrócić uwagę Joego? A może prawdziwy atak szaleństwa?

Bo ten, kto zlecił zabicie Joego, musiał się nieźle zdziwić, kiedy Mank wziął i prysnął do wariatkowa. W takim przypadku zleceniodawca zatrudniłby kogoś do skasowania Joego oraz Manka. Nie, zabójcy, mający zlecenie do wykonania, nie mają czasu na chwilę urlopu wśród czubków i ponowny powrót do pracy. To nie miało sensu.

Joe już prawie postanowił wyjść i pogadać z tym człowiekiem Rica, który widział Manka, bo mógłby postawić tysiąc dolarów na to, że ten ktoś się pomylił. Nawet dwa tysiące, taki był pewny siebie. Ale życie? Czy postawiłby na to życie? Bo o taką stawkę toczyła się gra. Musiał tylko siedzieć w tym pokoju – albo klatce, jak już zaczął o nim myśleć – i czekać, aż to wszystko się skończy. Rico i jego chłopaki dopadną tego sobowtóra Manka – albo dobra, samego Manka – i Joe odzyska spokojny sen.

Do tego czasu będzie siedział w klatce.

Uniósł drinka do ust i zastygł.

Właśnie. W klatce.

Co powiedziała Vanessa na odchodnym? Że nie widzi tego, co ma dokładnie pod nosem. Gdyby ktoś przez te dwa tygodnie starał się go zabić, to już by to zrobił. Dopóki nie dotarła do niego wiadomość o tym rzekomym niebezpieczeństwie, chodził po mieście nieświadomy i szczęśliwy. Łatwy cel. I nawet gdy dowiedział się o tym zleceniu, starał się potwierdzić plotkę: wszedł na pokład łodzi, na której znajdował się Król Lucius i dwudziestu nafaszerowanych narkotykami zabójców, żeby prosić o życie Theresy. Morderca mógł go bez trudu zdjąć podczas którejkolwiek z podróży – do Raiford, nad rzekę Peace czy w ogóle podczas przejazdów po mieście. Więc na co czekał?

Na Środę Popielcową.

Ale po co?

Jedyna możliwa odpowiedź brzmiała: bo nie czeka. Nie ma zabójcy. A jeśli jest, to nie chce zabić Joego. Chce go wyłączyć z gry.

Joe wziął słuchawkę i poprosił o połączenie ze szpitalem psychiatrycznym Lazworth w Pensacoli. Przedstawił się recepcjonistce jako funkcjonariusz Francis Cadiman z wydziału śledczego w Tampie i poprosił o natychmiastową rozmowę z dyrektorem personalnym w sprawie morderstwa. Recepcjonistka usłuchała. Po drugiej stronie odezwał się doktor Shapiro. Chciał wiedzieć, o co chodzi. Joe wyjaśnił, że zeszłej nocy w Tampie popełniono morderstwo i że musi porozmawiać o tym z jednym z pacjentów doktora.

– Sądzimy – oznajmił Joe – że ten człowiek może znowu zabić.

– Zabić mojego pacjenta?

– Nie, panie doktorze. Szczerze mówiąc, nasz podejrzany jest pańskim pacjentem.

– Nie rozumiem.

– Mamy dwóch naocznych świadków, którzy widzieli Jacoba Manka na miejscu zbrodni.

– To niemożliwe.

– Niestety, myli się pan. Przyjedziemy niezwłocznie. Dziękuję za rozmowę.

– Proszę nie odkładać słuchawki! – rzucił doktor Shapiro. – Kiedy doszło do tego morderstwa?

– Dziś o świcie. Dokładnie o drugiej piętnaście.

261

– W takim razie podejrzewacie niewłaściwego człowieka. Rzeczony pacjent, Jacob Mank…

– Tak?

– Dwa dni temu usiłował popełnić samobójstwo. Przeciął sobie tętnicę szyjną kawałkiem zbitej szyby. Od tej pory znajduje się w śpiączce.

– Jest pan pewien?

– W tej chwili na niego patrzę.

– Dziękuję panu.

Joe odłożył słuchawkę.

Kto najwięcej zyskał na usunięciu Montootha Dixa? Bo nie Freddy DiGiacomo. Freddy dostał tylko loterię. Terytorium zaś dostał Rico.

Kto zasugerował, żeby Joe wziął Tomasa i pojechał na Kubę?

Rico.

Kto miał dość rozumu, żeby wyłączyć Joego z gry podczas tej walki o tron?

Rico DiGiacomo.

Gdzie Rico zakazał się mu zbliżać w Środę Popielcową?

Do kościoła.

Nie, nieprawda. Joe pojechał tam i wrócił bez problemów…

Do piekarni.

– Jezu – szepnął Joe i ruszył do drzwi.

ROZDZIAŁ DWUDZIESTY

PIEKARNIA

Gdy Carmine, kierowca wujka Diona, zatrzymał samochód przed piekarnią Chinettiego, dochodziło wpół do pierwszej i dzień zaczął się robić duszny, choć słońce ukryło się za kożuchem chmur o odcieniu gdzieś pomiędzy jasnoszarym i brudnobiałym. Wujek Dion poklepał Tomasa po nodze i powiedział:

– *Sfogliatelle*, tak?

– Mogę pójść z tobą.

Mike Aubrey i Geoff Fin zatrzymali się przy krawężniku obok nich.

– Nie – powiedział Dion. – Mam wszystko pod kontrolą. *Sfogliatelle*, tak?

– Tak.

– Może spytam, czy nie dorzuciliby jakiegoś *pasticiotti*.

– Dzięki, wujku.

Carmine wysiadł z samochodu i otworzył drzwi szefowi.

– Odprowadzę pana.

– Zostań z dzieciakiem.

– Szefie, nie chce pan, żebym poszedł za pana?

Tomas podniósł wzrok na obwisłą twarz wujka Diona, która zrobiła się fioletowa.

– Chciałem, żebyś się nauczył francuskiego? – spytał wujek Carmine'a.

– Co?

– Chciałem, żebyś nauczył się francuskiego?

– Nie, szefie. Jasne, że nie.

– Chciałem, żebyś pomalował ten sklep naprzeciwko?

– Nie, szefie, skąd.

– Chciałem, żebyś przeleciał żyrafę?

– Co?

– Odpowiedz.

– Nie, szefie, nie chciał pan, żebym…

– Więc nie chciałem, żebyś się nauczył francuskiego, pomalował sklep z naprzeciwka ani przeleciał żyrafę. Chciałem, żebyś został w samochodzie. – Dion poklepał Carmine'a po twarzy. – Dlatego zostań w tym zasranym samochodzie – dodał i poszedł do piekarni, wygładzając marynarkę i krawat.

Carmine usiadł za kierownicą i ustawił lusterko tak, żeby widzieć Tomasa.

– Lubisz *bocce*? – spytał.

– Nie wiem – odpowiedział chłopiec. – Nigdy w to nie grałem.

– Oooo… musisz. W co się gra na Kubie?

– W baseball.

– Ty też?

– Tak.

– I dobry jesteś?

Tomas wzruszył ramionami.

– Nie tak dobry jak Kubańczycy.

– Ja zacząłem grać w *bocce* w twoim wieku – wyjawił Carmine. – W Starym Kraju. Ludzie uważają, że nauczył mnie ojciec, ale nie, matka. Wyobrażasz sobie? Moja matka w tej swojej brązowej sukience. Uwielbiała brązy. Brązowe sukienki, brązowe buty, brązowe talerze. Pochodziła z Palermo. Mój ojciec twierdził, że to dlatego jest pozbawiona wyobraźni. Mój ojciec urodził się w…

Tomas przestał słyszeć gadanie Carmine'a. Ojciec wiele razy powtarzał mu, że człowiek, który słucha innych – uważnie ich słucha – zyskuje ich szacunek, a często i wdzięczność. „Ludzie chcą, żebyś widział ich tak, jak oni chcą być widziani. A wszyscy chcą uchodzić za interesujących". Ale Tomas potrafił najwyżej udawać, że słucha, kiedy jego rozmówca był nudziarzem albo po prostu nie miał daru prowadzenia rozmowy. Czasem myślał, że nawet w połowie nie dorówna ojcu, a czasem – że ojciec po prostu się myli. W kwestii znoszenia idiotów nie miał pewności, kto z nich ma rację, choć podejrzewał, że obaj.

Carmine gadał i gadał, a tymczasem obok ich samochodu przejechał z brzękiem dzwonka listonosz na żółtym rowerze. Postawił go pod ścianą tuż za piekarnią i zaczął przeglądać listy w torbie. Wysoki mężczyzna z zapadniętymi policzkami i krzyżem z popiołu na bladym czole zatrzymał się tuż za nim, żeby zawiązać but. Tomas zauważył, że jego sznurówki wcale nie są rozwiązane. Ale mężczyzna się nie wyprostował, nawet kiedy podniósł wzrok i napotkał spojrzenie Tomasa. Miał wybałuszone oczy i wilgotny kołnierzyk. Spuścił oczy i nadal manipulował przy sznurówce.

Inny mężczyzna, o wiele niższy i tęższy, zbliżał się chodnikiem wzdłuż Seventh Avenue. Wyłonił się zza ich samochodu i wszedł do piekarni szybkim, zdecydowanym krokiem.

Carmine mówił właśnie: „a natomiast moja ciotka Concetta...", gdy raptem urwał i spojrzał na coś na ulicy. Dwaj mężczyźni w ciemnofioletowych płaszczach przeciwdeszczowych zeszli z chodnika po przeciwnej stronie, zatrzymali się na ulicy, przepuszczając samochód, i ruszyli równym krokiem. Ich płaszcze były luźno związane, ale obaj sięgnęli w stronę pasków.

– Zostań tu na chwilę, mały – rzucił Carmine i wysiadł.

Samochód lekko się zakołysał, kiedy po chwili kierowca na niego upadł, a Tomas zagapił się szeroko otwartymi oczami na płaszcz na jego plecach, który powoli zmienił kolor. Potem dotarło do niego, że to, co słyszy, to strzały. Ktoś znowu strzelił do Carmine'a, który oderwał się od szyby. Nieco jego krwi bryznęło na szkło.

Mike Aubrey i Geoff Fin już nie wysiedli z auta. Dwaj mężczyźni z ulicy zajęli się Aubreyem; Tomas usłyszał huk strzelby i z Geoffa zostało tylko roztrzaskane okno od strony pasażera i krew ściekająca po wewnętrznej stronie przedniej szyby.

Dwaj mężczyźni na środku ulicy trzymali karabiny maszynowe. Odwrócili się do Tomasa – jeden zrobił zdziwioną minę: czy tam siedzi dziecko? – a lufy odwróciły się razem z nimi. Tomas usłyszał za sobą krzyki i głośne trzaski. Brynęło szkło tłuczonych wystaw. Po strzale z pistoletu rozległ się drugi, a potem coś głośniejszego, co Tomas wziął za strzelbę. Nie odwrócił się, żeby spojrzeć, ale i nie padł na podłogę, bo nie mógł oderwać wzroku od swojej śmierci. Lufy tych karabinów celowały w niego, a mężczyźni spoglądali na siebie, podejmując milcząco jakąś nieprzyjemną decyzję.

Kiedy staranował ich samochód, Tomas zwymiotował. Niedużo – jak przy gwałtownej czkawce, która wydobyła z niego trochę żółci. Jeden mężczyzna wyleciał wysoko w powietrze, poza zasięg wzroku, a potem wylądował na głowie na masce samochodu wujka Diona. Ta głowa odwróciła się w jedną stronę, a ciało w drugą. Tomas nie wiedział, co się stało z drugim mężczyzną, ale ten na masce spoglądał na niego. Prawa połowa jego twarzy i broda wyglądały zza jego lewego ramienia, jakby była to najbardziej naturalna rzecz na świecie. To ten, który się zdziwił, widząc Tomasa w samochodzie, i Tomas znowu poczuł żółć wzbierającą mu w gardle, bo ten mężczyzna ciągle się na niego gapił, a jego blade oczy spoglądały tak samo martwo jak za życia.

Kule bzykały w powietrzu jak chmary os. Tomas raz jeszcze pomyślał, że powinien się schować za siedzeniami, rozpłaszczyć na podłodze, ale to, czego stał się świadkiem, tak dalece przekraczało jego wyobrażenie czy doświadczenie, że wiedział tylko jedno: nigdy więcej czegoś takiego nie zobaczy. Wszystko działo się w gwałtownych eksplozjach. Nic się z niczym nie łączyło, ale wszystko było całością.

Samochód, który staranował tych dwóch, uderzył w bok ciężarówki i mężczyzna w jasnym jedwabnym garniturze strzelił do niego z karabinu maszynowego. Mężczyzna, który udawał, że zawiązuje sznurówkę, strzelił z pistoletu do wnętrza piekarni. Listonosz leżał bezwładnie na przewróconym rowerze, a jego jaskrawa krew zalewała koperty.

Mężczyzna, który udawał, że zawiązywał buty, krzyknął. Był to krzyk szoku i protestu, cienki i babski. Upadł na kolana i wypuścił pistolet. Zasłonił oczy rękami; krzyż z popiołu na jego czole zaczął się rozmywać w upale. Wujek Dion wypadł, zataczając się, z piekarni. Górną połowę błękitnej koszuli miał przemoczoną krwią. W jednej ręce trzymał pudło z ciastem, w drugiej – broń. Wycelował ją w klęczącego mężczyznę i wpakował nabój prosto w krzyż na jego głowie. Mężczyzna upadł. Wujek Dion szarpnął drzwi samochodu. Wyglądał jak stwór, który wypadł z rykiem z jaskini, żeby pożreć dzieci. Jego głos brzmiał jak warczenie psa:

– Na podłogę, kurwa!

Tomas zwinął się w kłębuszek na podłodze, a Dion wyciągnął nad nim rękę i rzucił pudło na tylne siedzenie.

– Nie ruszaj się! Słyszysz?!

Tomas nie odpowiedział.

– Słyszysz?!!! – ryknął Dion.

– Tak, tak.

Dion stęknął, zatrzasnął drzwi, a o bok samochodu zabębnił grad. Tomas wiedział, że to nie grad, to nie grad. Ten dźwięk! Strzelby, pistolety i karabiny maszynowe. Piski rannych dorosłych mężczyzn. Tupot stóp na chodniku, stóp mężczyzn biegnących w jednym kierunku, oddalających się od samochodu. A strzały prawie ucichły – ot, jakiś zabłąkany w głębi ulicy, inny przed samochodem. Jakby ktoś pociągnął za łańcuszek, odcinając dopływ hałasu.

Teraz na ulicy zaległa ta cisza pełna ech, właściwa miejscom, przez które właśnie przeszła parada.

Ktoś otworzył drzwi i Tomas podniósł głowę, spodziewając się zobaczyć Diona, ale to był jakiś obcy. Mężczyzna w zielonym płaszczu przeciwdeszczowym i ciemnozielonej fedorze. Miał bardzo cienkie brwi i taki sam wąsik. Coś w nim wydawało się znajome, ale Tomas nie potrafił określić co. Obcy pachniał tanią wodą kolońską i suszoną wołowiną. Lewą zakrwawioną rękę owinął chusteczką, ale w prawej trzymał pistolet.

– Nie jest bezpiecznie – powiedział.

Tomas milczał. Po chwili uświadomił sobie, że to ten sam człowiek, który czasem stał na podwórku po mszy z jędzowatą staruszką zawsze ubraną na czarno. Mężczyzna trącił Tomasa w ramię swoją zranioną ręką.

– Zobaczyłem cię z ulicy. Zabiorę cię w bezpieczne miejsce. Tu nie jest bezpiecznie. Chodź ze mną, chodź.

Tomas zwinął się w jeszcze ciaśniejszy kłębuszek. Mężczyzna znowu go trącił.

– Ratuję ci życie.

– Idź sobie.

– Nie mów mi, że mam sobie iść. Nie mów. Ja cię ratuję. – Poklepał Tomasa po głowie i ramieniu jak psa, a potem pociągnął go za koszulę. – Chodź.

Tomas trzepnął go po dłoni.

– Ćśś – syknął mężczyzna. – Słuchaj. Słuchaj, słuchaj. No, słuchaj. Nie mamy dużo…

– Freddy!

Na dźwięk tego głosu mężczyzna wytrzeszczył oczy. A głos zawołał jeszcze raz:

– Freddy!

Tomas rozpoznał głos swojego ojca i ogarnęła go tak ogromna ulga, że po raz pierwszy od pięciu lat zmoczył się w spodnie.

– Zaraz wracam – szepnął Freddy, wyprostował się i odwrócił w stronę chodnika. – Cześć, Joe.

– W tym samochodzie jest mój syn?

– To twój syn?

– Tomas!

– Jestem, tato!

– Wszystko w porządku?

– Tak.

– Dostałeś?

– Nie, wszystko w porządku.

– Dotknął cię?

– Dotykał mojego ramienia, ale…

Freddy zatańczył w miejscu.

Potem Tomas dowiedział się, że jego ojciec strzelił cztery razy, ale tak szybko, że nikt by nie mógł policzyć. I nagle głowa Freddy'ego DiGiacomo upadła na siedzenie nad nim, a reszta ciała legła na chodniku. Ojciec wziął Freddy'ego za włosy i wyszarpnął go z samochodu. Rzucił go w rynsztok i wyciągnął ręce do Tomasa, który oplótł jego szyję ramionami i rozszlochał się bez ostrzeżenia. Wył. Czuł, że łzy płyną mu z oczu jak strumienie z kranu, i nie potrafił przestać, za nic nie potrafił. Zanosił się szlochem, który nawet jemu wydawał się obcy. Tak wiele brzmiało w nim oburzenia i grozy.

– Już dobrze – powiedział Joe. – Trzymam cię. Tatuś jest przy tobie. Trzymam cię.

ROZDZIAŁ DWUDZIESTY PIERWSZY

UCIECZKA

Joe trzymał w objęciach syna i wodził wzrokiem po jatce na Seventh Avenue. Tomas dygotał w jego ramionach i płakał tak, jak mu się nie zdarzyło od czasów, gdy mając sześć miesięcy, nabawił się infekcji obu uszu. Samochód Joego – ten, którym staranował Anthony'ego Bianco i Jerry'ego Tucciego – nadawał się na złom. Nie po zderzeniu z latarnią, ale po tym, jak Sal Romano władował w niego cały magazynek thompsona. Joe obszedł auto znajdujące się dwa miejsca dalej i strzelił Salowi w biodro, kiedy ten wkładał nowy magazynek. Romano grał w baseball w liceum w Jersey. Nadal podnosił ciężary i robił pięćset pompek dziennie, a przynajmniej tak twierdził. Joe roztrzaskał mu lewe biodro w drobny mak, więc kolejne pompki stały pod znakiem zapytania.

Przechodząc przez ulicę, Joe strzelił do faceta w kurtce z miękkiej skóry. Facet strzelał do wnętrza piekarni, więc Joe posłał mu kulkę w plecy i poszedł dalej. Słyszał go jeszcze długo – wrzaski o doktora, o księdza. Brzmiał jak Dave Imbruglia. Z tyłu też go przypominał. Joe nie widział jego twarzy. Tomas przestał zawodzić i usiłował złapać oddech.

– Ćśśś. – Joe pogłaskał go po głowie. – Już dobrze. Jestem przy tobie. Nie puszczę cię.

– Ty...

– Co?

Tomas odchylił się w jego ramionach i obejrzał się na Freddy'ego.

– Ty go zastrzeliłeś – szepnął.

– Aha.

– Dlaczego?

– Z wielu przyczyn, ale głównie dlatego, że nie podobało mi się, jak na ciebie patrzył. – Joe spojrzał głęboko w brązowe oczy swojego syna, w oczy swojej nieżyjącej żony. – Rozumiesz?

Tomas chciał przytaknąć, ale potem pokręcił powoli głową.

– Jesteś moim synem – wyjaśnił mu Joe. – To znaczy, że nikt cię nie wydyma. Nigdy.

Tomas drgnął i Joe zrozumiał, że pokazał synowi coś, co ukrywał przez całe życie. Furię swojego ojca, swoich braci, całe dziedzictwo mężczyzn z rodu Coughlinów.

– Znajdziemy wujka Diona i spadamy stąd. Możesz iść?

– Tak.

– Widzisz wujka?

Chłopiec wskazał palcem.

Dion siedział na parapecie wybitej wystawy z damskimi kapeluszami. Gapił się na nich, biały jak świeży popiół, z przesiąkniętą krwią koszulą, ciężko oddychając.

Joe postawił Tomasa na chodniku i podeszli razem. Szkło chrzęściło im pod podeszwami.

– Gdzie dostałeś?

– W lewy cycek – wychrypiał Dion. – Ale przeszło na wylot. Czułem to, kurwa. Uwierzysz?

272

– W rękę też – powiedział Joe. – Cholera.

– Co?

– Ręka, ręka. – Joe zdjął krawat. – To tętnica, D.

Krew bluzgała z dziury w wewnętrznej części prawej ręki Diona. Joe zacisnął krawat tuż nad raną.

– Dasz radę iść?

– Ledwie oddycham.

– Słyszę. Ale możesz iść?

– Niedaleko.

– Nie idziemy daleko.

Joe wsunął rękę pod lewe ramię Diona i ściągnął go z parapetu.

– Tomas, otwórz znowu tylne drzwi. Dobrze?

Tomas popędził do samochodu Diona, ale zamarł na widok zwłok Freddy'ego, jakby trup mógł ożyć i rzucić się na niego.

– Tomas!

Otworzył drzwi.

– Grzeczny chłopiec. Wskakuj z przodu.

Joe posadził Diona na tylnym siedzeniu.

– Połóż się.

Dion usłuchał.

– Zegnij nogi.

Dion wciągnął nogi do samochodu i Joe zamknął drzwi.

Idąc na miejsce kierowcy, zobaczył Sala Romano. Sal zdołał się podnieść na nogi. No, na nogę. Druga zwisała mu bezwładnie, kiedy opierał się o szczątki samochodu Joego, ciężko oddychając. Właściwie sycząc. Joe nie przestawał do niego celować.

– Zabiłeś brata Rica – odezwał się skrzywiony Sal.

– Zgadza się. – Joe otworzył drzwi od strony kierowcy.

– Nie wiedzieliśmy, że w samochodzie jest twój chłopak.

– No cóż. Był.

– To cię nie uratuje. Rico utnie ci głowę i ją podpali.

– Przepraszam za tę nogę, Sal. – Joe wzruszył ramionami.

Nie zostało już nic do powiedzenia, więc wsiadł do samochodu, wycofał go z parkingu i ruszył ulicą. Z zachodu i północy dobiegało wycie syren.

– Dokąd jedziemy? – spytał Tomas.

– Kilka przecznic dalej – odpowiedział Joe. – Musimy zniknąć z tym samochodem z ulicy. Jak tam, D?

– Bajecznie. – Dion pozwolił sobie na cichy jęk.

– Trzymaj się. – Joe skręcił w Twenty-Fourth Street, wrzucił jedynkę i ruszył na południe.

– Dziwne, że się pokazałeś – odezwał się Dion. – Nigdy nie lubiłeś brudzić rąk.

– Nie chodzi o ręce – odparł Joe – tylko o włosy. Spójrz, jak wyglądają. I skończyła mi się brylantyna.

– Ale z ciebie pięknis. – Dion zamknął oczy z lekkim uśmiechem.

Tomas jeszcze nigdy tak się nie bał. Ten strach zmienił jego język i podniebienie w popiół. Pulsował mu w gardle jak kula. A jego ojciec żartował!

– Tato – odezwał się.

– Tak?

– Czy ty jesteś złym człowiekiem?

– Nie, synu. – Joe zauważył odpryski wymiotów na koszuli chłopca. – Po prostu nieszczególnie dobrym.

Joe pojechał do czarnego weterynarza w podupadłej części Fourth w Brown Town. W zaułku za budynkiem weterynarza znajdowała się wiata na samochód, dobrze osłonięta przez ogrodzenie z zardzewiałej siatki i drutu kolczastego, które weterynarz dzielił z sąsiadami: punktem skupu samochodów i szczurołapem. Joe kazał Tomasowi nie opuszczać Diona i pobiegł, nie czekając na odpowiedź syna, ścieżką w stronę białych, spaczonych od upału drzwi.

Tomas spojrzał na tylne siedzenie. Wujek Dion zdołał się wyprostować, ale oczy miał przymknięte i oddychał bardzo słabo. Tomas popatrzył na drzwi, za którymi zniknął ojciec, a potem na zaułek, gdzie dwa bezpańskie psy biegały wzdłuż ogrodzenia, warcząc na siebie, kiedy za bardzo się do siebie zbliżyły. Pochylił się do wujka.

– Bardzo się boję.

– Musiałbyś być głupi, żeby się nie bać – odpowiedział Dion. – Jeszcze się nie uratowaliśmy.

– Dlaczego ci ludzie chcieli cię zabić?

Dion zachichotał cicho.

– W naszym fachu nie dostaje się zwolnienia, dzieciaku.

– Czy ty i ojciec jesteście gangsterami?

Znowu cichy śmiech.

– Owszem, tak.

Joe wyszedł z budynku w towarzystwie kolorowego człowieka w białym fartuchu pchającego nosze. Były to krótkie nosze, wystarczyłyby chyba tylko dla Tomasa, ale Joe z kolorowym wyciągnęli Diona z samochodu i położyli go na nich. Nogi mu zwisały, kiedy powieźli go do domu.

Weterynarz nazywał się Carl Blake i niegdyś praktykował w klinice dla kolorowych w Jacksonville. Potem stracił licencję i przybył do Tampy, by pracować dla Montootha Dixa. Łatał jego ludzi i dbał o zdrowie i czystość jego kurew, a Montooth płacił mu w opium, przez które lekarz stracił prawo do wykonywania zawodu.

Doktor Blake oblizywał wargi i poruszał się z dziwną sztywną gracją jak tancerz, który stara się nie przewrócić mebli. Tomas zauważył, że ojciec zwraca się do niego „doktorze", a Dion – zanim go znieczulili – mówił mu po imieniu. Kiedy Dion stracił przytomność, Joe powiedział:

– Będę potrzebować mnóstwo morfiny. Pewnie wyczyszczę wszystkie pańskie zapasy.

Doktor Blake skinął głową i polał wodą wyrwę w ramieniu Diona.

– Drasnęli mu tętnicę ramienną. Powinien już nie żyć. To pański krawat?

Joe skinął głową.

– No, to uratował mu pan życie.

– Będę potrzebować czegoś silniejszego od siarki.

Doktor Blake spojrzał na niego nad ciałem Diona.

– W czasie wojny? Synu, powodzenia.

– No, doktorze. Co może mi pan dać?

– Mam tylko prontosil.

– Zatem musi wystarczyć. Dziękuję, doktorze.

– Zechce pan przytrzymać tu światło?

Joe uniósł lampę nad stołem, żeby doktor mógł się lepiej przyjrzeć ramieniu Diona.

– Chłopcu nic nie będzie?

Joe spojrzał na Tomasa.

– Chcesz iść do innego pokoju?

Tomas pokręcił głową.

– Na pewno? Możesz zwymiotować.

Tomas pokręcił głową.

276

– Nie zwymiotuję.

– Nie?

Tomas znowu zaprzeczył, myśląc: jestem twoim synem.

Doktor Blake długo badał ramię Diona. W końcu oznajmił:

– Czysta rana. Żadnych obcych ciał. No, to bierzmy się za tętnicę.

Przez jakiś czas pracowali w milczeniu. Joe podawał doktorowi instrumenty, poprawiał lampę albo ocierał szmatką pot z czoła lekarza. Tomas powoli nabrał pewności co do jednego – nigdy nie będzie tak spokojny w chwili próby jak ojciec. Widział to, kiedy wycofywali się rozoranym kulami samochodem na Twenty-Fourth Street. Syreny wyły coraz głośniej, Dion jęczał na tylnym siedzeniu, a ojciec przyglądał się, mrużąc oczy, znakowi drogowemu jak człowiek, który zabłądził podczas niedzielnej przejażdżki.

– Słyszał pan o tej sprawie z Montoothem? – spytał doktor Blake.

– Nie – rzucił lekko Joe. – Co to za sprawa?

– Skasował Małego Lamara i trzech cyngli. A sam wyszedł z tego bez draśnięcia.

Joe parsknął śmiechem.

– Co?

– Ani draśnięcia. Może jednak to wudu działa. – Doktor Blake zrobił ostatni szew na ramieniu Diona.

– Co pan powiedział? – rzucił Joe ostro.

– Hm? A, no wie pan, te plotki, że Montooth praktykuje wudu w specjalnym pokoju gdzieś tam w tej swojej fortecy, rzuca klątwy na swoich wrogów i tak dalej. Gość wchodzi do zakładu fryzjerskiego i wychodzi jako jedyny ocalały. Może tkwi w tym ziarno prawdy.

Przez oczy Joego przemknęło zaciekawienie.

– Mogę skorzystać z telefonu?

– Jasne. Jest tam.

Joe zdjął plastikowe rękawiczki i zadzwonił, a doktor Blake zajął się ranami na piersi wujka Diona. Tomas usłyszał głos ojca:

– Bądź tu za kwadrans, dobra?

Joe odłożył słuchawkę, włożył nowe rękawiczki i stanął przy doktorze.

– Ile macie czasu? – spytał Blake.

Joe spochmurniał.

– W najlepszym razie kilka godzin.

Drzwi do gabinetu otworzyły się i do środka zajrzał inny kolorowy w drelichowym kombinezonie.

– Wszystko gotowe.

– Dziękuję, Marlo.

– Się wie, doktorze.

– Dziękuję, Marlo – powiedział Joe.

Po jego odejściu odwrócił się do Tomasa.

– W samochodzie są czyste spodnie i majtki. Może je włożysz?

– Gdzie?

– W samochodzie.

Tomas wyszedł z gabinetu i dotarł korytarzem do holu, gdzie siedzące w klatkach psy zaczęły ujadać, czując jego zapach. Otworzył drzwi na jasny blask dnia i wrócił ścieżką w miejsce, gdzie zostawili samochód. Nadal tam stał, ale nie ten sam. Czterodrzwiowy plymouth, bez lakieru, sam podkład. Trudno o coś mniej rzucającego się w oczy. Na przednim siedzeniu Tomas znalazł parę czarnych spodni w swoim rozmiarze oraz majtki i dopiero teraz przypomniał sobie, że się zmoczył, gdy jego ojciec zastrzelił człowieka o cuchnącym oddechu i mlecznych oczach. Zdziwił się, jak mógł o tym zapomnieć, bo nagle doleciał go własny zapach i poczuł zimną lepkość moczu, od którego na jego udach pojawiły się odparzenia. A przecież siedział w takim stanie ponad godzinę i nie zdawał sobie z tego sprawy.

Kiedy wyszedł z samochodu, zobaczył ojca rozmawiającego w zaułku z bardzo małym człowieczkiem. Ten człowieczek ciągle kiwał głową. Tomas zbliżył się do nich i usłyszał, jak ojciec mówi:

– Nadal jesteś spokrewniony z Bochem?

– Z Erniem? – Człowieczek skinął głową. – Ożenił się z moją starszą siostrą, rozwiódł się z nią i wziął sobie moją młodszą siostrę. Są szczęśliwi.

– Nie stracił drygu?

– W Tate w Londynie od 1935 roku wisi jeden Monet. Ernie machnął go w weekend.

– Będziesz go do tego potrzebować. Płacę ekstra.

– Mnie nic nie zapłacisz. Tylko nie wzywaj tego czarownika.

– Nie tobie płacę, tylko twojemu szwagrowi. On nic mi nie zawdzięcza. Więc dopilnuj, żeby wiedział. Dostanie pełną rynkową cenę. Ale to pilne zlecenie.

– Jasne. To twój syn?

Odwrócili się i spojrzeli na Tomasa. Przez oczy ojca coś przemknęło – smutek ciężki jak ołów.

– Tak. Nie martw się. Dziś zobaczył świat. Tomas, przywitaj się z Bobo.

– Cześć, Bobo.

– Cześć, mały.

– Muszę się przebrać – wyjaśnił Tomas.

Ojciec skinął głową.

– No to leć.

Tomas przebrał się w łazience na zapleczu kliniki. Zmoczył nogawkę starych spodni w zlewie i umył z grubsza uda. Zwinął zasikane ubrania i przyniósł je do gabinetu, gdzie jego ojciec właśnie wciskał plik banknotów w ręce doktora Blake'a.

– Wyrzuć – powiedział do syna na widok starych ubrań.

Tomas znalazł kosz w kącie pokoju i wcisnął do niego ubrania między zakrwawione gaziki i strzępy czerwonej od krwi koszuli Diona. Doktor Blake powiedział ojcu, że płuco Diona się zapadło, a jego ramię powinno pozostać nieruchome co najmniej przez tydzień.

– To znaczy, że nie powinien się ruszać?

– Może się poruszać, ale nie chcę, żeby za bardzo brykał.

– A jeśli nie zdołam wpłynąć na jego brykanie przez kilka najbliższych godzin?

– Szwy na tętnicy mogą pęknąć.

– A on może umrzeć.

– Nie.

– Nie?

Doktor Blake pokręcił głową.

– A on umrze.

Umieścili nieruchomego Diona na tylnym siedzeniu i wymościli grubo podłogę starymi psimi kocami, żeby nie zrobił sobie krzywdy, spadając. Zostawili okna otwarte, ale i tak w samochodzie śmierdziało psią sierścią, sikami i wymiotami.

– Dokąd jedziemy? – spytał Tomas.

– Na lotnisko.

– Wracamy do domu?

– No, spróbujemy dotrzeć na Kubę.

– A ci ludzie przestaną ci robić krzywdę?

– Tego nie wiem. Ale nie mają powodu robić krzywdy tobie.

– Boisz się?

Joe uśmiechnął się do syna.

– Troszkę.

– Dlaczego tego nie widać?

– Bo to jedna z takich sytuacji, kiedy lepiej jest myśleć, niż czuć.

– A co myślisz?

– Myślę, że musimy się wydostać z tego kraju. I myślę, że człowiek, który chciał nas skrzywdzić, narobił sobie wstydu. Zamierzał zabić wujka Diona i mu się to nie udało. Zamierzał zabić innego mojego przyjaciela, ale ten przyjaciel też sobie z nim poradził. A policja bardzo się wkurzy o to, co się dziś wydarzyło w piekarni. Burmistrz i Izba Handlu też. Myślę, że jeśli zdołamy dotrzeć na Kubę, ten człowiek nabierze ochoty na negocjacje.

– A co z tym ciastem?

– Hm?

Tomas klęczał na przednim siedzeniu, patrząc na psie koce na podłodze.

– *Torta al cappuccino* wujka Diona?

– Co z nim?

– Było na tylnym siedzeniu.

– Myślałem, że postrzelono go w piekarni.

– No tak.

281

– Więc… Czekaj, co? – Joe spojrzał na syna.

– Ale schował ciasto do samochodu.

– Po tym, jak zaczęła się strzelanina?

– Hm… tak. Podszedł i powiedział, żebym się położył na podłodze. Nakrzyczał na mnie. Powiedział: „Na podłogę!".

– Dobrze, dobrze. Ale… to się działo podczas strzelaniny?

– No.

– A potem co?

– A potem położył tort na podłodze samochodu i zawrócił.

– To bez sensu. Na pewno dobrze to zapamiętałeś? Dużo się działo, a ty…

– Tato – przerwał mu Tomas. – Na pewno.

ROZDZIAŁ DWUDZIESTY DRUGI

LOT

Firma Importowo-Eksportowa Coughlin–Suarez przewoziła większość swoich produktów wodnosamolotem grumman goose. Pod koniec lat trzydziestych Esteban Suarez kupił go od Josepha Kennedy'ego, bankiera, ambasadora i producenta filmowego, kiedy Kennedy postanowił zerwać z transportem nielegalnego alkoholu, na którym zbudował fortunę.

Joe kilka razy spotkał się z Kennedym. Obaj byli Irlandczykami, mieli na imię Joseph i pochodzili z Bostonu. Joe z południa miasta, Kennedy ze wschodu. Obaj byli kanciarzami i przemytnikami i obaj byli ludźmi ambitnymi.

Znienawidzili się od pierwszej chwili.

Joe zakładał, że Kennedy nienawidzi go jako wcielenia najgorszych cech irlandzkiego przemytnika – oraz za brak starań, by to ukryć. Joe znielubił go z dokładnie odwrotnych powodów – ponieważ Kennedy prowadził szemrane interesy, kiedy mu to pasowało, ale teraz zapragnął stać się szanowanym obywatelem, więc zachowywał się, jakby ta fortuna spłynęła do niego z niebios w nagrodę za pobożność i silny kręgosłup moralny. Ale jego samolot służył im dobrze od pięciu lat za sprawą utalentowanego pilota Farruca Diaza, jednego z najbardziej obłąkanych mężczyzn, jacy kiedykolwiek chodzili po tej ziemi, ale tak sprawnego w sztuce pilotażu, że potrafił przeprowadzić goose przez wodospad, nie zamoczywszy go.

Farruco czekał na nich na lotnisku Knight na Davis Island, o dziesięć minut drogi z centrum przez skrzypiący most, który chwiał się na najsłabszym wietrzyku. Lotnisko Knight, jak obecnie większość lądowisk w kraju, wypożyczyło większość swoich terenów i pasów startowych rządowi, a w tym przypadku – Trzeciej Wojskowej Grupie Sił Powietrznych z Drew i MacDill. W przeciwieństwie jednak do innych lotnisk Knight podlegało zasadniczo władzom cywilnym, choć rząd mógł wkroczyć na jego teren w każdej chwili, o czym niestety przekonał się Joe, kiedy zjechał z jezdni i ujrzał Farruca po drugiej stronie ogrodzenia, przy samolocie.

Joe wysiadł z samochodu i podszedł do Farruca.

– Dlaczego silnik nie pracuje?

– Nie da rady, szefie. Nie pozwolili mi.

– Kto?

Farruco wskazał wieżę kontrolną, górującą nad parterowym barakiem, w którym czekali pasażerowie.

– Facet stamtąd. Grammers.

Lester Grammers przyjął od Joego i Estebana co najmniej sto łapówek, zwłaszcza kiedy przewozili ładunki marihuany z Hispanioli lub Jamajki. I choć od rozpoczęcia wojny Lester nieustannie kłapał gębą na temat swojej patriotycznej odpowiedzialności jako strażnika przestworzy, kapitana straży sąsiedzkiej i nowo nawróconego wyznawcy anglosaskiej wyższości rasowej, to oczywiście pieniądze brał dalej, ale z pogardą.

Joe znalazł go w wieży z dwoma kontrolerami lotów. Na szczęście nigdzie w pobliżu nie było nikogo w mundurze.

– Czy pojawił się jakiś front pogodowy, o którym nie wiem? – spytał Joe.

– Ależ skąd. Pogoda jest świetna.

– No więc, Lester?...

Lester zdjął nogi z biurka i wstał. Był wysoki, więc Joe musiał zadrzeć głowę, żeby na niego spojrzeć, i pewnie o to chodziło.

– Więc nie możecie stąd odlecieć – oznajmił Lester. – Bez względu na pogodę.

Joe sięgnął do kieszeni, uważając, żeby poły płaszcza nie odsłoniły jego zakrwawionej koszuli.

– Ile trzeba?

Lester uniósł ręce.

– Nie rozumiem.

– Rozumiesz, rozumiesz. – Joe przeklinał się za to, że nie poprosił Marla, żeby razem z ubraniem dla Tomasa przyniósł mu czystą koszulę. – Proszę, muszę natychmiast wylecieć. Podaj cenę.

– O jakiej cenie pan mówi?

– Przestań mówić do mnie „pan".

Lester pokręcił głową.

– Nie przyjmuję od pana rozkazów.

– A od kogo przyjmujesz?

– Od Stanów Zjednoczonych. A one nie chcą, żeby pan dziś stąd odleciał.

Cholera, pomyślał Joe. Matthew Biel z wywiadu marynarki wojskowej. A to mściwy skurwiel.

– Świetnie. – Joe zmierzył Lestera spojrzeniem od stóp do głów. Nie spieszył się.

– No co? – nie wytrzymał Lester.

– Wyobrażam sobie ciebie w mundurze piechoty, Lesterze.

– Nie wstępuję do piechoty. Wspieram wysiłek wojenny na swoim odcinku.

– Ale kiedy odbiorę ci tę pracę, Lesterze, będziesz wspierać wysiłek wojenny na jebanym froncie.

Joe klepnął go po ramieniu i opuścił wieżę.

Vanessa wyszła w zaułek za hotelem drzwiami dla personelu. Joe odchylił klapę trencza, szukając zapalniczki, i odsłonił zakrwawioną koszulę i marynarkę.

– Jesteś ranny! Jesteś ranny?

– Nie.

– O Boże. Ta krew…

Joe podszedł do niej, wziął ją za ręce.

– Nie moja. Jego.

Spojrzała nad jego ramieniem na leżącego bezwładnie na siedzeniu w aucie Diona.

– Żyje?

– Na razie.

Puściła jego ręce i podrapała się nerwowo w szyję.

– Całe miasto usłane trupami.

– Wiem.

– Kilku czarnych zastrzelono u fryzjera. I sześciu… tak słyszałam, że sześciu?… mężczyzn zabito w Ybor.

Joe skinął głową.

– Miałeś z tym coś wspólnego? – Spojrzała mu w oczy.

Nie było sensu kłamać.

– Aha.

– Ta krew…

– Nie mam wiele czasu, Vanesso. Zabiją mnie i mojego przyjaciela, a może nawet mojego syna, jeśli uznają, że widział za dużo. Nie mogę zostać ani godziny dłużej w Stanach.

– Idź na policję.

Joe parsknął śmiechem.

– Dlaczego nie?

– Bo nie gadam z glinami. A nawet gdybym gadał, niektórzy są przez niego opłacani.

– Przez kogo?

– Przez tego, kto chce mnie zabić.

– Czy dziś kogoś zabiłeś, Joe?

– Vanesso, zrozum…

Załamała ręce.

– Powiedz. Żabiłeś?

– Tak. Mój syn znalazł się w środku strzelaniny. Zrobiłem, co musiałem, żeby go ratować. Zabiłbym jeszcze tuzin ludzi, gdyby grozili Tomasowi.

– Mówisz to z dumą.

– To nie duma. To siła woli. – Odetchnął powoli. – Potrzebuję twojej pomocy. I to natychmiast. Piasek w klepsydrze już się niemal przesypał.

Spojrzała na jego syna klęczącego na przednim siedzeniu i na nieprzytomnego Diona. Kiedy wróciła do niego spojrzeniem, oczy miała smutne.

– Ile to mnie będzie kosztować?

– Wszystko.

W wieży kontrolnej Joe dbał o to, żeby płaszcz mu się nie rozchylił, a pani Vanessa Belgrave poprosiła Lestera Grammersa, żeby jeszcze raz rozważył sytuację.

– Ten samolot nie wiezie kukurydzy i zboża – powiedziała – lecz prywatny podarunek od burmistrza Tampy dla burmistrza Hawany. Osobisty podarunek.

Lester słuchał jej rozdarty i zbolały.

– Ten człowiek z rządu wyraził się jasno.

– Może pan do niego zadzwonić?

– Słucham?

– Teraz. Czy może pan do niego zadzwonić?

– Nie tak późno w nocy.

– A ja mogę zadzwonić do burmistrza. Czy chcesz mu wyjaśnić przyczyny swojego wrogiego nastawienia do jego żony?

– Nie jestem wro... Jezu.

– Nie? – Vanessa przysiadła na biurku i zdjęła prawy kolczyk, po czym uniosła słuchawkę. – Mogę prosić o połączenie z miastem?

– Pani burmistrzowo, proszę mnie zrozu...

– Hyde Park 789.

– Potrzebuję tej pracy. Ja... troje dzieci, wszystkie w liceum.

Vanessa poklepała go pobłażliwie po kolanie i śmiesznie zmarszczyła nos.

– Już się łączy.

– Nie jestem żołnierzem.

– Drrryń – powiedziała Vanessa. – Drrryń.

– Moja żona...

Vanessa uniosła brwi i odwróciła się do telefonu. Lester położył rękę na widełkach i wcisnął je. Cofnął rękę.

– Przygotujemy pas startowy numer dwa.

– Rewelacyjna decyzja, Lester – powiedziała Vanessa.
– Dziękuję.

– Więc co to ma być? – Vanessa stanęła przed Joem tam, gdzie zaczynał się pas startowy. Oboje przekrzykiwali ryk i klekot wirników.

Farruco pomógł Joemu wnieść Diona do samolotu. Położyli go na stercie psich koców. Tomas usiadł przy oknie. Joe wyjął klocki spod kół i nagły ciepły podmuch znad zatoki lekko zakołysał samolotem.

– Co to ma być? – powtórzył Joe. – To ma być reszta twojego życia. Ja, ty i maleństwo.

– Mało cię znam.

Joe pokręcił głową.

– Mało spędziłaś ze mną czasu. Ale znasz mnie. A ja ciebie.

– Jesteś…

– Kim? Kim jestem?

– Zabójcą. Gangsterem.

– Prawie na emeryturze.

– Nie żartuj.

– Nie żartuję. Słuchaj! – krzyknął. Wiatr łopotał jego płaszczem i unosił mu włosy. – Tu nic ci nie zostało. On ci tego nie wybaczy.

Farruco Diaz pojawił się w drzwiach samolotu.

– Każą mi czekać, szefie. Wieża.

Joe machnął na niego ręką.

– Nie mogę wsiąść do samolotu i zniknąć.

– Nie znikniesz.

– Nie. – Pokręciła głową, jakby chciała przekonać samą siebie. – Nie, nie, nie.

– Każą mi znowu włożyć klocki pod koła! – zawołał Farruco.

– Jestem od ciebie starszy – powiedział Joe do Vanessy pospiesznie i z desperacją – więc wiem, że człowiek nie żałuje tego, co zrobił. Żałuje tego, czego nie zrobił. Że nie otworzył pudełka, że nie odważył się na skok. Nie chcesz pomyśleć za jakieś dziesięć lat, siedząc w salonie w Atlancie: „Powinnam była wsiąść do tego samolotu". Nie chcesz tego. Tu nic ci nie zostało, a tam czeka na ciebie cały świat.

– Ale ja nie znam tego świata! – krzyknęła.

– Ja ci go pokażę.

W jej oczach pojawiło się coś przerażającego i bezlitosnego. Coś, co natychmiast zmieniło jej serce w czarny kamień.

– Nie pożyjesz tak długo – powiedziała.

– Musimy startować, szefie! – zawołał Farruco Diaz. – Już!

– Sekunda.

– Nie. Już!

Joe wyciągnął rękę do Vanessy.

– Chodź.

Cofnęła się.

– Do widzenia, Joe.

– Nie rób tego!

Pobiegła do samochodu i otworzyła drzwi. Obejrzała się na niego.

– Kocham cię.

– Kocham cię. – Nadal wyciągał do niej rękę. – Więc…

– To nas nie uratuje! – zawołała i wsiadła do samochodu.

– Joe! – zawołał Farruco. – Wieża każe mi wyłączyć silniki.

Wtedy po drugiej stronie ogrodzenia zabłysły światła samochodów – co najmniej cztery pary żółtych oczu sunących przez lotnisko w upale, kurzu i mroku. Obejrzał się na samochód Vanessy. Już odjechał. Wskoczył do samolotu, zatrzasnął drzwi i przekręcił rygiel.

– Startuj! – krzyknął do Farruca i usiadł na podłodze.

– Leć i już.

ROZDZIAŁ DWUDZIESTY TRZECI

KWESTIA REKOMPENSATY

Gdy w 1936 roku Charlie Luciano poszedł do więzienia, kontrolą nad ekipą podzielili się Meyer Lansky z Nowego Jorku i Hawany, Sam „Jimmy Turnips" Daddano z Chicago i Carlos Marcello z Nowego Orleanu. Ci trzej plus trzej niżsi rangą oficerowie – Joe Coughlin, Moe Dietz i Peter Velate – przewodniczyli Komisji.

Tydzień po wylocie z Tampy Joe został wezwany na spotkanie z Komisją na „El Gran Sueño", jachcie będącym własnością pułkownika Fulgencia Batisty, lecz często wypożyczanym Meyerowi Lansky'emu i jego współpracownikom. Na spotkanie Joemu w przystani United Fruit Company wyszedł Vivian Ignatius Brennan. Razem wsiedli na motorówkę, która w dziesięć minut dopłynęła do jachtu stojącego w porcie Hawana. Vivian nosił ksywkę „Święty Viv", bo więcej osób modliło się przed śmiercią do niego niż do świętego Antoniego czy Matki Boskiej. Był niskim, wysportowanym mężczyzną o jasnych włosach i jasnych oczach, nieskazitelnych manierach i doskonałym guście w doborze win. Odkąd w 1937 roku przybył na Kubę wraz z Meyerem Lanskym, lubił ubierać się jak Kubańczyk – jedwabne koszule z krótkim rękawem szerokie w pasie, jedwabne spodnie, dwukolorowe buty – a nawet wziął za żonę Kubankę. Ale był bezgranicznie oddany ekipie. Święty Viv, urodzony w Donegal, a wychowany w Nowym Jorku na Lower East Side, wykonywał swoje obowiązki bezbłędnie i bez skarg. Kiedy Charlie Luciano wpadł na pomysł Murder, Inc. – organizacji zabójców bez powiązań z miastami, w których zabijali – postawił na jej czele właśnie Viviana Ignatiusa Brennana do czasu, gdy Meyer wydębił od niego Świętego, którego chciał zabrać z sobą na Kubę. Władzę po nim przejął Albert Anastasia. Ale nawet teraz, gdy Charlie czy Meyer chcieli mieć całkowitą pewność, że ktoś, kto dziś chodzi po tym łez padole, do jutra zaprzestanie tego procederu, zlecali tę robotę Świętemu Vivowi.

Joe podał Vivowi sakwę, którą miał przy sobie. Viv otworzył ją i spojrzał na dwa identyczne segregatory. Wyjął je i obmacał całą torbę. W końcu włożył do niej z powrotem segregatory i cofnął się, pozwalając Joemu wejść na motorówkę. Na jej pokładzie oddał mu sakwę.

– Jak leci? – spytał Joe.

– Bombowo. – Vivian uśmiechnął się do niego ze smutkiem. – Mam nadzieję, że pójdzie ci tam dobrze.

Przez usta Joego przemknął blady uśmiech.

– Ja też mam taką nadzieję.

– Lubię cię, Joe. Cholera, wszyscy cię lubią. Serce by mi pękło, gdybym musiał cię pożegnać.

Pożegnać. Jezus.

– Miejmy nadzieję, że do tego nie dojdzie.

– Miejmy.

293

Motorówka odbiła od brzegu. Klekoczący silnik pykał chmurkami niebieskiego dymu ku oleiście pomarańczowemu niebu.

Jadąc być może na spotkanie śmierci, Joe uświadomił sobie, że boi się nie tyle jej, ile osierocenia syna. Tak, zabezpieczył jego przyszłość. Odłożył mnóstwo pieniędzy, żeby Tomas nie musiał sobie niczego odmawiać. I tak, babka i ciotki chłopca wychowają go jak własne dziecko. Ale to nie będzie ich dziecko. Był dziełem Gracieli i Josepha, swoich rodziców. A kiedy ich straci, zostanie sierotą. Joe, który czuł się jak sierota, choć jego rodzice czerpali radość z życia pod tym samym dachem, nie życzył nikomu dorastania bez ojca i matki, nawet Ricowi DiGiacomo albo Mussoliniemu.

Pojawiła się kolejna motorówka zmierzająca do przystani. Znajdowała się na niej rodzina – ojciec, matka, dziecko. Wszyscy stali na baczność. Joe rozpoznał jasne włosy chłopca. Nie zdziwiło go, że duch pojawił się właśnie dziś; teraz akurat to nawet miało sens. Zaskoczyła go jednak obecność mężczyzny i kobiety, którzy nie spojrzeli na niego, gdy ich motorówki się mijały. Mężczyzna był szczupły i wysportowany, z jasnymi włosami przyciętymi tuż przy skórze i oczami w odcieniu tej samej bladej zieleni, co woda na płyciźnie. Kobieta także była szczupła, wynędzniała, z włosami ściągniętymi w kok i rysami tak stwardniałymi od przerażenia, udającego przyzwoitość, i nienawiści do samej siebie, udającej władczość, że trudno było dostrzec od razu, iż kiedyś promieniała urodą. Ona także zignorowała Joego, co stanowiło najmniej zaskakujący aspekt tego całego doświadczenia, ponieważ ignorowała go przez całe jego dzieciństwo. Jego matka, jego ojciec i chłopiec o twarzy bez rysów – przemierzający wody portu Hawana z ponurą wzniosłością Waszyngtona przekraczającego rzekę Delaware.

Minęli ich, a Joe odwrócił się, żeby spojrzeć na ich plecy. Gdzieś głęboko poczuł drżenie. Kiedy przyszedł na świat, małżeństwo jego rodziców było iluzją. Rodzicielstwo więc zaskoczyło ich, stało się ciężarem, który znosili z rozdrażnioną godnością, łatwo wybuchając. Przez osiemnaście lat usiłowali zdusić w nim każdą iskierkę radości, ambicji czy szalonej miłości, w wyniku czego otrzymali organizm niestabilny i nienasycony. „Ja tu jestem! – chciał za nimi wrzasnąć. – Może już niedługo. Ale byłem tutaj i żyłem pełną gębą. Przegraliście!".

A jednak… Wygraliście.

Znowu spojrzał przed siebie. Ujrzał majaczący przed nimi „El Gran Sueño", biały blask na tle niebieskiego nieba pełnego smug.

– Powodzenia tam – powiedział Vivian, kiedy dobili do burty jachtu. – Nie żartowałem, że serce mi pęknie.

– Serce ci pęknie, że musisz zatrzymać moje, co?

– Mniej więcej.

Joe uścisnął mu dłoń.

– Aleśmy sobie branżę wybrali.

– E, i tak lepsza od nudnego życia, nie? Uważaj na drabince, jest śliska.

Joe wspiął się na pokład. Vivian podał mu sakwę. Meyer już czekał, jak zawsze paląc. Towarzyszyli mu czterej mężczyźni – żołnierze albo ochroniarze, sądząc z wyglądu. Joe rozpoznał tylko Burta Mitchella, cyngla z Kansas City i ochroniarza Carla Melonika. Nikt nie powitał Joego. Za pół godziny mogli nim nakarmić rekiny, więc nie było sensu się z nim czulić.

Meyer wskazał sakwę.

– To to?

– Tak.

Joe podał ją Meyerowi, który przekazał ją Burtowi Mitchellowi.

– Oddaj to księgowemu w mojej kajucie – rzucił Meyer i chwycił Burta za ramię. – Do rąk własnych.

– Tak jest. Oczywiście.

Po odejściu Burta Joe uścisnął rękę Meyera, a Meyer mocno klepnął go w ramię.

– Jesteś utalentowanym mówcą, Josephie. Mam nadzieję, że dziś dasz z siebie wszystko.

– Rozmawiałeś z Charliem?

– Przyjaciel zrobił to w moim imieniu.

– I co powiedział?

– Że nie lubi rozgłosu.

W zeszłym tygodniu Tampa zyskała go aż nadto. Pojawiły się pogłoski, że federalni zbierają nową komisję do badania przestępczości zorganizowanej na Florydzie i w Nowym Jorku. Twarz Diona od wielu dni nie znikała z pierwszych stron gazet wraz z makabrycznymi zdjęciami zwłok, które Joe zostawił na Seventh Avenue, i czterech trupów z zakładu fryzjerskiego dla czarnych. Kilka gazet łączyło nawet Joego ze strzelaniną, choć starannie dodawało takie słowa, jak „rzekomo", „podobno" i „plotki głoszą". We wszystkich jednak wiadomościach zauważono, że ani Joego, ani Diona nie widziano od strzelaniny w piekarni.

– Charlie nie powiedział nic więcej? – spytał Joe.

– Powie to przez swojego przedstawiciela na koniec tego spotkania.

A zatem ostateczny wyrok wyda Meyer. Co za ironia – człowiek, który być może skaże dziś Joego na śmierć, od siedmiu lat był jego partnerem w interesach i największym dobroczyńcą. No, ale w ich branży coś takiego nie stanowiło wyjątku, lecz regułę. Wrogowie rzadko mogą się do ciebie zbliżyć tak bardzo, by cię zabić. Dlatego brudna robota spada na twoich przyjaciół.

W luksusowej kajucie, w której miało się odbyć spotkanie, Sam Daddano i Carlos Marcello siedzieli obok Rica Di-Giacomo. Meyer wszedł za Joem i zamknął za nim drzwi. A zatem oprócz Rica pozostali trzej mężczyźni stanowili najwyższą rangą część Komisji, co oznaczało, że sprawa bardziej poważna być już nie może.

Carlos Marcello rządził Nowym Orleanem już jako nastolatek. Odziedziczył tron po ojcu i ten biznes miał we krwi. Jeśli się nie wkraczało na jego terytorium, które obejmowało również Missisipi, Teksas i połowę Arkansas, Carlos był cudownie przyjemnym człowiekiem. Jeśli jednak zaczynałeś węszyć za zarobkiem w pobliżu jego ziem, powinieneś wiedzieć, że trzęsawiska nieraz wypluwały części ciała tych, którzy nie mieli pojęcia, gdzie zaczynają się granice Marcella, a kończy ich prawo do życia. Jak większość członków Komisji słynął ze spokojnego usposobienia i rozsądnego zachowania do momentu, kiedy rozsądek przestawał się opłacać.

Sam Daddano już od dziesięciu lat reprezentował w organizacji rozrywkę i związki, gdy w pewien deszczowy, wiosenny poranek stary Pascucci dostał wylewu w Lincoln Park i Sam dzięki swoim sukcesom wspiął się na szczyt ekipy w Chicago, a później rozszerzył jej zasięg na zachód i wciągnął do niej wszystkie filmowe związki zawodowe. Prześcignął nawet wytwórnie płytowe. Powiadano, że samym spojrzeniem zmienia centa w dziesiątaka. Był bardzo chudy i zaczął łysieć już jako nastolatek. Pięćdziesiątka stuknęła mu stosunkowo niedawno, ale wyglądał o piętnaście lat starzej, jak zawsze. Jego skóra się łuszczyła i była poznaczona plamami wątrobianymi, jakby ta branża wysysała z niego wszystkie płyny i wykrwawiała go przez cały dzień.

Meyer usiadł po drugiej stronie stołu. Postawił aktówkę, schludnie ułożył obok siebie papierosy, złotą zapalniczkę, złote pióro i notes, w którym czasem zapisywał jakiś pomysł – bez żadnych konkretów, ogólnie, ale i tak zawsze szyfrem i zawsze w jidysz. Meyer Lansky, Mały Człowiek we własnej osobie. Architekt wszystkiego, co zbudowali, tak niewzruszony, jak może być człowiek z wyczuwalnym pulsem. Najbliższy odpowiednik mentora, jakiego w tej branży miał Joe. Z całą pewnością przekazał mu swoją wiedzę o kasynach, podczas gdy Joe nauczył go wszystkiego, co wiedział o Kubie. Gdy tylko ta pieprzona wojna się skończy, mieli tam zarobić konkretne pieniądze. A raczej mogliby. Meyer bowiem mógł tam zarabiać całkiem sam, jeśli Joe nie przekona dziś sędziów, że zasługuje na kilka dni na świeżym powietrzu.

Joe usiadł naprzeciwko Rica, który po raz pierwszy pokazał mu swoją prawdziwą twarz. Joe dostrzegł w jego oczach nienasycony apetyt na władzę, który powinien dostrzec już piętnaście lat temu, gdy się poznali, a Rico był jeszcze chłopcem. Ale nawet wtedy Rico posiadał dar wyjątkowo cenny dla kogoś o jego ambicji: ludzie go nie widzieli. Dostrzegali tylko swoje odbicie w jego oczach. Rico izolował się, sprawiając wrażenie, że marzy tylko o tym, żeby się przed tobą otworzyć. Teraz spoglądał na Joego ze szczerym uśmiechem na szczerej twarzy i wyglądał, jakby chciał przeskoczyć stół i gołymi rękami rozerwać Joego na strzępy. Joe nie miał złudzeń co do własnych fizycznych możliwości – przez całe życie stoczył trzy walki na pięści i wszystkie przegrał. Natomiast Rico wychował się w Tampie jako syn, wnuk i bratanek robotników portowych. Joe spojrzał na swojego zdrajcę i uzurpatora i nie okazał strachu, bo inaczej przyznałby się do winy lub do braku jaj, a obie te rzeczy przypieczętowałyby jego los. Ale prawda wyglądała tak, że nawet gdyby wyszedł z tej kajuty żywy, Rico nigdy nie przestałby życzyć mu śmierci.

– Tematem tego posiedzenia – zaczął Carlos Marcello tytułem wstępu – są straty, na jakie naraziliście nas w zeszłym tygodniu.

– Na jakie was naraziłem – odparł Joe, wodząc wzrokiem po zebranych. – Tylko ja.

– Spotkałeś się z czarnuchem Dixem, a dziesięć minut później on zabił czterech czarnych pracowników Rica – odezwał się Sam Daddano. – Czy to zbieg okoliczności?

– Powiedziałem Dixowi, że nie zdoła się wykręcić z tarapatów, jakich sobie narobił, i że powinien się pojednać ze swoim stwórcą.

– To dobra rada także dla ciebie. – Rico uśmiechnął się do niego.

Joe nie zwrócił na niego uwagi.

– Nie wiedziałem, że Dix uzna, iż powinien zastrzelić Małego Lamara.

– Ale tak się stało – stwierdził Meyer. – A potem ta sprawa w piekarni...

– Nawiasem mówiąc, już nie żyje – rzucił Rico do Joego.

Joe spojrzał na niego.

– Montooth. Wczoraj rano wsiadł do samochodu, a ten wybuchł. Ktoś znalazł mosznę Montootha przylepioną do ulicznego hydrantu.

Joe nie odpowiedział. Obrzucił Rica obojętnym spojrzeniem i zapalił papierosa.

W zeszłym tygodniu pogodził się ze śmiercią Montootha Dixa, ale ta nie nastąpiła. I tak mimowolnie jego serce otworzyło się na możliwość, że Montooth pochodzi po tym padole łez jeszcze kilka lat. Ale umarł. Bo wąż przebrany za człowieka uznał, że nie zadowalają go karty, jakie dostał, i że chce mieć całe kasyno. Pierdol się, Rico. I wszyscy tobie podobni. Jeśli zrobić cię księciem, zechcesz być królem. Zostaniesz królem, zapragniesz być Bogiem.

Joe odwrócił się do człowieka, siedzącego u szczytu stołu.

– Chciałeś porozmawiać o piekarni.

– Tak.

– Tak przy okazji, czy ten atak miał zezwolenie?

Sam Daddano patrzył mu przez chwilę w oczy.

– Tak.

– Dlaczego tego ze mną nie skonsultowano? Należę do Komisji.

– Z całym szacunkiem – wyjaśnił Meyer. – Nie mogliśmy ci ufać. Kilka razy mówiłeś, że Dion Bartolo to twój brat. Nie byłbyś obiektywny.

Joe przyjął to do wiadomości.

– A ta intryga z zamachem na mnie? To podpucha?

Meyer skinął głową.

– Mój pomysł – odezwał się Rico łagodnym tonem, pomocny jak zwykle, z rękami splecionymi na blacie. – Chciałem, żebyś się znalazł daleko od niebezpieczeństwa, kiedy się zacznie. Uwierzysz? Myślałem, że złapiesz syna i uciekniesz stąd i cała impreza cię ominie. Dbałem o twoje bezpieczeństwo.

Joe nie potrafił znaleźć na to odpowiedzi, więc zwrócił się do pozostałych:

– Zatwierdziliście zlikwidowanie mojego przyjaciela i szefa. Potem mój syn dostał się na linię ognia tych kilerów z... pewnie z Brooklynu? Midnight Rose's Candy Store?

Twierdzące przymknięcie oczu Carlosa Marcella.

– Jacyś obcy włażą mi na terytorium, strzelają do mojego szefa, podczas gdy mój syn siedzi w samochodzie na tej samej ulicy, a wy macie do mnie pretensję, że tak zareagowałem?

– Zabiłeś trzech naszych przyjaciół – oświadczył Daddano – i okaleczyłeś czwartego.

Joe spojrzał na niego zaskoczony.

– Dave'a Imbruglię.

A, więc to Dave oberwał w plecy.

– Będzie srał w worek do końca życia, biedny skurwiel – dodał Rico.

– Wjechałem na tę ulicę – zwrócił się Joe do szefów – i pierwszym widokiem, jaki mi się ukazał, była banda facetów strzelających, jakby znowu były walentynki, oraz głowa mojego syna wychylona z samochodu Diona.

– Nie wiedzieliśmy, że tam był – oznajmił Rico.

– Więc wszystko w porządku? Zobaczyłem, że Śliski Tony Bianco i Jerry Nos rozwalają Carmine'a Orcuiolego, a potem kierują thompsony na mojego syna! Tak, rozjechałem ich, a pewnie! Zdjąłem Sala Romano, bo wypruł z karabinu maszynowego w mój samochód. I strzeliłem Imbruglii w plecy, bo strzelał do mojego szefa. A co do Freddy'ego, tak, strzeliłem do niego.

– Cztery razy, kurwa!

– Strzeliłem do niego, bo celował w mojego syna.

– Sal mówi, że Freddy nie mierzył do twojego syna. – Meyer Lansky skinął głową. – Mówi, że lufa celowała w ziemię.

Joe też pokiwał głową, jakby to wszystko miało stuprocentowy sens.

– Sal znajdował się po drugiej stronie samochodu, siedział na ulicy. Właściwie nie siedział. Wił się, bo rozjebałem mu biodro. Więc jak mógł cokolwiek widzieć?

Carlos Marcello uniósł rękę w pojednawczym geście.

– Dlaczego pomyślałeś, że Freddy chce zabić twojego syna?

– Pomyślałem? A ty byś myślał, gdyby w tym samochodzie był twój syn? – Joe spojrzał na Sama Daddano. – Twój Robert? – Obejrzał się na Meyera. – Albo Buddy? Ja nie myślałem. Zobaczyłem, że jakiś facet celuje do mojego syna. I pociągnąłem za spust, żeby on nie zrobił tego pierwszy.

– Joe – odezwał się Rico cicho. – Spójrz na mnie. Spójrz mi w oczy. Bo kiedyś cię zabiję. Zrobię to gołymi rękami oraz łyżką.

– Rico – rzucił Carlos Marcello. – Proszę…

– Jesteśmy dorośli – przemówił Meyer. – Dorośli mężczyźni dyskutujący o trudnej sprawie. Wydaje się jasne, że Joe nie wykręca się od odpowiedzialności. Nie szuka wymówek.

– Zabił mojego brata.

– Ale twój brat celował do jego syna – zauważył Carlos Marcello. – To nie podlega dyskusji. Broń wymierzona w białe dziecko, Rico, to *infamnia*, a ty nie powinieneś się tu rzucać.

Rico wszedł na pokład jachtu z myślą, że tylko Joe z niego nie wróci. Teraz w czarnych oczach Carlosa Marcella ujrzał własne zwłoki.

Sam Daddano spojrzał na Joego.

– Zabiłeś naszego człowieka i dwóch cennych współpracowników. Naraziłeś nas na wielkie straty finansowe.

– Wielkie straty – zgodził się Meyer.

– I to nie tylko jednorazowe – dodał Sam – ale jeszcze przez wiele lat będziemy cierpieć przez ten negatywny rozgłos. To konkretne straty, konkretne szkody. Liczyliśmy na te pieniądze. I nie zdołasz nam tego wynagrodzić.

– Może zdołam – powiedział Joe.

Carlos Marcello pokręcił dużą głową.

– Josephie, łudzisz się. Ten bałagan, którego ty i Rico narobiliście w zeszłym tygodniu w Tampie, doprowadzi nas do ruiny.

– A gdybym wyciągnął Charliego z Dannemory?

Meyer zastygł z zapalniczką w pół drogi do papierosa. Carlos Marcello znieruchomiał z przechyloną głową. Sam Daddano popatrzył w oczy Joego, rozchyliwszy wargi. Rico powiódł po nich wzrokiem.

– To wszystko? Może przy okazji sprawisz, że wody Zatoki Meksykańskiej się rozstąpią?

Carlos Marcello machnął ręką, jakby się oganiał przed muchą.

– Mów jasno, Josephie.

– Dwa tygodnie temu spotkałem się z facetem z wywiadu marynarki wojennej.

– Ale, jak rozumiem, spotkanie nie poszło dobrze – powiedział Meyer.

– Rzeczywiście. Niewiele jednak brakowało, żeby złapał przynętę. Trzeba go było tylko bardziej zachęcić. Kraj przez ostatnie pięć miesięcy stracił dziewięćdziesiąt dwa statki, wojskowe i handlowe. Rząd sra ze strachu po nogach, ale wmawia sobie: „No, przynajmniej coś takiego nie zdarzyło się blisko brzegu". A gdybyśmy go przekonali, że tylko my możemy powstrzymać Hitlera przed urządzeniem parady po Madison Avenue? Wtedy wypuszczą Charliego po wojnie. W najgorszym razie dadzą nam spokój i pozwolą dalej zarabiać.

– A w jaki sposób udowodnimy im, że nas potrzebują?

– Zatopimy okręt.

Rico DiGiacomo prychnął.

– Co ty masz do statków? Nie wystarczy, że wysadziłeś jeden dziesięć lat temu?

– Czternaście – poprawił go Joe. – Rząd trzyma w tej chwili w porcie Tampa swój statek, stary luksusowy liniowiec, który przerabiają na okręt wojenny.

– Nazywał się „Neptun" – powiedział Rico. – Znam go.

– I pracujecie nad nim, tak?

Rico skinął głową do pozostałych.

– Tak, ale nie ma z tego wielkiej kasy. Tu trochę złomu, tam trochę miedzi, mnóstwo starych metalowych łóżek, które trafiają nie tam, gdzie je wysłano, taka tam drobnica.

– Rząd Stanów Zjednoczonych chce, żeby statek stał się wojskowym okrętem transportowym do czerwca. Mam rację?

– Nie mylisz się.

– Więc…

Kąciki ust Carlosa Marcella zadrgały. Sam Daddano parsknął śmiechem. Meyer Lansky się uśmiechnął.

– Jeśli ktoś dokona na tym statku aktu sabotażu?... Tak, żeby wyglądało to na robotę szkopów?... – Joe wyprostował się i stuknął niezapalonym papierosem o mosiężną zapalniczkę zippo. – Rząd przyjdzie do nas na kolanach. – Spojrzał w oczy wszystkim zgromadzonym. – A wy staniecie się tymi, którzy wydobyli Charliego Luciano z więzienia.

Wszyscy pokiwali głowami. Meyer Lansky uchylił niewidzialnego kapelusza.

Łomoczące serce Joego trochę zwolniło. Może jednak uda mu się wrócić na ląd.

– Dobra, dobra – odezwał się Rico. – Powiedzmy, że Joe ma rację i że to się uda. Nie twierdzę, że to nie jest dobry plan. Nikt nie krytykuje pomyślunku Joego, tylko jego wytrzymałość na brzydkie rzeczy. Co z tym?

– Słucham? – spytał Joe.

– Tutaj. – Rico dziabnął palcem w stół. – Tutaj będzie budować królestwo z Meyerem, bo ja wypchnąłem go z Tampy, a on dał się złapać z fiutem w żonie burmistrza. – Spojrzał na Joego. – Tak, Romeo, wszyscy już wiedzą. Zrobiła się z tego wielka afera. – Kilka razy poruszył brwiami i spojrzał na szefów. – Czy dostanę trochę jego akcji na Kubie? Jakiś drobiazg na otarcie łez?

Joe spojrzał na Meyera. Kuba była ich wypieszczoną księżniczką, którą chronili przed wszystkim, co mogło ją skazić. A teraz przyłazi Rico DiGiacomo i obmacuje ją brudnymi łapskami pełnymi zarazków. W oczach Meyera płonęła wymierzona w Joego bezsilna furia, niosąca przesłanie: „Tego ci nie daruję".

– Chcesz część Kuby? – spytał Carlos.

Rico rozchylił odrobinkę palec wskazujący i kciuk.

– Cząsteczkę.

Carlos i Sam spojrzeli na Meyera. Meyer zrzucił to na Joego.

– Joe i ja jesteśmy właścicielami ziemi, na której chcemy po wojnie postawić hotel, kasyno i inne. Wszyscy o tym wiecie.

– Ile z tego masz ty, Joe?

– Dwadzieścia. Meyer tyle samo. Resztę posiada fundusz emerytalny.

– Oddasz Ricowi pięć.

– Pięć – powtórzył Joe.

– To uczciwa cena – oznajmił Rico DiGiacomo.

– Nie – odparł Joe. – Uczciwa cena to trzy. Oddam ci trzy.

Rico zbadał nastrój w kajucie, po czym skinął głową.

– Zatem trzy.

Joe znowu spojrzał na Meyera. Obaj wiedzieli, co właśnie zaszło. Nawet gdyby oddali tylko pół procent, zło już się stało – Rico wdarł się na Kubę. I zrobi na Hawanie to, co przed chwilą w Tampie. Kurwa.

Ale Rico jeszcze nie skończył:

– Pozostaje kwestia osobistej rekompensaty.

– Przyznanie ci chwały za wyciągnięcie Charliego z Dannemory i kawałek kubańskiej działalności ci nie wystarczy? – spytał Marcello.

– Mnie wystarczy – odparł Rico poważnie – ale czy wystarczy mojemu bratu?

Zebrani spojrzeli na siebie.

– Ma rację – przyznał w końcu Meyer.

– Co mogę zrobić? – spytał Joe. – Nie mogę wepchnąć tych pocisków z powrotem do magazynka.

– Rico stracił brata – przypomniał Daddano.

– Ale ja nie mam brata, którego mógłbym mu oddać.

– Właśnie że masz – syknął Rico.

Joe potrzebował jeszcze pół sekundy, żeby pojąć to, co powinno się stać dla niego oczywiste od chwili, gdy usłyszał o tym zebraniu. Spojrzał na uśmiechającego się do niego Rica.

– Brat za brata – powiedział ten.

– Chcesz, żebym wydał Diona.

Rico pokręcił głową.

– Nie?

– Nie – oznajmił Rico. – Chcemy, żebyś zabił Diona.

– Dion nie…

– Nie obrażaj nas – przerwał Carlos Marcello. – Nie, Josephie.

Meyer odpalił papierosa od poprzedniego. Potrafił zapełnić popielniczkę szybciej, niż kasyno wypełnia się hazardzistami.

– Wiesz, że Komisja niechętnie wydaje wyroki śmierci. Nie ubliżaj nam i nie ośmieszaj się, wstawiając się za nim.

– To kawał gnoja – dodał Daddano – i musi zniknąć. Pytanie tylko kiedy i jak.

Chwila milczenia, a zwłaszcza namysłu, zostałaby natychmiast wzięta za słabość, więc Joe nie tracił czasu.

– Zatem zrobi się jutro z samego rana. Będzie z głowy. Chcecie go zabrać czy mam go wysłać w jakieś miejsce?

Jeśli dadzą mu noc, coś wymyśli. Nie wiedział co, ale coś. Jeśli jednak dadzą mu kogoś, nie wiedział, jaki cud mógłby sprawić.

– Może być jutro – powiedział Meyer.

Joe opanował twarz, żeby się nie zdradzić, jakby odpowiedź nie budziła w nim żadnych emocji.

– Nawet nie musisz tego zrobić rano – dodał Daddano.

– Wystarczy, jak się wyrobisz w ciągu dnia.

– Tylko to zrób – ostrzegł go Carlos Marcello.

– Osobiście. – Krzesło zatrzeszczało, kiedy Rico się w nim rozparł.

Joe panował nad twarzą.

– Ja.

Cztery przytaknięcia.

– Ty – wycedził Rico. – Załatw go tak, jak załatwiłeś mojego brata. Tą samą bronią. Za każdym razem, gdy na nią spojrzysz, ty… za każdym razem, gdy na nią spojrzysz, pomyślisz o moim i o swoim bracie.

Joe znowu powiódł spojrzeniem po wszystkich obecnych.

– Załatwione.

– Przepraszam – powiedział Rico. – Nie usłyszałem.

Joe spojrzał na niego.

– Serio. Czasem w uszach rozlega mi się taki pisk, jakby czajnik. Co powiedziałeś?

Joe odczekał kilka tyknięć zegara nad drzwiami.

– Powiedziałem, że zabiję Diona. Sprawa załatwiona.

Rico lekko uderzył w stół i wstał.

– No, w takim razie uważam, że spotkanie zakończyło się sukcesem.

– Nie ty decydujesz, kiedy to spotkanie się zakończy – rzucił Carlos Marcello. – My zwołujemy spotkania i my je kończymy.

Rico usiadł. Do pokoju weszło trzech mężczyzn. Pierwszy pojawił się Święty Viv, który skierował się do Joego, nieustannie patrząc mu w oczy z takim smutkiem, jakby już miał złamane serce. Stanął dokładnie za jego krzesłem tak blisko, że Joe słyszał jego oddech. Drugi mężczyzna, Carl Melonik, obszedł stół i założywszy ręce na brzuchu, zatrzymał się między Samem Daddano i Rikiem DiGiacomo. Rico spojrzał na Świętego Viva, kata stojącego za człowiekiem, który zabił jego brata, a potem popatrzył w oczy Joemu i nie zdołał powstrzymać uśmiechu.

Człowieka, który wszedł trzeci, nie znał nikt. Był bardzo chudy i nerwowy i nie odrywał wzroku od podłogi do chwili, gdy stanął przed Meyerem. Położył przed nim sakwę i wyjął jeden czarny segregator. Otworzył go na stole. Przez całą minutę coś szeptał Meyerowi do ucha, a kiedy skończył, Meyer mu podziękował i kazał iść coś zjeść. Mężczyzna wyszedł z kajuty, garbiąc chude ramiona. Jego łysina błyszczała w świetle słońca.

Meyer przesunął segregator w stronę Rica.

– Twoje, tak?

Rico otworzył go i przejrzał.

– Tak. – Zamknął segregator i odsunął od siebie. – Co to tu robi?

– To twoja księga rachunkowa? – upewnił się Meyer. – To wszystko, co dla nas zarabiasz?

Rico zapalił papierosa, trochę nerwowo rozglądając się po kajucie. Po raz pierwszy podczas tej rozmowy nie wiedział, co za chwilę się stanie.

– No tak. Ta sama, którą wysyłam wam co miesiąc z kasą. Freddy przynosił ją w tej aktówce ze skóry aligatora.

– I przyznajesz, że to twój charakter pisma? – spytał Carlos Marcello.

Ta sytuacja najwyraźniej nie podobała się Ricowi, ale mógł jedynie odpowiedzieć:

– Tak. Mój.

– Nikt ci tu nic nie dopisał?

– Nie, skąd. Na pewno nie. Widzicie te moje kulfony. Bazgrzę jak kura pazurem. Nie jest to piękne, ale moje.

Meyer pokiwał głową, jakby to załatwiało wszystko, elegancko i na wysoki połysk.

– Dziękuję, Rico.

– Nie ma problemu. Chętnie pomogłem.

Meyer sięgnął do sakwy i wyjął drugi segregator. Rzucił go na stół.

I tu Rico zrozumiał.

– Zaraz – rzucił. – Co to, kurwa, jest?

– To jest druga księga rachunkowa. – Meyer przesunął ją w jego stronę. – Rozpoznajesz te swoje kulfony?

Rico otworzył księgę i przekartkował, wodząc po niej gorączkowym spojrzeniem. Podniósł oczy na Meyera.

– Nie rozumiem. To kopia?

– Początkowo tak się wydawało. Potem zajął się tym nasz księgowy. Według niego fałszujesz rachunki.

– Nie.

– W tym roku na trzydzieści tysięcy, w zeszłym na czterdzieści.

– Nie, Meyer. Nie. – Rico rozejrzał się po pokoju, a potem jego wzrok zatrzymał się na Joem i wszystko stało się jasne. – NIE!

Kiedy Carl Melonik zarzucił mu na głowę jutowy worek, Rico uniósł ręce, ale Sam Daddano chwycił je w nadgarstkach. Razem obrócili Rica na krześle, a Carl szarpnął za przewleczoną przez dziurkę linkę tak mocno, że materiał wpił się w szyję Rica..

– Kto może go zastąpić? – zwrócił się Carlos Marcello do Joego. – To nie możesz być ty.

Gdy Joe wynajął Boba Frechettiego do włamania do gabinetu Rica, szczerze spodziewał się, że znajdzie tam drugą księgę rachunkową. Ale na wszelki wypadek poprosił, by szwagier Boba, mistrz fałszerzy Ernie Boch, czekał w pogotowiu, gdyby zaistniała taka potrzeba. I potrzeba zaistniała.

Zapalony papieros Rica potoczył się po stole. Meyer podniósł go i zgasił w swojej popielniczce.

– Znasz tego gościa, co chodzi do Włoskiego Klubu Społecznego w Ybor? – spytał Joe.

– Trafficante'a? – spytał Marcello.

– No. Jest gotowy.

Bobo oddał księgę szwagrowi i Ernie podrobił pismo Rica – wybujałe wielkie litery, „i" i „j" bez kropek, ukośne „t" i płaskie „n". Reszta polegała na odjęciu cyferki tu, zera tam.

Rico wierzgał w krzesło Sama Daddano tak mocno, że ten musiał wstać, ale nadal trzymał go za ręce.

– Trafficante umie zarabiać – rzucił nieco zdyszany.

Marcello spojrzał na Meyera, który powiedział:

– Zawsze uważałem, że jest rozsądny.

– Zatem Trafficante – orzekł Marcello.

Rico wypróżnił się w spodnie i smród rozszedł się po pokoju. Ale wierzganie ustało. Sam Daddano wypuścił bezwładne ręce.

Carl Melonik nie rozluźniał linki ani napiętego materiału worka jeszcze przez dwie minuty, tak dla pewności. Joe patrzył, jak pozostali wychodzą. Kiedy wstał i zabrał papierosy, rzucił na zwłoki ostatnie spojrzenie. Opędził się dłonią od bijącego od nich odoru. Oto co zdziałałeś na tej ziemi, Rico – tylko zepsułeś powietrze. I zadarłeś z niewłaściwym Irlandczykiem.

ROZDZIAŁ DWUDZIESTY CZWARTY

POCZTÓWKA

W drodze do mieszkania na Starym Mieście Joe rozważał możliwości. Znalazł dwie: zabić Diona, swojego najdawniejszego przyjaciela, albo nie zabijać go i umrzeć. Ale nawet gdyby zabił Diona, Komisja i tak mogłaby przegłosować jego śmierć. Joe doprowadził do strat finansowych i narobił wielkiego bałaganu. Fakt, że zszedł żywy z pokładu statku, nie oznaczał, że jest bezpieczny.

– Szefie – odezwał się jego kierowca Manuel Gravante – kiedy był pan na jachcie, przyjechał Angel i powiedział, że czeka na pana kolejna przesyłka.

– Jaka przesyłka?

– Angel powiedział, że pudełko. – Manuel rozłożył ręce, pokazując jego rozmiary, i znowu chwycił kierownicę. – Powiedział, że wysłał do pałacu na pańskie nazwisko. Ludzie pułkownika je przynieśli.

– Kto je przysłał?

– Jakiś Dix.

Najwyraźniej jeden z jego ostatnich czynów na tym padole. Chryste, pomyślał Joe. Czy jak to się skończy, któryś z nas ocaleje?

Spodziewał się, że dostanie paczkę, ale i tak na wszelki wypadek otworzył ją na podwórku za swoim mieszkaniem. Jeśli miał, tak jak podejrzewano, dziewięć żyć jak kot, to dwa stracił, kiedy rozchylił klapy pudła i ze środka wysnuł się dymek. Joe odskoczył, a pod garniturem, który dopiero wysechł, znowu pociekły mu strugi potu, kiedy biała mgiełka, emanująca z suchego lodu, rozwiała się w pióropuszach palm nad jego głową. Upewniwszy się, że źródłem dymu faktycznie był suchy lód, odczekał, aż wyziewy całkiem się rozwieją, po czym sięgnął do pudła i wyjął z niego mniejsze, które postawił na kamiennym stole.

Wszystkie cztery rogi pudełka zostały wgniecione. Na jednym jego boku – tam, gdzie tektury dotykała zawartość – widniała tłusta plama. Krople krwi zaschły na wieku z napisem „Piekarnia Chinettiego, Centro Ybor”. Karton nadal był przewiązany sznurkiem. Joe przeciął go tymi samymi nożycami, którymi otworzył opakowanie. W środku znajdowało się ciasto, *torta al cappuccino*, choć z trudem dawało się rozpoznać, zapadnięte i z zielonym wykwitem pleśni z jednej strony. Cuchnęło.

Przez ostatnie dwa lata co tydzień, czy deszcz, czy słońce, w upał i ulewę Dion jeździł do tej piekarni i wychodził z niej z tekturowym pudłem, w którym znajdowało się to jego ciasto. Ale czy tylko ciasto?

Joe uniósł zepsuty przysmak. Pod nim zobaczył tylko wypaćkany woskowany papier i okrągłą tekturkę. A więc nie miał racji. Serce jeszcze mu łomotało, ale całe ciało zalała już ciepła fala ulgi. Zawstydził się swoich podejrzeń. Spojrzał w okno sypialni, w której Dion spędził tę pierwszą noc, zanim Meyer potwierdził, że Rico odprawił kilerów z Tampy.

Rankiem przenieśli go i ukryli pod opieką pułkownika i jego strażników jakieś pięćdziesiąt kilometrów na południe, co nieźle trzepnęło Joego po kieszeni.

Joe przeprosił w duchu przyjaciela. Potem spojrzał na pudełko z ciastem i wysłuchał szeptu płynącego z najmroczniejszej części jego serca. Uniósł woskowany papier i kartonowy krążek. I znalazł to, czego szukał.

Kopertę.

Otworzył ją. Przeliczył mały plik studolarówek, a potem dotarł do karteczki na jego spodzie. Przeczytał to, co na niej napisano – jedno nazwisko, nic więcej. Ale nie trzeba było więcej. Treść nie miała znaczenia. Liczyło się samo istnienie wiadomości.

Co tydzień od dwóch lat Dion jeździł do piekarni Chinettiego, by uzupełnić zapasy ciastek i odebrać od federalnych lub glin instrukcje, na kogo ma teraz donieść.

Joe złożył karteczkę, wsunął ją do portfela, a potem schował kartonowy krążek, woskowany papier i ciasto do pudełka. Zamknął je, usiadł przy swoim krzaku róży i świadomość, że jest w tym biznesie sam – naprawdę kurewsko sam – omal nie pozbawiła go przytomności. Wstał więc i pogrzebał swój smutek i furię w całkiem nowej niszy swojego jestestwa. Jako trzydziestosześciolatek po dwudziestu latach po złej stronie prawa miał już sporo takich nisz. Zastanawiał się czasem, czy kiedyś wszystkie pękną i to, co się z nich wyleje, odbierze mu życie.

A może skończy mu się miejsce i po prostu się udusi.

Zasnął w swoim gabinecie w wielkim skórzanym fotelu. W środku nocy otworzył oczy i zobaczył chłopca stojącego przy prawie wygasłym kominku. Chłopiec miał czerwoną piżamkę, podobną do tej, którą Joe pamiętał z dzieciństwa.

– Więc to o to chodzi? – spytał Joe. – Jesteś moim bliźniakiem, który umarł w łonie matki, czy mną?

Chłopiec kucnął i dmuchnął w przygasający żar.

– Nigdy nie słyszałem, żeby kogoś nawiedzał duch jego samego – powiedział Joe. – To raczej niemożliwe.

Chłopiec obejrzał się na niego przez ramię, jakby mówił: „Wszystko jest możliwe".

W mroku pokoju czekali inni. Joe czuł ich, choć ich nie widział. Kiedy znowu spojrzał na kominek, żar już zgasł, a za oknem świtało.

Joe ukrył Diona i Tomasa w domu w Nazareno, dokładnie w środku prowincji Hawana. Za nią znajdowało się miasto Hawana i Atlantyk, a z drugiej strony – góry, dżungle i majaczące Karaiby. Dom stał w głębi upraw trzciny cukrowej i właśnie dlatego Joe na niego natrafił. Zbudowano go dla hiszpańskiego *commandante*, który dowodził wojskami mającymi zmiażdżyć bunt kubańskich chłopów w latach osiemdziesiątych XIX wieku. Baraki żołnierzy dawno temu pochłonęła dżungla, ale posiadłość *commandante* zachowała się w pierwotnym stanie: osiem sypialni, czternaście balkonów, wysokie metalowe ogrodzenie z bramą.

Sam *El Presidente* – pułkownik Fulgencio Batista – zapewnił Joemu dwunastu żołnierzy – wystarczająco wielu, by odeprzeć wszelkie ataki Rica DiGiacomo i jego ludzi, gdyby odkryli jego kryjówkę. Ale Joe wiedział, że to nie Rica powinien się bać najbardziej, nawet gdyby wrócił z jachtu żywy.

Prawdziwe niebezpieczeństwo stanowił Meyer. I nie zaatakowałby z zewnątrz, lecz przez jednego z dobrze uzbrojonych żołnierzy, którzy mieli dostęp do Joego.

Tomas i Dion znajdowali się w sypialni tego ostatniego. Dion uczył chłopca grać w szachy – sam ledwie opanował tę sztukę, ale przynajmniej znał zasady. Joe postawił na podłodze papierową torbę z zakupami. W drugiej ręce miał lekarski kuferek, który dostał od doktora Blake'a w Ybor. Stanął z nim w drzwiach i przyglądał się przez chwilę, jak Dion opowiada Tomasowi o przyczynach konfliktu w Europie, o rozgoryczeniu z powodu traktatu wersalskiego, o inwazji Mussoliniego na Etiopię, o aneksji Austrii i Czechosłowacji.

– Tam to wszystko powinno się zatrzymać – mówił Dion. – Ale kiedy człowiek raz przekona się, że może kraść, nie przestanie, dopóki nie odetniesz mu ręki. Lecz jeśli zagrozisz, że odetniesz mu rękę, zanim sięgnie po ten kawałek chleba, a on zrozumie, że nie żartujesz – od razu nauczy się zadowalać skromniejszym życiem.

– Przegramy? – spytał Tomas.

– Co przegramy? Nie mamy posiadłości we Francji.

– To dlaczego walczymy?

– No, bo japońce nas zaatakowały. A Hitler, ten mały szkopski gnojek, ciągle napadał na nasze statki. Ale tak naprawdę walczymy, bo to wariat i trzeba go usunąć.

– I już?

– Tak. Czasem faceta po prostu trzeba usunąć.

– Dlaczego Japończycy są na nas źli?

Dion otworzył usta, po czym je zamknął. Po chwili powiedział:

– Ty wiesz, że nie wiem? To japońce, czyli nie zachowują się jak ja czy ty. Ale nie wiem, o co się tak wnerwili. Chcesz, żebym to sprawdził?

Tomas skinął głową.

– Dobra. Kiedy znowu zagramy, będę wiedział wszystko, co trzeba, o nich i ich podstępach.

Tomas roześmiał się i powiedział:

– Szach-mat.

– Podstępny ruch, co? – Dion spojrzał na szachownicę. – Może ty też jesteś japońcem.

Tomas spojrzał na Joego.

– Wygrałem, tato.

– Widzę. Brawo.

Tomas wstał z łóżka.

– Wyjedziemy stąd szybko?

Joe przytaknął.

– Tak, szybko. Umyjesz się? Pani Alavarez robi dla ciebie obiad.

– Dobrze. Trzymaj się, wujku.

– Ty też.

– Szach-mat – odezwał się Tomas, wychodząc. – Ha.

Joe postawił torbę z zakupami koło łóżka, a lekarską na nocnej szafce. Zdjął szachownicę z nóg Diona.

– Jak się czujesz?

– Codziennie lepiej. Nadal brak mi sił, wiadomo, ale idzie ku lepszemu. Zrobiłem listę ludzi, na których chyba można polegać. Niektórzy z Tampy, ale wielu z bostońskiej organizacji. Gdybyś zdołał się tam dostać i przekonał ich, żeby zjechali do Tampy za miesiąc, może sześć tygodni, moglibyśmy odzyskać miasto. Niektórzy będą drodzy. Wiesz, na przykład

Kevin Byrne. Nie zabierze ośmiorga swoich dzieci i nie zostawi swojego imperium w Mattapan z czystej lojalności. Będziemy musieli na niego wydać wagon pieniędzy. No i Mickey Adams też tani nie będzie, ale jeśli się zgodzą, ich słowo jest cenniejsze od złota. A jak odmówią, nigdy nie zdradzą, że byłeś w mieście. Tacy faceci są...

Joe odłożył szachownicę na komodę.

– Wczoraj spotkałem się z Meyerem, Carlosem i Sammym.

Dion opadł na poduszki.

– Ach tak?

– Tak.

– I jak poszło?

– Nadal żyję.

Dion prychnął.

– Nie mogliby cię usunąć.

– Już wybrali miejsce mojego pochówku – odparł Joe, siadając na łóżku. – Pływałem nad nim przez bitą godzinę.

– Spotkałeś się z nimi na jachcie? Co ty, głupi jesteś?

– Nie miałem wyboru. Kiedy Komisja cię wzywa, lepiej przybyć. Gdybym nie przyjechał, już by nas wszystkich wykończyli.

– Przebiliby się przez tych strażników? Nie sądzę.

– To strażnicy Batisty. Batista bierze pieniądze ode mnie i od Meyera. To znaczy, że jeśli się pokłócimy, wybierze wyższą ofertę i resztę zostawi losowi. Nikt nie musiałby się przedzierać przez tych strażników. To strażnicy by nas zabili.

Dion poruszył się na łóżku, wziął z popielniczki połowę cygara i znowu je zapalił.

– Więc spotkałeś się z Komisją...

– I Rikiem DiGiacomo.

Oczy Diona uniosły się nad dymem z cygara, gdy tytoń w końcu zajął się ogniem i zaczął się żarzyć z cichym potrzaskiwaniem.

– Zapewne nieco wkurzonym z powodu brata.

– Delikatnie rzecz ujmując. Przybył, by zażądać mojej głowy.

– W takim razie jak się stamtąd wydostałeś?

– Obiecałem im twoją.

Dion znowu zmienił pozycję na łóżku i Joe zrozumiał, że chce zajrzeć do torby.

– Obiecałeś im moją?

Joe skinął głową.

– Dlaczego, Joe?

– Tylko tak mogłem zejść z łodzi.

– Co jest w torbie?

– Powiedzieli jasno, że zamach na ciebie nie był pomysłem Rica. Został uzgodniony z nimi.

Dion siedział przez chwilę, przetrawiając tę wiadomość. Pobladł, a jego oczy stały się małe i niewidzące. Nadal zaciągał się cygarem, ale pewnie nawet nie zdawał sobie z tego sprawy. Po jakichś pięciu minutach powiedział:

– Wiem, że od kilku lat dochody spadały. Wiem, że za często gram na wyścigach, ale… – Znowu zamilkł i zaciągnął się cygarem, żeby nie zgasło. – Powiedzieli, dlaczego chcą mnie skasować?

– Nie. Lecz mam kilka teorii.

Joe sięgnął do torby i wyjął pudełko od Chinettiego. Położył je na kolanach Diona i patrzył, jak jego twarz bladnie.

– Co to? – spytał Dion.

Joe roześmiał się cicho.

– Co to? – powtórzył Dion. – To od Chinettiego?

Joe sięgnął do torby doktora Blake'a i wyjął strzykawkę pełną morfiny. Wystarczy, żeby uśpić stado żyraf. Stuknął nią o dłoń i przyjrzał się swojemu najdawniejszemu przyjacielowi.

– Brudne pudełko – powiedział Dion. – Całe zakrwawione.

– Jest brudne – zgodził się Joe. – Co na ciebie mają?

– Nie rozumiem, o czym...

– Co mają? – Joe dotknął strzykawką piersi Diona.

– Ej, Joe, wiem, na co to wygląda.

– Bo tym jest.

– Czasem rzeczy nie są takie, jakie się wydają.

Joe pacnął strzykawką o nogę Diona. Pac, pac, pac.

– Ale przeważnie są.

– Joe, jesteśmy braćmi. Chyba nie zamierzasz...

Joe wycelował igłą w szyję Diona. Nie zrobił tego jakoś efektownie – jeszcze przed chwilą strzykawka stukała o łydkę Diona i nagle igła wbijała się w tętnicę na lewo od jabłka Adama.

– Już raz mnie zdradziłeś. Z tego powodu spędziłem w więzieniu trzy lata. I nie w zwykłym więzieniu. W Charlestown! Ale stałem u twojego boku. Kiedy za drugim razem dano mi wybór, dziewięciu moich ludzi zginęło, ponieważ postanowiłem cię nie wydawać. Pamiętasz Sala? Pamiętasz Lewusa, Arnaza i Kenwooda? Esposita i Parone'a? Wszyscy nie żyją, ponieważ w 1933 roku nie wydałem cię Masowi Pescatore'owi. – Przesunął igłą po jednej, a potem drugiej stronie szyi Diona. – A teraz znowu staję przed wyborem. Ale dziś mam syna, D. – Wbił igłę w skórę i położył kciuk na tłoku. – Więc może mi, kurwa, powiesz, co federalni mają na ciebie?

Dion przestał zezować w stronę igły i spojrzał w oczy Joego.

– A co zwykle mają na ludzi takich jak my? Dowody. Podsłuchali, jak w zeszłym roku kazałem przez telefon rozwalić kolana temu gnojkowi z Pinellas. Mają moje zdjęcia, na których w 1941 roku rozładowujemy tę łódź od ciebie z Hawany.

– Poszedłeś rozładowywać łódź? Co ci, kurwa, odbiło?

– Straciłem czujność. Nudziłem się.

Joe z trudem powstrzymał się przed wbiciem mu igły w to durne oko.

– Kto nawiązał kontakt?

– Pracował dla Anslingera.

Biuro Narkotyków pod wodzą zeloty Harry'ego Anslingera stanowiło jedyną agencję rządową, która nie dawała się robić w jajo. Od dawna podejrzewano, że ten fakt ma coś wspólnego z tym, że Anslinger ma jakiegoś informatora w organizacji.

– Nigdy bym na ciebie nie doniósł – powiedział Dion.

– Tak?

– Tak. Wiesz o tym.

– Wiem?

Joe wytrząsnął spleśniały tort na kolana Diona.

– Co ty, kurwa, robisz?

– Ćśśś.

Joe wyjął kopertę, którą wczoraj znalazł. Rzucił ją na łóżko, uderzając nią Diona w brodę.

– Otwórz ją.

Dion zrobił to drżącymi palcami. Wyjął plik banknotów – dwa tysiące setkami – oraz ukrytą pod nim karteczkę. Rozchylił ją i zamknął oczy.

– Pokaż mi ją, D. Pokaż mi to nazwisko.

– Prosili, ale to nie znaczy, że bym się zgodził. Wiele razy tego nie robiłem.

– Pokaż mi nazwisko. Pokaż, kto jest ich następnym celem.

Dion odwrócił kartkę napisem do Joego: „Coughlin".

– Nigdy bym...

– W ile kłamstw mam uwierzyć? Jak długo chcesz ciągnąć ten taniec? Ciągle powtarzasz, że nie zrobiłbyś tego, śmego, owego. Czego ode mnie oczekujesz? Że zgodzę się z tobą? Dobra, świetnie, zgadzam się. Jesteś człowiekiem zasadniczym udającym człowieka bez honoru. Natomiast ja jestem frajerem, który stracił wszystko, dom, pozycję, i nadal mogę stracić życie, żeby chronić kapusia.

– Chronisz przyjaciela.

– Mój syn był w samochodzie. Zabrałeś mojego syna do swojego punktu kontaktowego z federalnymi! Mojego syna!

– Którego kocham jak...

Joe zadziałał błyskawicznie. Wbił igłę pod lewe oko Diona.

– Nie waż się więcej wypowiedzieć słowa „kocham". Nie w tym pokoju.

Dion głośno wciągnął powietrze nosem, ale się nie odezwał.

– Moim zdaniem donosisz na ludzi, bo taką masz naturę. To cię podnieca. Nie wiem tego na pewno, ale tak się domyślam. A jeśli powtórzysz coś odpowiednią liczbę razy, sam się tym stajesz. Wszystkie inne twoje cechy to tylko przykrywka.

– Joe, posłuchaj. Posłuchaj tylko...

Joe poczuł upokorzenie, kiedy zobaczył, jak ciepła łza spada na twarz Diona, i uświadomił sobie, że skapnęła z jego własnego oka.

– W co mam ci teraz uwierzyć? Co? W co jeszcze?

Dion nie odpowiedział. Joe odetchnął przez zatkany nos.

– Kilka minut drogi stąd znajduje się plantacja trzciny cukrowej.

Dion drgnął.

– Wiem. Ty i Esteban pokazaliście mi ją jakieś pięć lat temu.

– Za kilka godzin Angel Balimente spotka się tam z nami. Przekażę mu ciebie, a on przeprowadzi cię przez prowincję na łódź. Do wieczora znikniesz z wyspy. Jeśli jeszcze kiedykolwiek się do mnie odezwiesz, jeśli kiedykolwiek się dowiem, że gdzieś się wychyliłeś, osobiście cię zabiję. Jak wściekłego kozła. Jasne?

– Słuchaj…

Joe splunął mu w twarz. Dion zacisnął oczy i także się rozpłakał, gwałtownie.

– Pytam, czy to jasne.

Dion machnął ręką przed twarzą, nie otwierając oczu.

– Jasne.

Joe wstał i podszedł do drzwi.

– Zrób, co trzeba. Spakuj się, pożegnaj z Tomasem, zjedz coś, wszystko jedno. Jeśli się pokażesz przed domem, zanim po ciebie wrócę, strażnicy mają rozkaz zastrzelić cię na miejscu.

Wyszedł z pokoju.

Stojący na kamiennym ganku Tomas nie mógł zrozumieć.

– Kiedy się znowu zobaczymy?

– O – rzucił Dion. – Wkrótce. No wiesz.

– Nie wiem. Wcale.

Dion klęknął przy chłopcu – wymagało to pewnego wysiłku, a wstanie chyba jeszcze większego.

– Wiesz, w jakiej branży pracujemy ja i twój tata.

– Tak.

– W jakiej?

– Nielegalnej.

– No tak, ale to coś więcej. Nazywamy to naszą branżą, no bo to właśnie branża – kilku facetów takich jak ja i twój ojciec zaangażowanych w... jak to powiedzieć... przedsięwzięcie. I to tylko nasze przedsięwzięcie. Nikomu z zewnątrz nie przeszkadzamy, nie atakujemy kraju, nie kradniemy ziemi tylko dlatego, że chcemy ugryźć więcej, niż możemy przełknąć. Zarabiamy. I bronimy innych ludzi, którzy robią to samo, co my, za opłatą. A jeśli mamy kłopoty, nie wzywamy policji ani burmistrza. Jesteśmy zdani na siebie, jak mężczyźni. I czasem to gorzka pigułka. Więc tak, teraz muszę wyjechać. Widziałeś, co się wydarzyło w Tampie. Widziałeś, co się może stać, jeśli ludzie z naszej branży się poróżnią. Sytuacja staje się dość poważna, co nie?

Roześmiał się i Tomas też się roześmiał.

– Bardzo poważna, co nie?

– Tak – powiedział Tomas.

– Ale to dobrze. Takie poważne sytuacje sprawiają, że warto żyć. Te inne – panie, żarty, śmieszne zabawy i leniuchowanie – są fajne, ale nic z nich nie zostaje. To te poważne sprawiają, że czujesz, że żyjesz. Więc w tej chwili zrobiło się dość poważnie i twój tata znalazł sposób, żeby mnie stąd wyprowadzić, ale muszę wyjechać już teraz i może nawet na zawsze.

– Nie.

– Tak. Słuchaj. Ej, spójrz na mnie. – Chwycił Tomasa za ramiona, zajrzał mu w oczy. – Pewnego dnia dostaniesz pocztówkę. Bez wiadomości. Czystą kartkę. A zdjęcie na pocztówce to nie będzie to miejsce, w którym mieszkam, ale w którym mieszkałem. I wtedy będziesz wiedział, że twój wujek Dion gdzieś sobie żyje. Jakoś sobie radzi.

– Dobrze. Dobrze.

– Ani twój staruszek, ani ja, Tomasie, nie wierzymy w królów i prezydentów. Wierzymy, że to my jesteśmy królami i prezydentami. Stajemy się tym, kim zechcemy, i nikt nie ma na nas wpływu. Rozumiesz?

– Tak.

– Przed nikim nie klękamy.

– Właśnie klęczysz.

– Bo jesteśmy rodziną. – Dion roześmiał się cicho. – A teraz pomóż mi wstać, dobra? Cholera.

– Jak mam ci pomóc?

– Trzymaj głowę tak jak teraz i się nie ruszaj.

Oparł wielką łapę na głowie chłopca i dźwignął się z ziemi.

– Auć.

– Przestań jęczeć i bądź mężczyzną, na miłość boską – rzucił Dion, a do Joego dodał: – Tego chłopaka trzeba wzmocnić. – Uszczypnął biceps Tomasa. – Co nie? Co nie?

Tomas odtrącił jego rękę.

– Cześć, mały.

– Cześć, wujku.

Chłopiec patrzył, jak ojciec podnosi walizkę Diona z kamiennego ganku i odchodzi razem z nim w stronę wzgórza, za którym znajdowała się plantacja. Pomyślał z nadzieją, że życie na tym nie polega – na szeregu rozstań. Ale bał się, że jednak tak.

ROZDZIAŁ DWUDZIESTY PIĄTY

TRZCINA

Joe szedł z Dionem miedzą biegnącą przez środek plantacji. Robotnicy nazywali ten rząd aleją małego domku, bo na jego końcu znajdował się żółty budyneczek postawiony przez poprzedniego właściciela dla jego córeczki. Był nie większy od szopy na narzędzia, ale przypominał pieczołowicie odwzorowany wiktoriański dwór. Właściciel sprzedał plantację Suarez Sugar Ltd., firmie Joego i Estebana, w początkach lat trzydziestych, podczas największego boomu na produkcję rumu, kiedy cukier był na wagę złota. Córka właściciela już dawno dorosła i opuściła wyspę, a domek wykorzystywano jako magazyn i czasem jako noclegownię dla drobniejszych mężczyzn. Pewnego roku usunięto szybę z okna w zachodniej ścianie i przymocowano pod nim półkę, dzięki czemu domek zmienił się w bar z kilkoma małymi stolikami na świeżym powietrzu. Okazało się jednak, że ten akt dobrej woli poszedł na marne, ponieważ pijani robotnicy rwali się do bójki, a eksperyment zakończył się na dobre, gdy po bitwie na maczety dwaj okaleczyli się nawzajem w stopniu permanentnie uniemożliwiającym pracę.

Joe niósł walizkę Diona. Nie było w niej wiele – kilka koszul i spodni, kilka par skarpetek i bielizny, para butów, dwie butelki wody kolońskiej, szczoteczka do zębów – ale Dion jeszcze nie odzyskał sił na tyle, żeby przenieść w upale taki pakunek przez plantację. Trzcina wybujała na wysokość ponad dwóch metrów. Rzędy znajdowały się o dobre pół metra od siebie. Na zachodzie wypalano już pole. Ogień pożerał liście, ale zostawiał łodygi z cennym cukrowym sokiem, które czekały na transport do cukrowni. Na szczęście od wschodu wiał ciepły wiatr, odganiając dym z reszty pól. Ale czasem było odwrotnie – wydawało się, że niebo zostało zdarte, a na jego miejscu zamontowano kożuchy kłębiących się chmur, wielkich jak lotniskowce i ciemnych jak żelazo.

– Więc jak wygląda plan? – spytał Dion. – Angel przewiezie mnie przez te wzgórza?

– Aha.

– Gdzie jest łódź?

– Przypuszczam, że po drugiej stronie wzgórz. Wiem na pewno tylko to, że dopłyniesz nią do Isla de Pinos. Zostaniesz tam przez jakiś czas. Potem ktoś się po ciebie zjawi i zawiezie cię do Kingston lub Belize.

– Ale nie masz pewności dokąd.

– Nie. I nie chcę tego wiedzieć.

– Wybieram Kingston. Tam się mówi po angielsku.

– Znasz hiszpański. Co za różnica?

– Mam dość mówienia po hiszpańsku.

Przez jakiś czas szli w milczeniu. W miękkiej ziemi wszystko grzęzło. Przed nimi, na najwyższym wzgórzu, niczym surowy rodzic czuwający nad dziesięcioma tysiącami hektarów upraw, widniała cukrownia. Na następnym wzgórzu znajdowały się domy nadzorców – kolonialne wille z werandami biegnącymi wokół całego piętra. Przodownicy grup mieszkali w podobnych budynkach nieco niżej, ale te zostały podzielone na sześć do ośmiu mieszkań. Wokół plantacji stały kryte blachą chaty, przeważnie z podłogami z ubitej ziemi, nieliczne z bieżącą wodą. Wygódki rozmieszczono co piątą chatę.

Dion odkaszlnął.

– No, więc załóżmy, że szczęście się do mnie uśmiechnie i ruszę w podróż wokół Jamajki. Co potem? Co mam zrobić?

– Zniknąć.

– Jak mam zniknąć bez pieniędzy?

– Masz dwa tysiące. Ciężko zarobione.

– Nie starczą na długo.

– Hej, wiesz co? Nie mój problem, D.

– Jednak twój.

– Niby w jaki sposób?

– Bez pieniędzy będę się bardziej rzucać w oczy. Będę też bardziej zdesperowany. Prawdopodobnie ze skłonnością do wybryków. No i… Jamajka? Ile interesów tam prowadziliśmy w latach dwudziestych i trzydziestych? Nie sądzisz, że ktoś mnie tam w końcu rozpozna?

– Może. Będę musiał się nad tym bardziej…

– Nie, nie. Ty byś to przewidział. Joe, którego znam, przygotowałby mi torbę wypchaną pieniędzmi oraz kilka paszportów. Wyznaczyłby ludzi, którzy przefarbowaliby mi włosy, może dokleili brodę, takie sprawy.

– Joe, którego znasz, nie miał na to czasu. Joe, którego znasz, chce cię stąd wywieźć w cholerę.

– Joe, którego znam, już by obmyślił, jak dostarczyć mi pieniądze na Isla del Pinto.

– Isla de Pinos.

– Głupia nazwa.

– Hiszpańska.

– Wiem, że hiszpańska. Powiedziałem tylko, że w chuj głupia. Rozumiesz? W chuj głupia.

– Co jest głupiego w Wyspie Sosen?

Dion kilka razy pokręcił głową i nie odpowiedział.

W pobliskim rzędzie trzciny coś zaszeleściło. Pewnie polujący pies. Te psy nieustannie przemierzały plantację – brązowe teriery o błyszczących ciemnych ślepiach i ostrych jak brzytwa zębach, którymi zagryzały szczury. Czasem tak się zapamiętały, że zbierały się w sfory i atakowały robotników, jeśli poczuły na nich zapach gryzoni. Jedna suka, łaciata Luz, stała się taką legendą – jednego dnia zabiła dwieście siedemdziesiąt trzy gryzonie – że pozwolono jej przez miesiąc sypiać w małym domku.

Pól strzegli uzbrojeni mężczyźni, oficjalnie po to, żeby odstraszać od plantacji złodziei, w rzeczywistości – by robotnicy lub dłużnicy nie myśleli o ucieczce. A wszyscy robotnicy byli zadłużeni. To nie jest gospodarstwo, pomyślał Joe, gdy po raz pierwszy obchodził swoją posiadłość. To więzienie. Mam udziały w więzieniu. Dlatego Joe nie musiał się bać strażników; to oni bali się jego.

– Nauczyłem się mówić po hiszpańsku dwa lata przed tobą – odezwał się Dion. – Pamiętasz, jak ci powiedziałem, że tylko tak przeżyjesz w Ybor? A ty mi na to: „Przecież to Ameryka. Chcę mówić własnym językiem".

Joe nigdy tego nie powiedział, ale pokiwał głową, kiedy Dion obejrzał się na niego przez ramię. Po prawej znowu przebiegł z szelestem pies.

– W dwudziestym dziewiątym roku byłem twoim przewodnikiem. Pamiętasz? Ledwie wysiadłeś z pociągu z Bostonu, blady jak ściana, z więzienną fryzurą. Gdyby nie ja, zjedliby cię na śniadanie.

Joe spojrzał nad jego ramieniem na wysokie łodygi i niebieskopomarańczowe niebo. Dziwne połączenie kolorów – uporczywy błękit dnia i pomarańczowy rumieniec wieczoru, zmierzający ku krwistoczerwonemu zachodowi słońca.

– Tam kolory nie mają sensu. Za dużo ich. To samo w Tampie. A co mieliśmy w Bostonie? Mieliśmy niebieski, szary, czasem żółty, jeśli słońce akurat wyszło. Drzewa były zielone. Trawa była zielona i nie rosła, kurwa, na trzy metry. To miało sens.

– No.

Joe podejrzewał, że Dion po prostu chce słyszeć swój głos. Żółty domek znajdował się jakieś pół kilometra dalej; pięciominutowy spacer po ubitym gościńcu, ale po tej miękkiej ziemi będzie się szło z dziesięć minut.

– Zbudował go dla córki, tak?

– Tak mówią.

– Jak miała na imię?

– Nie wiem.

– Jak możesz nie wiedzieć?

– Bez trudu. Nie wiem i już.

– Nikt ci nie powiedział?

– Możliwe. Nie wiem. Może kiedy kupiliśmy plantację i usłyszeliśmy tę historię po raz pierwszy. On nazywał się Carlos, ten poprzedni właściciel, ale jego córka? Na co mi jej imię?

– Bo tak się nie godzi, rozumiesz. – Dion wskazał pola i wzgórza. – Przecież tu była. Tu się bawiła, tu biegała, tu piła

wodę, jadła. – Wzruszył ramionami. – Powinna mieć jakieś imię.
– Obejrzał się na Joego. – Co się z nią stało? Wiesz chociaż to?

– Dorosła.

Dion znowu ruszył przed siebie.

– Co ty nie powiesz. Ale co ją spotkało? Żyła długo
i szczęśliwie? Wsiadła na „Lusitanię"? No?

Joe wyjął z kieszeni broń i opuścił dłoń. W drugiej ręce
nadal niósł walizkę Diona; na upale uchwyt z kości słoniowej
stał się śliski. Kiedy w filmach Cagney albo Edward G. strzelali
do kogoś, ofiara krzywiła się, a potem uprzejmie zginała się wpół
i umierała. Nawet jeśli strzelono jej w brzuch, choć wtedy – Joe
to dobrze wiedział – człowiek wierzga, wije się w konwulsjach
i wzywa matkę, ojca i Boga. I na pewno nie umiera od razu.

– Nic nie wiem o jej życiu – powiedział. – Nie wiem, czy
żyje, czy umarła ani ile ma lat. Wiem tylko, że opuściła wyspę.

Żółty domek był coraz bliżej.

– A ty?

– Co?

– Zamierzasz kiedyś ją opuścić?

Człowiek, który oberwie w pierś, też nie umiera od razu.
Często trzeba zaczekać, żeby strzał zrobił swoje. Pocisk może
się odbić od kości albo drasnąć serce, zamiast je przebić.
A ofiara nie traci przytomności. Jęczy i wije się jak wrzucona
do wanny z ukropem.

– Nie wiem, gdzie mógłbym się podziać – powiedział Joe.
– Tu będzie najbezpieczniej dla mnie i Tomasa.

– Cholera, tęsknię za Bostonem.

Joe widział już, jak ludzie z postrzałem głowy chodzą,
drapiąc się w ranę, zanim ciało zacznie kończyć działalność,
a nogi wreszcie się ugną.

– Ja też tęsknię.

– Nie jesteśmy do tego stworzeni.

– Do czego?

– Do tego gorącego klimatu. Od niego rozmięka mózg i wszystko się człowiekowi miesza.

– Dlatego mnie zdradziłeś? Przez upał?

Jedyną pewną metodą jest strzał dokładnie w potylicę, u podstawy mózgu. W innym przypadku kule mogą zboczyć z kursu.

– Nigdy cię nie zdradziłem.

– Zdradziłeś nas. Branżę. To to samo.

– Nieprawda. – Dion obejrzał się na Joego i bez zaskoczenia zobaczył broń w jego dłoni. – Przed branżą była nasza branża. – Powiódł palcem od swojej piersi do piersi Joego. – Moja, twoja i mojego biednego, głupiego brata Paula, niech spoczywa w spokoju. Potem staliśmy się... kim się staliśmy, Joe?

– Częścią czegoś większego – powiedział Joe. – I, Dion, przez osiem lat prowadziłeś firmowy sklep w Tampie, więc nie zaczynaj mi się tu roztkliwiać nad dawnymi czasami i idealizować dwupiętrowy dom bez windy na Dot Ave, bez lodówki i ze wspólną toaletą, która wiecznie się zatykała.

Dion odwrócił się i ruszył dalej.

– Jak to się nazywa, kiedy jedno wiesz, a w drugie wierzysz?

– Nie wiem. Paradoks?

Ramiona Diona uniosły się i opadły.

– Tak będę musiał zrobić. Więc tak, Josephie...

– Nie nazywaj mnie tak.

– ...wiem, że przez osiem lat prowadziłem firmowy sklep, a przez dziesięć wspinałem się w firmowej hierarchii. I może gdybym miał szansę zacząć od nowa, zrobiłbym dokładnie to samo. Ale ten para… – obejrzał się na Joego.

– …doks. Paradoks.

– Ten paradoks polega na tym, że szczerze chciałbym, żebyśmy nadal dusili się w tych firmowych klitkach i obrabiali banki w innych miastach. – Obejrzał się ze smutnym uśmiechem. – Chciałbym, żebyśmy nadal byli złodziejami.

– Ale nie jesteśmy. Jesteśmy gangsterami.

– Ja nigdy bym cię nie zdradził.

– Co jeszcze mi powiesz?

Dion spojrzał na wzgórza przed nim. Słowa, które wyszły z jego ust, zabrzmiały jak jęk:

– Kurwa.

– Co?

– Nic. Po prostu kurwa. Kurwa mać. Świat to kurwa.

– Nie zawsze. Jest na nim i dobro.

Joe rzucił walizkę Diona na ziemię.

– Jeśli jest, to my w nim nie mamy udziału.

– Nie.

Joe wyciągnął rękę i zobaczył, jak jego cień robi to samo. Dion też to zobaczył. Zgarbił się, a następny jego krok zmienił się w chwiejne kuśtyknięcie, ale szedł dalej.

– Nie dasz rady – powiedział.

Joe też tak uważał. Drgawki już się zaczęły, przebiegały pod skórą jego przegubu i kciuka.

– Już zabijałem – oznajmił. – Tylko raz nie mogłem przez to spać.

– Zabijałeś, pewnie. Ale to jest morderstwo.

– Ty nigdy nie miałeś z tym problemu. – Mówienie przychodziło Joemu z coraz większym trudem. Łomot serca czuł aż w gardle.

333

– Wiem. Ale tu nie chodzi o mnie. To ty musisz to zrobić.

– Chyba zrobię.

– Mógłbyś pozwolić mi uciec.

– Dokąd? Przez dżunglę? Twoja śmierć jest warta tyle, że każdy chłop z tych okolic mógłby sobie kupić własną plantację. A ja zginąłbym pół godziny po tobie.

– Czyli chodzi o twoje życie.

– Chodzi o to, że byłeś kapusiem. Chodzi o to, że naraziłeś na niebezpieczeństwo wszystko, co zbudowaliśmy.

– Przyjaźnimy się od dwudziestu lat.

– Donosiłeś na nas. – Głos Joego trząsł się bardziej niż jego ręka. – Codziennie kłamałeś mi w oczy i prawie doprowadziłeś do śmierci mojego syna.

– Byłeś moim bratem. – Głos Diona także drżał.

– Brata się nie okłamuje.

Dion stanął.

– Ale zabić go można, tak?

Joe też się zatrzymał, opuścił broń, zamknął oczy. Kiedy je otworzył, Dion uniósł palec wskazujący. Na jego opuszce widniała blizna, tak bladoróżowa, że można ją było zobaczyć tylko w słońcu.

– Nadal masz swoją? – spytał Dion.

W dzieciństwie nacięli sobie prawe palce wskazujące żyletką w opuszczonej stajni w południowym Bostonie i złączyli je. Głupi rytuał. Śmieszna przysięga krwi.

Joe pokręcił głową.

– Moja znikła.

– Zabawne. Moja nie.

– Nie przeszedłbyś nawet kilometra.

– Wiem – szepnął Dion. – Wiem.

Joe wyjął z kieszeni chusteczkę i wytarł nią sobie twarz. Powiódł wzrokiem po chatach robotników, domach, młynie i zielonych wzgórzach w tle.

– Nawet kilometra.

– Więc dlaczego nie zabiłeś mnie w domu?

– Tomas.

– Ach... – Dion pokiwał głową i kopnął ziemię czubkiem buta. – Myślisz, że to jest już zapisane pod jakimś kamieniem czy gdzieś?

– Co?

– Nasz koniec. – Dion patrzył łapczywie, jakby chciał wchłonąć wszystko – opić się niebem, obeżreć polami, nawdychać się wzgórz. – Od chwili gdy lekarz wyciąga nas z łona naszej starej, myślimy, że gdzieś jest zapisane: „Spłoniesz w pożarze, wypadniesz z łodzi, umrzesz na polu w obcym kraju"?

– Jezus – powiedział Joe i zamilkł.

Dion nagle opadł z sił. Ręce mu obwisły, pochylił się. Po jakimś czasie znowu zaczęli iść.

– Myślisz, że w przyszłym życiu spotkamy naszych przyjaciół? Że wszyscy znowu będą razem?

– Nie wiem – powiedział Joe. – Mam nadzieję.

– Ja uważam, że tak. – Dion znowu spojrzał na niego. – Myślę...

Powiał wietrzyk i z zachodu przypłynął niewielki welon dymu.

– Charlotte – odezwał się Joe.

– Co?

Na ścieżkę wypadł terier. Joe drgnął, ponieważ pies wyskoczył z lewej, nie z prawej strony, gdzie wcześniej szeleścił.

Skoczył w trzcinę, warcząc. Usłyszeli pisk jego ofiary. Tylko jeden.

– Przypomniałem sobie. Tak się nazywała ta dziewczynka. Córka poprzedniego właściciela.

– Charlotte. – Dion uśmiechnął się szeroko. – Ładne imię.

Gdzieś zza wzgórz dobiegł ledwie słyszalny pomruk grzmotu, choć w powietrzu pachniało tylko spalonymi liśćmi trzciny i wilgotną ziemią.

– Ładny – powiedział Dion.

– Co?

– Ten żółty domek.

Dzieliło ich od niego pięćdziesiąt metrów.

– No – zgodził się Joe. – Ładny.

Pociągnął za spust. W ostatniej chwili zamknął oczy, ale pocisk i tak opuścił broń z ostrym trzaskiem i Dion padł na czworaki. Joe stanął nad przyjacielem, któremu z rany w potylicy płynęła krew. Zabarwiła jego włosy i ściekła na lewo, po szyi, w miękką ziemię. Joe widział przez dziurę mózg, ale Dion nadal oddychał, rozpaczliwie sapiąc w nienasyconej żądzy powietrza. Zasysał każdy bulgoczący oddech i odwracał twarz do Joego; jedno szkliste oko namierzyło go, już tracąc świadomość – świadomość tego, kim był i dlaczego wylądował na czworakach, świadomość nazw wielu zwykłych rzeczy.

Poruszył wargami, ale nie wydobył z siebie ani słowa.

Joe strzelił mu drugi raz w skroń i głowa Diona odskoczyła gwałtownie w prawo, a jego ciało padło na ziemię, nie wydając żadnego odgłosu.

Joe stał w rzędzie trzciny. Patrzył na żółty domek. Miał nadzieję, że dusze istnieją i że dusza Diona właśnie unosi się ku niebieskopomarańczowemu niebu. Miał nadzieję, że mała dziewczynka, która bawiła się w tym żółtym domku, żyje gdzieś sobie bezpiecznie. Pomodlił się za jej duszę i nawet za własną duszę, choć wiedział, że jest potępiona.

Spojrzał na pola, na te połacie ziemi i widział za nimi całą Kubę, ale to nie była Kuba. Wszędzie, gdzie mieszkał, wszędzie, gdzie podróżował, wszędzie, gdzie chodził, rozciągała się kraina Nod.

Jestem potępiony. I samotny.

Czy na pewno? – pomyślał. A może istnieje jakaś droga, której nie dostrzegam? Droga wyjścia. Droga biegnąca w dół.

Głos, który mu odpowiedział, był stary i zimny: *Spójrz na ciało u swoich stóp. Spójrz. To twój przyjaciel. Twój brat. A teraz zadaj to pytanie jeszcze raz.*

Joe zawrócił – uprzątnięcie zwłok zostało już zaaranżowane – i zamarł. Jakieś trzydzieści metrów dalej w miękkiej ziemi klęczał Tomas z otwartymi ustami i mokrą twarzą. Wstrząśnięty. Złamany. Stracony dla niego na zawsze.

ROZDZIAŁ DWUDZIESTY SZÓSTY
SIEROTY

Tydzień później przy wynoszeniu bagaży z apartamentu w Hawanie Manuel powiedział Joemu, że na dole czeka jakaś Amerykanka, która chciała się z nim widzieć. Wychodząc z mieszkania, Joe minął siedzącego na łóżku spakowanego Tomasa. Spojrzał mu w oczy i skinął głową, ale Tomas odwrócił wzrok.

Joe zatrzymał się w drzwiach.

– Synu.

Chłopiec wpatrywał się w ścianę.

– Synu, spójrz na mnie.

Tomas po chwili posłuchał i zwrócił na niego oczy z tym samym wyrazem, który tkwił w nich od tygodnia. Nie była to furia, choć Joe miał nadzieję, że smutek zmieni się we wściekłość, bo ze wściekłością umiał sobie radzić. Ale na twarzy Tomasa malowała się tylko rozpacz.

– Będzie lepiej – powiedział mu Joe po raz pięćdziesiąty od tamtej chwili na polu trzciny cukrowej. – Ból minie.

Tomas otworzył usta. Mięśnie poruszyły mu się pod skórą. Joe czekał z nadzieją.

– Czy mogę już przestać patrzeć? – spytał chłopiec.

Joe zszedł do holu. Minął strażników, a potem jeszcze dwóch przy drzwiach frontowych.

Stała na ulicy tuż przy krawężniku. Przejeżdżające za nią nieczęste po południu samochody wzniecały kurz. Miała na sobie bladożółtą sukienkę, a czarne włosy o czerwonym odcieniu spięła w kok. W obu rękach trzymała po małej walizce i zdawała się desperacko utrzymywać wyprostowaną postawę, jakby rozluźnienie jednego mięśnia mogło doprowadzić do ruiny całą jej fałszywą fasadę.

– Miałeś rację – odezwała się.

– Co do czego?

– Wszystkiego.

– Wejdź do domu.

– Zawsze masz rację. Jakie to uczucie?

Pomyślał o Dionie leżącym w miękkiej ziemi, splamionej czarnymi rozbryzgami jego krwi.

– Okropne – powiedział.

– Mąż mnie wyrzucił. Oczywiście.

– Współczuję.

– Rodzice nazwali mnie kurwą. Powiedzieli, że jeśli ośmielę się pojawić w Atlancie, publicznie mnie spoliczkują i nigdy więcej na mnie nie spojrzą.

– Proszę, zejdź z ulicy.

Zrobiła to. Postawiła walizki przed nim.

– Nie mam nic.

– Masz mnie.

– Nie zastanawiałbyś się, czy przyjechałam, bo nie miałam innego wyjścia?

– Może. – Wziął ją za ręce. – Ale nie na tyle, żeby nie spać po nocach.

Sprowokował ją do cichego, gorzkiego śmiechu. Potem cofnęła się o krok, nadal trzymając go za ręce, ale tylko czubkami palców.

– Zmieniłeś się.

– Tak?

Skinęła głową.

– Czegoś w tobie nie ma. – Spojrzała na niego przenikliwie. – Nie, nie. Zaraz. Coś straciłeś. Co?

Tylko duszę, jeśli wierzysz w takie rzeczy.

– Nic, za czym bym tęsknił – powiedział, wziął jej walizki i poszedł do domu.

– Joseph!

Postawił walizki Vanessy w holu i odwrócił się, bo ten głos bardzo przypominał głos jego zmarłej żony.

Nie przypominał. To był jej głos.

Szła w stronę najbliższego zakrętu w wielkim kapeluszu, który lubiła w lecie, i z jasnopomarańczową parasolką. Miała na sobie prostą białą sukienkę, sukienkę wieśniaczki. Obejrzała się na niego przez ramię i znikła za rogiem. Joseph zszedł z chodnika.

– Joe? – odezwała się Vanessa, ale on już ruszył ulicą.

Jasnowłosy chłopiec stał na chodniku pomiędzy apartamentowcem a kinem. Znowu miał na sobie ubranko, które wyszło z mody jakieś dwadzieścia pięć lat temu: szary garniturek z szarą golfową czapeczką. Ale tym razem jego rysy były wyraźne – niebieskie oczy, trochę zapadnięte, cienki nos, wyraźne kości policzkowe, twarda linia szczęki, średni wzrost jak na ten wiek.

Jeszcze zanim się uśmiechnął, Joe zrozumiał, kto to. Wiedział to już podczas ostatniego spotkania, choć nie miało to sensu. I nadal tak było. Chłopiec pomachał do niego, ale Joe widział tylko Wielki Kanion tam, gdzie powinny się znajdować dwie górne jedynki. Ojciec i matka przeszli chodnikiem. Byli młodsi i trzymali się za ręce. Ich ubrania były skrojone według wiktoriańskiej mody i biedniejsze niż te, które nosili, kiedy się urodził. Nie patrzyli na niego i choć trzymali się za ręce, nie wyglądali na szczególnie szczęśliwych.

Sal Urso, nieżyjący od dziesięciu lat, oparł stopę o hydrant i zawiązał sznurówkę. Dion ze swoim bratem Paulem grali w kości, rzucając je pod ścianą apartamentowca. Joe ujrzał ludzi z Bostonu, którzy umarli podczas epidemii grypy w 1919 roku, oraz zakonnicę ze szkoły pod wezwaniem Bram Niebieskich – nie wiedział, że umarła. Wszędzie wokół tłoczyli się nieżyjący – ludzie, którzy umarli w więzieniu Charlestown, którzy umarli na ulicach Tampy, ci, których zabił sam, i ci, których kazał zabić. Zobaczył kobiety, których nie znał, samobójców – sądząc po śladach na przegubach albo szyjach. U wylotu ulicy Montooth Dix spuszczał nieludzki łomot Ricowi DiGiacomo, a Emma Gould, kobieta, którą kiedyś kochał, ale o której nie myślał od wielu lat, snuła się z butelką wódki w siniejącej ręce, z włosami i sukienką ociekającymi wodą. Wszyscy nie żyli. Tłoczyli się na ulicach, blokowali chodniki. Joe pochylił głowę, stojąc na środku gwarnej ulicy Starej Hawany. Pochylił głowę i zamknął oczy. „Życzę wam dobrze – powiedział swoim zmarłym. – Życzę wam wszystkiego najlepszego. Ale nie przepraszam".

Kiedy znowu podniósł głowę, zobaczył Hectora, swojego ochroniarza, idącego w złym kierunku, znikającego za tym samym zakrętem co Graciela. Wszystkie jego duchy się rozwiały. Z wyjątkiem chłopca. Ten przechylił głowę, jakby zaskoczony, że Joe się do niego zbliża.

– Jesteś mną? – spytał Joe.

Chłopiec jakby nie zrozumiał pytania. Bo nie był już chłopcem. Był Vivianem Ignatiusem Brennanem. Świętym Vivem. Strażnikiem Bramy. Człowiekiem od brudnej roboty.

– Popełniłeś za wiele błędów – powiedział Viv życzliwie. – I jest za późno, żeby je wszystkie naprawić. Za późno.

Joe nie zauważył broni w jego ręku, dopóki Vivian nie przestrzelił mu serca.

Nie narobił dużo hałasu, tylko ciche pyknięcie. Ale siła uderzenia zwaliła Joego z nóg. Upadł na ulicę. Oparł się ręką o bruk i usiłował wstać, lecz nogi się pod nim uginały. Krew wypłynęła mu z piersi i oblała kolana. Przez dziurę słychać było świst płuc.

Samochód z kierowcą mafii zatrzymał się za Vivianem, gdzieś blisko rozległ się pozbawiony nadziei krzyk kobiety.

Tomasie, jeśli to widzisz, na miłość boską, odwróć wzrok.

Vivian wycelował pistolet w czoło Joego. Joe oparł obie dłonie na bruku i usiłował przywołać furię. Ale za bardzo się bał. Strasznie się bał. I chciał powiedzieć to, co wszyscy: zaczekaj. Ale nie powiedział.

Błysk z lufy wyglądał jak fontanna spadających gwiazd.

Kiedy Joe otworzył oczy, siedział na plaży. Była noc. Otaczały go ciemności; bielał tylko piasek i piana fal.

Joe wstał i ruszył w stronę morza. Szedł i szedł. Ale choć czas mijał, on się nigdzie nie zbliżał. Nie widział samej wody, tylko kipiel fal, które rozbijały się na czarnej ścianie przed nim.

Po jakimś czasie znowu usiadł.

Zaczeka tu na przybycie innych. Miał nadzieję, że się pojawią. I że istnieje coś więcej niż ta ciemna noc, pusta plaża i fale, które nigdy do końca nie docierają do brzegu.

O AUTORZE

Dennis Lehane jest autorem jedenastu powieści – w tym bestsellerów „New York Timesa": *Nocne życie*, *Mila księżycowego światła*, *Gdzie jesteś, Amando?*, *Rzeka tajemnic*, *Wyspa skazańców*, *Miasto niepokoju* i *Brudna forsa* – a także zbioru opowiadań *Coronado* oraz sztuki. Pierwsza powieść Lehane'a, *Wypijmy, nim zacznie się wojna*, otrzymała Shamus Award dla najlepszego debiutu. *Rzeka tajemnic* znalazła się w finale PEN Winship Award i otrzymała Anthony Award i Barry Award za najlepszą powieść, a ponadto Massachusetts Book Award w dziedzinie literatury, przyznawaną przez Massachusetts Center. *Nocne życie* otrzymało w 2013 roku Edgar Award za najlepszą powieść roku.

Książki Lehane'a są tłumaczone na dwadzieścia dwa języki.

Dennis Lehane, urodzony i wychowany w Dorchester w stanie Massachusetts, zrobił dyplom magistra sztuk pięknych na Florida International University. Zanim bez reszty poświęcił się pisarstwu, pracował jako doradca dla dzieci niepełnosprawnych umysłowo i wykorzystywanych, kelner, parkingowy, szofer, księgarz i rozładowywacz przyczep.

Obecnie mieszka wraz z żoną Angie i dziećmi w Kalifornii.